Ali Sparkes war als Journalistin und BBC-Radiomoderatorin tätig, bis sie sich irgendwann entschlossen hat, ihren sicheren Job an den Nagel zu hängen, sich in die Gefahren der Freiberuflichkeit zu begeben und es mit dem Schreiben von Skripten für Comedy-Radiosendungen zu versuchen. Allerdings ist ihr schon kurze Zeit später klar geworden, dass sie am liebsten Kinderbücher schreiben wollte. Schon als Kind hat sie am allerliebsten Geschichten über Kinder gelesen, die im Wald herumstreunen. Zumal sie bis heute noch selbst gerne Zeit im Wald verbringt, wann immer sie kann. Sie lebt mit ihrem Mann und ihren beiden Söhnen in Southampton, England.

Bei Antolin gelistet

Alle Bände der Fox-Runner-Serie:
Band 1: »Die Macht der Verwandlung«
Band 2: »Der Ruf des Falken«
Band 3: »Flucht in die Wildnis«

Weitere Informationen zum Kinder- und Jugendbuchprogramm der S. Fischer Verlage finden sich auf www.fischerverlage.de

Ali Sparkes

FOX RUNNER

Die Macht der Verwandlung

Aus dem Englischen
von Leo Strohm

FISCHER Taschenbuch

Aus Verantwortung für die Umwelt hat sich der Fischer Kinder- und Jugendbuch Verlag zu einer nachhaltigen Buchproduktion verpflichtet. Der bewusste Umgang mit unseren Ressourcen, der Schutz unseres Klimas und der Natur gehören zu unseren obersten Unternehmenszielen.

Gemeinsam mit unseren Partnern und Lieferanten setzen wir uns für eine klimaneutrale Buchproduktion ein, die den Erwerb von Klimazertifikaten zur Kompensation des CO_2-Ausstoßes einschließt.

Weitere Informationen finden Sie unter: www.klimaneutralerverlag.de

MIX
Papier aus verantwortungsvollen Quellen
FSC® C083411

Erschienen bei FISCHER Kinder- und Jugendtaschenbuch
Frankfurt am Main, März 2021

Das englischsprachige Original erschien 2006
unter dem Titel »The Shapeshifter – Finding the Fox«
bei Oxford University Press, Oxford, UK.

Umschlaggestaltung: Karin Dahlhaus, MT-Vreden
nach einer Idee von punchdesign, München
Umschlagabbildung: Johannes Wiebel
unter Verwendung von Motiven von shutterstock.com
Satz: Fotosatz Amann, Memmingen
Druck und Bindung: CPI books GmbH, Leck
Printed in Germany
ISBN 978-3-7335-0512-7

Für Simon, Jacob und Alex

Vorher

In der sanften grauen Nebelzone zwischen Wachen und Schlafen näherte sich eine dunkle, schemenhafte Gestalt. Sie bewegte sich auf dem schmalen Stückchen Fußboden neben seinem Bett hin und her, ohne ihm wirklich Angst zu machen. Am Atem der Gestalt und am zögerlichen Klacken ihrer Krallenfüße auf dem dünnen Teppich erkannte er, dass sie traurig war. Dass sie großen Schmerz erlitten hatte.

Und jetzt verließ sie ihn.

Kapitel 1

Dex Jones verbrachte eine Menge Zeit im Garten hinter dem Haus und dachte über seine Einstellung nach.

Es war ein ziemlich unansehnlicher Garten – eine rechteckige, unebene Rasenfläche, die von nichtssagenden, graugrünen Büschen umgeben war und von einem Betonpfad in zwei Teile geschnitten wurde. Der Pfad führte zu einem Schuppen, hinter dem sich ein Komposthaufen befand. Neben dem Pfad war zwischen zwei Pfosten eine Wäscheleine gespannt. Sie war mit zahlreichen Wäscheklammern bestückt und hing in der Mitte durch.

Jetzt wurde die Hintertür so heftig zugeknallt, dass die Fensterscheiben klirrten. Durch das Glas konnte Dex sehen, wie Gina die beiden Riegel vorschob, und zwar mit solcher Wucht, dass die Unterseiten ihrer moppeligen Oberarme wie wild hin und her schlackerten. »Wenn du schon mal da draußen bist, kannst du ja wohl ein bisschen Unkraut jäten«, keifte sie. Ihre Stimme wurde zwar durch die Fensterscheiben gedämpft, klang aber immer noch scharf und voller Missgunst. Dex hatte es gewagt, beim Mittagessen nicht das richtige Gesicht zu machen. Obwohl er sämtliche verbrannten Bröckchen auf seinem Teller ohne Murren aufgegessen hatte, schien er anscheinend die falsche Einstellung an den Tag gelegt zu haben. Wieder einmal.

»Alice und ich gehen jetzt in die Stadt, und wenn wir wiederkommen, dann ist das Unkraut im Garten spurlos verschwunden! Wir sind erst zum Abendessen wieder da. Wenn du zwischendurch Durst bekommst, dann kannst du ja den Wasserhahn an der Hauswand benutzen.«

Sie betrachtete ihn einen Augenblick lang durch die Fensterscheibe. Dex versuchte, ihrem Blick möglichst regungslos und, ohne eine Miene zu verziehen, standzuhalten. »Und diesen hochnäsigen Gesichtsausdruck kannst du dir wirklich schenken!«, fauchte sie ihn unvermittelt an, machte auf dem Absatz kehrt und war verschwunden.

Dex seufzte erleichtert und ließ sich auf einen der weißen Plastikstühle plumpsen, die auf der kleinen Betonfläche vor der Terrassentür standen. Das abgestandene Wasser, das sich am untersten Punkt der Sitzfläche gesammelt hatte, saugte sich sofort in den Hosenboden seiner Jeans. Dex stand wieder auf und verharrte lautlos, regungslos. Er hörte, wie die Vordertür geöffnet und ins Schloss geknallt wurde, hörte Alice' schrille Stimme über die Einfahrt schallen, dann Ginas Antwort, das Klappern des Schlüsselbundes und schließlich das abfahrende Auto.

In der nun folgenden Stille hätte jeder Beobachter den Jungen, der da im Garten stand, für ruhig und gelassen gehalten. Fast schon meditativ. Und Dex wirkte tatsächlich meistens ruhig und gelassen.

Er wurde nie laut, ja, zu Hause wurde er eigentlich nicht einmal *lauter*. Aber das bedeutete nicht, dass er nicht wütend wurde. Manchmal wurde er so wütend, dass er am liebsten explodiert wäre. Es hatte Zeiten gegeben, wo er so wütend gewesen war, dass er sogar vor sich selbst Angst gehabt hatte – an dem Sommerabend zum Beispiel, als Gina alle seine Naturbücher und seine Kunstsachen zusammengepackt und einem Trödelsammler gegeben hatte. »Warte gefälligst, bis du ein eigenes Haus hast, das du mit sinnlosem Krempel vollstopfen kannst«, hatte sie zu ihm gesagt, hatte sich mit in die Hüften gestemmten Händen auf dem oberen Treppenabsatz aufgebaut und ihn herausfordernd angestarrt. Er war so voller Wut und Bitterkeit gewesen, dass er beinahe – ganz ehrlich, es hätte nicht viel gefehlt – zu ihr gerannt wäre, um sie die Treppe hinunterzuschubsen. Er hatte es richtig vor sich gesehen, hatte den warmen Atem gespürt, der in der Millisekunde, bevor er ihr den Stoß verpasst hatte, aus ihrem vor Schreck weitaufgerissenen Mund gekommen war, hatte ihr wütendes Kreischen und jeden einzelnen, lauten, befriedigenden Aufprall gehört, während sie von Stufe zu Stufe gepurzelt war, um schließlich wie ein Sandsack im Hausflur liegen zu bleiben.

Aber natürlich hatte er das nicht getan. Er hatte nur die Fäuste in den Hosentaschen geballt und die Fingernägel so fest in seine Handflächen gebohrt, dass noch eine Stunde später vier deutlich sichtbare, halbmondförmige Abdrücke darin zu sehen gewesen waren. Und dann hatte er sich still und leise in sein Zimmer geschlichen und die Stelle unter seinem Bett angestarrt, wo bis gestern noch seine geliebten Bücher, sein Papier, seine Holzkohle, seine ganzen Schätze gelegen hatten. Und die Stelle hatte seinen Blick erwidert, unheilvoll, wie eine leere Augenhöhle.

Im Lauf der Jahre hatte er gelernt, mit seiner Wut umzugehen. Jedes Mal, wenn er dieses Zittern in seiner Magengrube spürte, das sich anfühlte wie ein gewaltiges Beben unterhalb der Erdkruste, so, als würde im nächsten Augenblick glühend heiße, geschmolzene Felsmasse ins Weltall geschossen werden, unterdrückte er es mit aller Willenskraft, die er aufbieten konnte. Er malte sich aus, wie er die wütende Lava mit einem dicken Metalldeckel wieder in seinen innersten Kern verbannte, wie sie dann langsam abkühlte, nur noch ein schwaches, rotes Glimmen von sich gab und zu grauen Klumpen erstarrte, so wie er es auf den Bildern von den Hängen des Vulkans Ätna gesehen hatte. Irgendwann waren sie dann schließlich zu festem, kaltem Stein geworden.

Das einzige Problem dabei war, dass in Dex Jones' Innerem mittlerweile so viele erkaltete Wutsteine herumkullerten, dass sie sogar für mehrere Vulkane gereicht hätten. Er hatte praktisch ununterbrochen Bauchschmerzen. Nicht einmal ihm selbst war klar, wie schwer diese Steine ihn machten.

Er ging den Betonpfad entlang bis zu dem Schuppen, um sich eine Hacke zu holen. Die würde er brauchen, wenn er das Unkraut zwischen dem Komposthaufen und den struppigen, niedrigen Brombeerhecken am hinteren Ende des Gartens tatsächlich ausreißen wollte. Und wenn Gina sagte, dass das Unkraut spurlos verschwinden sollte, dann war das kein Scherz. Das hatte er mittlerweile begriffen.

Der kleine Schuppen war voll mit alten Bastballen, Plastikkübeln, Gartenwerkzeugen und Torfsäcken. Die Tür war nicht abgeschlossen, wurde aber von einem stabilen Riegel gesichert, der an einem ebenfalls sehr stabilen Nagel hing und sich um hundertachtzig Grad drehen ließ. Der Riegel war ziemlich lose, so dass man beim Betreten des Schuppens aufpassen musste, dass er nicht herumschwang und einen an der Schläfe traf. Dex schob ihn nach oben, hielt ihn fest, während er die Tür aufzog, und betrat den kleinen Schuppen. Es gab Tage, an denen er ziemlich viel Zeit hier drin verbrachte und »über seine Einstellung nachdachte«, wie Gina es von ihm verlangte.

Auf der Suche nach der Hacke musste er sich bis in die hinterste Ecke vorwühlen, und während er noch versuchte, das Ding aus den Zähnen des Rechens zu befreien, kam draußen eine Windbö auf und ließ die Schuppentür mit lautem Knall zufallen. Mit einem letzten Ruck bekam Dex die Hacke frei und wollte sie gerade mit nach draußen nehmen, da hörte er ein leises Quietschen und anschließend ein nur unwesentlich lauteres *Klack*. Doch erst, als er die Tür aufmachen wollte, wurde ihm klar, was diese beiden Geräusche zu bedeuten hatten. Der dicke Holzriegel war nach unten gesackt. Das war zwar schon öfter vorgekommen, aber noch nie zuvor war die Schuppentür zugefallen und hatte jemanden eingesperrt.

Dex spürte, wie eine Art Stromschlag durch seinen erstarrten Körper zuckte, als ihm klarwurde, dass das *tatsächlich* gerade passiert war, ganz egal, wie unwahrscheinlich es ihm vorkommen mochte. Er war eingesperrt! Er stemmte sich gegen die Tür. Sie gab keinen Millimeter nach. Er biss sich auf die Lippe und beäugte das kleine Fenster, aber wenn er es nicht einschlagen wollte, würde es ihm gar nichts nützen. Es ließ sich nämlich nicht öffnen. An der Rückwand, hinter den Torfsäcken, befand sich ein loses Brett. Er wuchtete die schweren Säcke beiseite und stieß das Brett zurück, aber die Lücke war viel zu schmal. Da würde er niemals hindurchpassen.

Seufzend ließ sich Dex auf den Boden des Schuppens sinken. Jetzt musste er eben die drei oder vier Stunden bis zur Rückkehr seiner Stiefmutter und seiner Halbschwester warten. Mittlerweile waren sie wahrscheinlich schon bei dem gigantischen Einkaufszentrum am Stadtrand angelangt, wo sie unglaublich viel Geld für irgendetwas Pinkfarbenes, Glitzerndes ausgeben würden, das entweder einen Platz an Alice' Körper oder in Alice' Zimmer finden würde. Ein Zimmer mit mehr Pink oder mehr Puppen als das von Alice gab es auf der ganzen Welt nicht, aber es fand sich offenbar immer etwas, was man dort noch hineinstopfen konnte.

Dex bewohnte das kleinste Zimmer am dunkelsten Ende des Hauses, dort, wo sich in einer Ecke unter der Dachtraufe eine feuchte Stelle gebildet hatte. Das Fenster befand sich hoch oben unter der Decke und war ziemlich klein, ungefähr so wie ein Briefkasten. Durch das Glas lief kreuz und quer ein Netz aus Drähten, so dass das Fenster, wenn man es einschlug, nicht zerbrechen, sondern als zersplittertes Ganzes im Rahmen hängen bleiben würde. Nur in den Abendstunden drang ein kleines bisschen Licht ins Zimmer, das gerade groß genug war für sein Bett und eine schmale, hohe Kleiderkommode. Die Wände waren dunkelgrün gestrichen, und die Vorhänge waren braun.

Sein Dad hatte vor, das Haus irgendwann auszubauen. Dann würde auch Dex ein schönes, großes Zimmer bekommen, und zwar über der Garage. Aber sein Dad war so gut wie nie zu Hause. Er arbeitete auf einer Ölbohrinsel irgendwo weit draußen im Meer. Er war immer viele Wochen am Stück weg, und wenn er dann nach Hause kam, hatten Gina und Alice so viele Wünsche, dass für Dex nur wenig Zeit und Aufmerksamkeit übrig blieb. Außerdem sah sein Dad dann jedes Mal so wahnsinnig erschöpft aus, dass Dex ihn lieber nicht zusätzlich belasten wollte. Was nichts anderes bedeutete, als dass er sein winziges Zimmer wohl behalten würde. Dex redete sich ein, dass es so etwas wie eine Höhle war. Ein Fuchsbau. Nachts, wenn sein Briefkastenfenster schräg gestellt war, konnte er manchmal die Füchse zwischen den Bäumen am Rand des Grundstücks hören.

Er hatte auch schon öfter mitbekommen, wie Füchse in den Garten geschlichen waren. Manchmal konnte man sogar riechen, wenn ein Fuchs über den Rasen gestreunt war. Jetzt nahm er den gleichen Geruch auch hier im Gartenschuppen wahr. Es war ein scharfer, saurer, fast grasiger

Duft. Dex konnte gar nicht genau sagen, ob er ihn mochte oder nicht, aber zusammen mit dem Holzaroma, das die kleine Hütte verströmte, empfand er dabei seltsamerweise so etwas wie Trost.

Im Lauf des Nachmittags kam die Sonne zum Vorschein, und es wurde immer heißer in dem kleinen Schuppen. Dex bekam Durst. Er hatte auch Hunger, aber der Durst war noch schlimmer. Seine Zunge fühlte sich an wie Schmirgelpapier. Irgendwo hatte er einmal gelesen, dass Nomaden auf ihrem Weg durch die Wüste an Steinen lutschten, damit ihre Zungen nicht austrockneten. Er dachte ernsthaft darüber nach, sich eine der kleinen, dicken Schrauben aus der Werkzeugkiste seines Vaters in den Mund zu stecken. Wenn es nicht bald besser wurde, dann würde er es tun.

Er blickte nach oben und sah sich die Flaschen auf den kleinen Holzregalen an. Zwei waren dunkelgrün und sehr staubig. Eine dagegen war durchsichtig und mit einem Limonadenetikett beklebt. Aber Dex war sich so gut wie sicher, dass da keine Limonade drin war, bestimmt nicht. Das war garantiert Lackverdünner oder Terpentin oder sonst was, womit man sich die Zunge verbrannte, falls man es zu trinken versuchte. Trotzdem war allein der Anblick dieser Flasche, mit ihrer Flüssigkeit, die eigentlich genauso aussah wie Limonade, die reinste Folter, während der Schuppen sich immer mehr aufwärmte und das T-Shirt an seinem schweißnassen Rücken festklebte.

Eine Zeitlang gelang es Dex, sich von der Flasche und ihrem so gut wie sicher *nicht* limonadigen Inhalt abzulenken, indem er mit einem abgebrochenen Stück Backstein einen kleinen Fuchs auf den Spanplattenboden des Schuppens malte.

Der Fuchs stand aufmerksam da, hatte eine Pfote gehoben, die buschige Lunte gestreckt und den pelzigen Hals mitsamt der spitzen Schnauze rückwärts über die Schulter gewandt, als hätte ihn jemand gerufen. Gar nicht schlecht. Dex war ein ziemlich guter Zeichner. Sein Lehrer hatte gesagt, dass er sich später an der Kunsthochschule bewerben sollte.

Gina hatte nur verächtlich geschnaubt, als sie das gehört hatte. Wenn es nach ihr ging, dann würde Dex mit seinem sechzehnten Geburtstag das Schmarotzerleben beenden und endlich arbeiten gehen, damit er seinen Teil zum Lebensunterhalt beitragen konnte. Die Welt brauchte ganz bestimmt nicht noch mehr Kohlezeichnungen von irgendwelchen Booten oder Ölgemälde von irgendwelchen Adlern, vielen Dank auch!

Der Fuchs blickte unterdessen ununterbrochen weiter über seine Schulter zurück. Dex starrte ihn an, ohne auf die kleinen Schweißperlen zu achten, die von seinem Gesicht zu Boden tropften.

Er merkte, wie seine Augen immer heißer wurden, so intensiv starrte er den kleinen Fuchs an … bis dieser anfing, über den Spanplattenboden zu rutschen. Er schlitterte, zitterte, bebte in der brütenden Hitze, und einmal glaubte Dex sogar, dass er ihm zugezwinkert hatte. In der Ferne konnte er den hohen, schrillen Schrei eines Fuchses hören.

Durch die Lücke in der Rückwand des Schuppens wehte der Wind den säuerlichen Gestank nach wildem Hund herein.

Ganz benommen von der Hitze und dem Geruch und der Backsteinzeichnung des Fuchses, die immer noch zitternd über den Boden rutschte, wurde Dex mit einem Mal von Panik gepackt. Er riss den Kopf empor. Die Luft saß wie ein heißer, zäher Klumpen in seiner Kehle fest. So fest er nur konnte, bohrte er die Finger in das Backsteinstück, um die Angst zu vertreiben, doch sie wurde immer größer. Er musste jetzt etwas trinken. Er *musste* einfach!

Wie von Sinnen sprang er auf und stürzte auf das hohe Holzregal zu. Eine der verstaubten, grünen Flaschen geriet ins Wanken und landete direkt auf seiner Nase. Sein Gaumen schmeckte plötzlich nach Kupfer. Eine große, tote Spinne, die Beine wie zu einem Spinnrad zusammengefaltet, landete mit einem leisen, federnden Geräusch auf dem Backsteinfuchs. Merkwürdigerweise musste Dex dabei an Paranüsse denken. Gleichzeitig hatten seine Finger sich bis zu der durchsichtigen Glasflasche mit dem verblassten Limonadenetikett vorgetastet und versuchten, den staubigen Deckel abzuschrauben. Er saß sehr fest … vielleicht war ja doch frische, ungeöffnete, nasse, süße Limonade in der Flasche! Sie würde zwar warm sein, aber auf jeden Fall *nass*! Etwas zu *trinken*!

Bei der dritten Umdrehung hinterließ der lose Metallring unter dem Deckel einen feinen Schnitt in Dex' rechter Handfläche, aber dann, endlich, war die Flasche offen. Ein leises *Plopp* ertönte, als wäre sie tatsächlich bis zum Rand voller Limonade. Doch der scharfe Geruch, der jetzt aus der Öffnung drang ... das war eindeutig keine Limonade. Es war Lackverdünner. Dex' Augen fingen sofort an zu tränen, und ein unerträgliches Kitzeln setzte sich in seiner Nase fest. Er musste niesen und gleichzeitig seufzen, viel lauter als erwartet. Er ließ die Flasche fallen, und der Gestank nach Lackverdünner breitete sich wie ein tödliches Gas immer weiter aus, unterdrückte jeden anderen Geruch in dem kleinen Schuppen. Die Flüssigkeit, die auf seine Jeans getropft war, fühlte sich zunächst unglaublich kalt an, doch dann wurde sie immer wärmer und wärmer.

Dex wurde es schwindelig und schlecht. Als ein Geräusch, das sich anhörte wie das Rauschen vollaufgedrehter Wasserhähne, sein Gehirn überflutete, wusste er, dass er gleich ohnmächtig werden würde. Sein letzter Gedanke war, dass er seine Nase vor das lose Brett in der Rückwand legen musste, um frische Luft zu bekommen. Sonst würde er womöglich nie wieder aufwachen. Dann sackte er zu Boden.

Kapitel 2

Vor dem kleinen Schuppen lagen acht oder neun ziemlich schief verlegte Gehwegplatten. Sie waren groß und grau, und in den Lücken dazwischen türmten sich gelegentlich kleine, von Ameisen errichtete Pyramiden. Die Ameisen waren das einzig Interessante an diesen Betonplatten. Manchmal verbrannte Alice ein paar davon mit ihrer Lupe.

An diesem Oktobernachmittag, während sich die Sonne allmählich dem Horizont entgegensenkte und die Mücken ihren Tanz begannen, indem sie in kleinen Wolken über dem Komposthaufen auf und nieder hüpften, fing es an zu regnen. Die kühlen Tropfen trafen auf die warmen Gehwegplatten, und das Platschen, das sie dabei erzeugten, war ein recht angenehmes Geräusch, dachte Dex verträumt, während er seine Schnauze durch die Lücke zwischen den Holzlatten in der Rückwand des Schuppens steckte. Die Ameisen rannten in heller Aufregung durcheinander, während der Regen ein gepunktetes Muster auf die graue Betonfläche zwischen ihren krümeligen Erdpyramiden zeichnete.

Bald schon waren die Punkte miteinander verschmolzen, und die Gehwegplatten wirkten nicht nur dunkler, sondern glitzerten auch feucht. Sie dufteten wie heißer Gehwegplattentee, rochen nach ›Jetzt ist genug gespielt‹. Alle Kinder in der Straße würden, eines nach dem anderen, zurück in ihre Häuser gerufen werden, genau wie die Ameisen, die nun hektisch in die Löcher zwischen den winzigen Erdbrocken sausten, aus denen sie ihre wackeligen Pyramidenbauten errichtet hatten.

Das waren die Gedanken, die Dex durch den Kopf gingen, angenehm und wärmend, während er aus dem Schlaf erwachte. Der eklige Geruch nach Lackverdünner hatte sich aus dem Schuppen verzogen. Oder lag es daran, dass er es tatsächlich geschafft hatte, seine Nase an die Lücke in der Bretterwand zu bekommen, als er gestürzt war? Nein, er hatte sogar noch mehr geschafft: Sein gesamter Kopf lag ja im Freien. Donnerwetter. Wie hatte er *das* denn hingekriegt?

Behutsam zog er den Kopf wieder zurück ins Innere und warf einen Blick über seine nun rötlich-pelzige Schulter. Der Schuppen war eindeutig größer, als er gedacht hatte. Nur eines hatte sich nicht verändert. Er hatte immer noch schrecklichen Durst, und jetzt war auch noch ein beißender Hunger dazugekommen. Irgendwie duftete es nach Paranüssen. Ah, da war es ja ... das kleine Ding, das aussah wie ein Rad. Dex fischte es mit seiner Zunge vom Boden, steckte es sich in den Mund, kaute und schluckte es hinunter. Ja, genau. Schmeckte wie eine krümelige Paranuss.

Er hielt inne. Blickte auf seine Füße hinab und dann, noch bevor er den eigentlichen, den wirklich großen Gedanken zulassen konnte – den Gedanken, der seit dem Aufwachen immer stärker und immer lauter an ein Fenster in seinem Geist hämmerte –, dachte Dex Folgendes:

Ich, dachte er, *ich habe gerade freiwillig … und sogar beinahe genüsslich … eine tote Spinne gegessen.*

Ein Gruselschauer lief seinen Rücken hinauf, erreichte seine Kehle, ließ ihn husten und röcheln, brachte seine Gliedmaßen zum Zittern und sorgte dafür, dass sich seine kräftigen Nackenhaare senkrecht stellten.

Ääh-bääh! Iiii-gitt! NEIN! Dex prustete und spuckte. Eine Spinne! Eine *Spinne???* Wieso, um alles in der Welt, hatte er das denn gemacht?

Aber noch schlimmer war der Gedanke, dass er, falls auf dem Boden noch so ein krümeliges Spinnending lag – oder womöglich ein *lebendiges* irgendwo entlanglief –, dass er das auch essen würde. Es schmeckte ja gar nicht schlecht, und er war ein sehr hungriger Junge.

Aber jetzt ließ der wirklich große Gedanke sich nicht mehr länger überhören. Mit aller Macht und ziemlich verärgert verlangte er, dass endlich das Fenster geöffnet und er eingelassen wurde. »Aha! Aber du …«, ließ er sich mit sarkastischem Unterton vernehmen, »… du *bist* ja gar kein Junge. Oder?«

Hastig sog Dex die heiße Luft durch seine Schnauze und machte ein paar schockierte kleine Schritte zur Seite. Es stimmte. Sein Gesicht war länglich und spitz. Seine Nase glänzte schwarz, links und rechts gesäumt von schwarzen Schnurrhaaren. Das Fell in der unmittelbaren Umgebung der Barthaare war weiß. Kurz, bevor Dex endgültig anfing zu schielen, sah er, dass das Fell, je weiter es seine Schnauze entlangreichte, in ein kräftiges, rötliches Braun überging.

Er konnte seine lange Zunge spüren, eingebettet zwischen scharfen, spitzen Zähnen. Seine Füße – oder besser: das, was einmal seine Füße gewesen waren – hatten sich, genau wie seine Hände, in Pfoten verwandelt, deren kleine, schwarze Krallen ein leises Klacken auf dem Boden des Schuppens hervorriefen. Das rostrote Fell wurde an den Beinen immer dunkler, bis es unten an den Füßen fast schwarz war. Er hob eine Pfote und betrachtete die Unterseite. Fleischige Polster – schwarz mit einzelnen, rosigen Stellen – wurden von schwarzen Fellhaaren umgeben. Die schwarzen, gebogenen Krallen endeten in feinen Spitzen. Er spreizte sie, und sie ließen sich mühelos bewegen. Es war ein wohliges Gefühl.

Da ertönte in seinem Rücken ein Rascheln, und er zuckte erneut zusammen, sprang mit allen vieren in die Luft ... er war so viel leichter als Dex, der Junge. Er warf den Kopf herum und sah, was das Geräusch verursacht hatte. In der Ecke lagen ein paar leere Papiersäcke und wurden von einer herrlichen, dichten, buschigen Lunte gestreift, die am Ansatz noch tief rotbraun gefärbt war, um dann über ein blasses Orange in eine fast weiße Spitze überzugehen. Dex betrachtete die Lunte ehrfürchtig und schwenkte sie mit Hilfe seines kräftigen Rumpfmuskels eine ganze Minute lang hin und her.

Es ist schon ein ziemlicher Schock, sagte er sich, wenn man feststellen muss, dass man sich urplötzlich in einen Fuchs verwandelt hat. Und dass man tote (und lebendige) Spinnen essen kann. Doch seltsamerweise war ihm nicht mehr übel, und auch seine anfängliche Panik war verflogen. Es ging ihm sogar sehr viel besser als vor einer halben Stunde, als er noch ein Mensch gewesen war. Jeder Teil seines Körpers fühlte sich gesund und lebendig an. Er konnte spüren, wie die strammen, schlanken Muskeln in seinen Gliedmaßen geschmeidig ihre Arbeit verrichteten, während er sich in der kleinen Holzhütte umsah. Er fühlte sich beweglich, leichtfüßig und gesund.

Sein Gehör war unglaublich. Er nahm ein Dutzend unterschiedlicher Geräusche gleichzeitig wahr: das sanfte Prasseln des Regens auf dem Schuppendach zusammen mit dem Flattern der kleinen Vögel im Gebüsch. Das Dröhnen verschiedener Insekten, die den Regentropfen auswichen, und dazu das entfernte Summen und Klappern des menschlichen Lebens: Autos, Kinder, Waschmaschinen und Fernseher. Dex konnte alles hören.

Dazu kam, dass sein ohnehin sehr guter Geruchssinn noch einmal schärfer geworden war. Es war unfassbar. Er konnte wirklich *alles* riechen. Das Teeröl, mit dem das Holz des Schuppens bearbeitet worden war, vermischt mit den letzten Resten der Lackverdünnung, den Staub, die Feuchtigkeit, die modrigen Falten des Sonnenschirms, der zusammengefaltet wie eine riesige, grünweiße Fledermaus in der Ecke stand, weil er seit Wochen nicht benutzt worden war (es war ein ziemlich feuchter Sommer gewesen), den Regen auf den heißen Gehwegplatten, die Asche vom Lagerfeuer letzte Woche, die sich jetzt als klebrige, schwarze Pfütze hinter dem Schuppen sammelte, das Curry, das gerade in einer Küche in der Nähe zubereitet wurde, den

Übelkeit erregenden und zugleich wundervollen Duft aus den großen Müllcontainern im angrenzenden Hinterhof der Häuser in ihrer Straße.

Dieser Duft machte ihm erneut klar, wie hungrig und durstig er war. Also gut, dachte Dex. Ich bin ein Fuchs. Wieso das so ist, darüber kann ich später noch nachdenken. Im Augenblick gibt es Wichtigeres. Hastig drehte er sich um und näherte sich der Lücke in der Bretterwand. Seine Ohren nahmen selbst die leisesten Bewegungen in seiner Umgebung wahr, und jetzt roch er auch wieder diesen nussigen Duft. Der Junge im Inneren des Fuchses traf eine Entscheidung: keine Spinnen mehr. Nichts wie weg hier, bevor der Fuchs ihn überstimmte und ein paar dieser spindeldürren Kreaturen aufschleckte, die zitternd in den Ecken kauerten.

Seine Tasthaare streiften an den Rändern des Lochs in der Rückwand entlang, und ihm war klar, dass er gerade so durch die Lücke passen würde. Teils aufgrund seines Instinkts und teils durch eine undeutliche Erinnerung an ein Buch über Säugetiere (das schon längst auf irgendeinem Wohltätigkeitsbasar verscherbelt worden war) wusste er, dass seine Tasthaare ein wichtiges Messinstrument waren. Wenn sie durch eine Lücke passten, dann galt das auch für den Rest seines Körpers.

Dex verharrte vor dem Loch. Seine scharfen Sinne sagten ihm, dass jede Menge Menschen in der Nähe waren, wenn auch nicht in diesem Garten. Er senkte den Kopf und schob sich durch die Lücke hindurch. Der Rest seines geschmeidigen Körpers folgte ihm ohne Mühe. Er war frei.

Ein kühler Windstoß und ein paar Wasserspritzer zerzausten das Fell rund um seine Augen. Hastig blickte er von rechts nach links und jagte dann mit großen Sätzen ans hintere Ende des Gartens, wo eine niedrige Brombeerhecke wuchs. Zum Glück grenzte ein Teil der Hecke auch an den Hinterhof mit den Müllcontainern an. Und gleich daneben begann ein unbebauter Abhang, der hinab zu einer Schrebergartensiedlung führte. Dahinter lag ein kleines Wäldchen. Dex kroch unter die Hecke und überlegte. Rechts befand sich der brachliegende Abhang – zwei-, dreihundert Meter freie Fläche, bevor er den Schutz der Schrebergartensiedlung oder des dahinterliegenden Wäldchens erreichen konnte. Links sah er die großen, überfüllten Müllcontainer.

Am Montag würden sie geleert werden, aber jetzt, am Wochenende, verströmten sie einen kräftigen, schweren Geruch. Gina hatte sich bei der Stadtverwaltung schon oft darüber beschwert. Dex hatte den Gestank auch schon mehr als einmal wahrgenommen, aber dieses Mal war es anders. Irgendwie abstoßend, ja, durchaus, aber gleichzeitig … *wundervoll*. Vielversprechend. Dex, der Fuchs, wusste, dass er dort jede Menge Futter finden würde. Alte Kekse, Brot, kalte, zusammengepresste Teebeutel in halbvollen, feuchten Chips-Tüten, Speckschwarten, Apfelkerne, mit Ketchup vollgesogene Fischstäbchen, die irgendwelche Kleinkinder wieder ausgespuckt hatten, schmalzgetränkte Ecken leerer Corned-Beef-Dosen, klebrige Spare Ribs und Hühnchen … oh, ja … *Hühnchen*. Irgendwo, nicht einmal besonders tief unten, konnte er frittiertes Hühnchen riechen, paniert in Semmelbröseln und einer geheimen Kräuter- und Gewürzmischung. *Hühnchen* … Der Inhalt dieser Container, das war alles andere als Abfall. Er war ein *Schatz*.

Doch zunächst musste er ein noch dringlicheres Bedürfnis stillen. Er musste etwas trinken! Seine Fuchszunge wölbte sich bereits trocken und wie ein Reibeisen in seinem Maul. Eine schlammige Pfütze zog sich am Rand der Brachfläche entlang, und er konnte das Wasser riechen, das sich dort sammelte. Der Geruch unterschied sich deutlich von dem des Regens. Entschlossen kroch er nach rechts unter der Hecke hervor und schlich vorsichtig vorwärts. Schon nach wenigen Sekunden hatte er einen alten Autoreifen entdeckt, der aufrecht im Graben stand. Darin hatte sich eine glitzernde, schwarze Wasserpfütze gesammelt. Es schmeckte besser, als es roch. Dex schlabberte fast alles auf, ohne auf die ein, zwei Insekten zu achten, die an der Oberfläche trieben. Der Nachgeschmack nach verbranntem Gummi war zwar nicht gerade ein Gaumenschmaus, aber die Flüssigkeit tat seinem ausgedörrten Körper so gut, dass er sich nicht weiter daran störte.

Inzwischen hatte auch die Dämmerung eingesetzt, und das trug zu seiner Entspannung bei. Zwar schien im Moment niemand in seiner Nähe zu sein, aber trotzdem war Dex, dem Fuchs, instinktiv klar, dass es für ihn umso sicherer war, je dunkler es wurde. Er sah sich auf dem vertrauten Stück Brachland um, das jetzt seltsam anders wirkte, und als er niemanden erkennen konnte, schlich er an der Hecke entlang zurück zu den Müllcontainern.

Vor jedem der drei großen Stahlbehälter lag ein wirrer Berg aus schwarzen Müllsäcken, Schachteln und Plastiktüten. Die schweren, schwarzen Plastikdeckel der Behälter standen fast immer offen. Es wurde ja ständig viel zu viel Müll hineingestopft, so dass die Leute ihre Müllsäcke, Kartons und Tragetüten einfach auf den klebrigen Beton stellten, bis der Berg so hoch war, dass er an die Öffnung heranreichte.

Perfekt. Mit vorsichtigen Schritten kletterte Dex hinauf bis zur Öffnung des nächstgelegenen Containers und fing dann an zu scharren. Mühelos zerschlitzten seine scharfen Krallen einen dicken Plastikbeutel, so dass Kartoffelschalen, dicke Bohnen und zwei mit rosa Spritzern übersäte Joghurtbecher daraus hervorplatzten. Aber darunter wartete der Schatz! Die rotweiß gestreifte Schachtel bestätigte ihm, was seine feine Nase bereits angekündigt hatte – frittiertes Hühnchen! Dex packte die Schachtel mit den Zähnen und trug sie nach unten. Dabei rutschte er auf einer Lache aus geschmolzener Eiscreme aus. Eine Sekunde später saß er bereits wieder unter den Büschen und riss den Karton in Stücke.

Von den seltenen Malen, in denen Dex frittiertes Hühnchen gegessen hatte, wusste er, dass man die einzelnen Stücke mit Fingern und Zähnen behutsam auseinandernehmen musste. Auf keinen Fall durfte man die dicken Knochen und das dunkle, fettige Gewebe unterhalb der

Rippen essen, genauso wenig wie die Haut und die rosafarbenen, dehnbaren Blutadern. Und für gewöhnlich bekam man noch ein nach Zitrone duftendes Feuchttuch dazu, mit dem man sich anschließend die Finger saubermachen konnte.

Dex, der Fuchs, war da weit weniger wählerisch. Die Knochen, an denen immer noch jede Menge Fleisch haftete, landeten unverzüglich in seinem Maul. Seine Zähne und seine Zunge arbeiteten auf beeindruckende Weise mit seinen Pfoten zusammen und schälten jedes Fitzelchen Fleisch von den Keulen. Anschließend legte er sie fein säuberlich wieder auf den dünnen Karton. Insgesamt waren es vier Stück. Nach drei Minuten war er damit fertig.

Kaum hatte er seinen Fressrausch beendet, blickte Dex sich schweratmend um. Hatte ihn jemand bemerkt? Immer noch war niemand in der Nähe. Das Wasser und das Hühnchenfleisch verliehen ihm bereits neue Energie, und er fühlte sich phantastisch. Obwohl ... ein kleines bisschen Hunger verspürte er noch.

Der Regen hatte mittlerweile aufgehört, aber im letzten Licht der Dämmerung entdeckte Dex in dem Graben vor seiner Nase jede Menge Untergrundbewohner, die durch das rhythmische Prasseln des Regens an die Erdoberfläche gelockt worden waren. Dex, der Junge, fing an zu protestieren, doch Dex, der Fuchs, schenkte ihm keine Beachtung. Er streckte die Vorderpfoten, so dass seine Hinterläufe und der Rumpf noch weitgehend unter der Hecke verborgen blieben, und benutzte die Reihe mit den kleinen Nagezähnen zwischen seinen Fängen, um den größten Wurm vorsichtig aus der Erde hervorzuziehen. Dieser dehnte sich, fast wie ein dickes, pinkfarbenes Gummiband, und dann, als Dex ihn behutsam von links nach rechts und wieder zurückbog, rutschte noch ein bisschen mehr rosafarbenes, weiches Fleisch aus der losen, feuchten Erde. Als endlich der Rest des Wurmes aus der Erde flutschte, prallte er mit leisem Schmatzen gegen Dex' Schnauze und wand sich panisch hin und her, bevor Dex ihn in einem Stück verschluckte. Er schmeckte ein bisschen nach rohen Pilzen mit einem bitteren Beigeschmack. Dex machte weiter und zog systematisch einen Wurm nach dem anderen aus der Erde. Nach dem vierten oder fünften war Schluss, und er fühlte sich noch besser als zuvor. Besser? Er fühlte sich absolut phantastisch!

Erneut blickte er sich nach allen Seiten um, spannte dann seine muskulösen Hüften und schnellte los, jagte quer über die brachliegende Fläche hinweg auf die Schrebergärten und das dahinterliegende Wäldchen zu.

Kapitel 3

Das hohe Gras vor seinen Augen schnalzte ruckartig beiseite, als Dex wie eine Gewehrkugel über die Brachfläche jagte. Jedes Mal, wenn er sich mit einer seiner Pfoten abstieß, begann er einen wenige Sekundenbruchteile dauernden Flug. Die Abendluft pfiff ihm um die Ohren, ließ das weiche, weiße Fell an ihren Innenseiten flattern und drückte seine schwarzen Schnurrhaare flach an seine Wangen.

Verwegen sprang er über alle Hindernisse hinweg: die Grasbüschel rund um die rauen Betonstücke auf dem Boden, die Rollen aus rostigem Maschendraht, die leeren Paraffinbüchsen und die räderlosen Skelette herrenloser Fahrräder. Am Rand der Schrebergartensiedlung angelangt, verlangsamte er seine Schritte und spitzte die Ohren. Es war immerhin denkbar, dass irgendein Schrebergärtner noch mit seinen Gemüsebeeten beschäftigt war. Aber nicht in seiner unmittelbaren Umgebung. Weiter weg, da war auf jeden Fall einer zu hören. Der Menschengeruch erschien Dex, dem Fuchs, mindestens so scharf und eindeutig erkennbar wie der Fuchsgeruch früher Dex, dem Jungen, erschienen war.

Geduckt und geschmeidig schlich er an ein paar kleinen Schuppen entlang und an einem mit Drahtgeflecht geschützten Himbeerbusch vorbei, unter einem auf mehreren Backsteinen ruhenden Wasserfass hindurch und rettete sich dann zwischen die hohen, drahtigen Grashalme am Rand der Schrebergärten, im Schatten des Wäldchens. Erst als er den schwammigen Untergrund des Waldbodens unter seinen Pfoten spürte, wurde er wieder langsamer. Er war völlig außer Atem und hätte am liebsten laut gejuchzt vor Freude. Er kam sich vor wie in einem dieser Träume, aus denen man lächelnd und mit Tränen in den Augen erwacht. Nur, dass er bereits wach *war*! Er hatte sich noch nie wacher gefühlt als jetzt.

In der feuchten Wärme des kleinen Wäldchens fühlte Dex sich erheblich sicherer als zuvor. Er machte es sich auf dem torfigen Boden bequem und rollte seine herrliche, buschige Lunte ein, so dass die Spitze seine Vorderpfoten kitzelte. Er wusste, dass er sich eigentlich Gedanken darüber machen müsste, was das Ganze sollte. Er wusste, dass er fieberhaft überlegen müsste, was als Nächstes passieren würde. Aber jetzt, wo er gegessen und getrunken und diesen phantastischen, beinahe fliegenden Lauf quer über die Brachfläche hinter sich hatte, verspürte er keinen anderen Wunsch mehr, als sich schlafen zu legen ... obwohl er noch vor zehn Sekunden hellwach gewesen war.

Ganz in der Nähe befand sich eine umgestürzte Eiche. Ziemlich genau zu der Zeit, als er geboren worden war, hatte ein schwerer Sturm das Land gebeutelt, so heftig, dass er damals diese Eiche entwurzelt hatte. Das hatte sein Dad ihm jedenfalls erzählt. Noch während Dex es sich in einer Kuhle unter dem einen Ende des Stammes gemütlich machte, dämmerte er ein. Im Halbschlaf erinnerte er sich an die Worte seines Vaters: »Es war dramatisch, Dex. Der

Wind … Donnerwetter – du hättest den Wind hören müssen. Er hat geheult und am Haus gerüttelt, so dass die Fenster gebebt und geklirrt haben. Deine Mum hat davon aber nichts mitbekommen. Sie war ja damit beschäftigt, dich auf die Welt zu bringen. Aber ich, also, ich werde diesen Sturm niemals vergessen.«

Es war eine ihrer gemeinsamen Lieblingsgeschichten, und in den seltenen Momenten, in denen sie zu zweit waren, erzählte sein Vater sie ihm gelegentlich, immer so, als sei es das allererste Mal. Dann waren seine blassen, grauen Augen in die Ferne gerichtet, auf seine Erinnerung.

»Und dann, kurz nachdem du geboren warst, gegen drei oder vier Uhr früh, hat der Sturm sich mit einem Schlag gelegt, einfach so! Kein Hauch mehr. Es war so still, dass ich dich in deiner kleinen Plastikkrippe habe atmen hören. Ich habe zum Fenster hinausgeschaut und die Bäume unten im Tal gesehen. Und der nächste Tag war auch sehr merkwürdig. Die Sonne stand rot wie eine Blutorange am Himmel, und die Hitze war einfach unglaublich. Es war April, aber heiß wie im Juni. Ein ungewöhnliches Wetterphänomen hieß es damals.«

Mit gespitzten Ohren lauschte Dex dem sanften Rauschen des Waldes. Waren da etwa noch andere Laute zu hören? Immer tiefer und tiefer glitt er in den Schlaf hinab. Er fühlte sich warm und geborgen und unter diesem Baumstamm mehr zu Hause als je zuvor in der kleinen feuchten Kammer, die er sein Zimmer nannte. In weiter Ferne nahm er sanften, pulvrigen Fliederduft wahr. Er wusste, dass das nicht sein konnte, denn jetzt war Oktober und nicht April. Aber der Duft überkam ihn jedes Mal, wenn er an seine Mutter dachte. Es war *ihr* Duft, und eine der wenigen Erinnerungen, die ihm von ihr geblieben waren. Sie war gestorben, als er vier Jahre alt gewesen war.

Außer an ihren Duft erinnerte er sich noch daran, dass sie ihm manchmal etwas vorgesungen hatte. Dass er vor Lachen laut gegluckst und versucht hatte, mit seinen Kleinkindzähnen in ihre feste Hand zu beißen, und dass sie ihn dann gekitzelt hatte. In warme Erinnerungen gehüllt, umschlossen von seiner buschigen Lunte, fiel Dex in einen tiefen Schlaf.

* * *

Dex' erster Gedanke war, dass die schmale Kommode aus irgendeinem Grund umgekippt und auf ihn gefallen sein musste. Etwas Hartes, Unnachgiebiges drückte auf seinen Hinterkopf. Dex versuchte, sich zu bewegen, doch das Hindernis gab keinen Millimeter nach. Erschrocken sog er die Luft ein, aber erst nachdem er mehrmals das Laub- und Erdaroma eingeatmet hatte, wusste er wieder, wo er war. Dex schlug die Augen auf. Um ihn herum war es dunkel und feucht. Er lag immer noch im Wald unter der umgestürzten Eiche und hatte die Nase fest in die Erde gedrückt. Wieso hatte er denn das Gefühl, so dermaßen eingequetscht zu sein? Beim Einschlafen hatte er sich doch so wohl und kuschelig gefühlt.

Er streckte die Hand aus und drehte sich auf die Seite, wandte den Kopf nach rechts und schaffte es zum Glück, sich unter dem Baumstamm hervorzuschieben, allerdings nicht, ohne sich den Hinterkopf und das Ohr aufzuschürfen. Benommen kam er auf die Knie und klopfte Blätter und lose Erde von T-Shirt und Jeans. Dann erstarrte er. Eigenartigerweise war der Schock jetzt, wo er feststellen musste, dass er wieder ein Junge war, viel größer als vorhin, als er gemerkt hatte, dass er sich in einen Fuchs verwandelt hatte. Dex ließ sich im Schneidersitz auf den Boden sinken und versuchte, sich darüber klarzuwerden, was eigentlich gerade geschehen war. Im Wald war es dunkel und still, aber die Straßenlaternen in seiner Straße schickten ihren trüben, orangefarbenen Schimmer als leises Glimmen bis hierher. Er warf einen Blick auf seine Armbanduhr: Es war erst halb sechs. Ihm kam es viel später vor.

Dex musste an den Unglaublichen Hulk denken. Sein Dad hatte einen Stapel mit alten, vergilbten Comic-Heften unter die Treppe gelegt, die vom Unglaublichen Hulk handelten. Darin verwandelte sich der Wissenschaftler David Banner immer, wenn er wütend wurde, in ein mächtiges, grünes Ungeheuer. Dabei wurde jedes Mal sein Hemd in Fetzen gerissen, und seine Schuhe verschwanden – wahrscheinlich platzten sie ihm einfach von den Füßen, dachte Dex –, aber seine Hose und seine Unterhose blieben, bis auf ein paar kleine Risse am unteren Rand, jedes Mal heil. Wahrscheinlich hätten die Eltern ihren Kindern die Hefte nicht gekauft, wenn auch Hulks Hose und Unterhose einfach weggeplatzt wären, überlegte Dex.

Jedes Mal, wenn der Unglaubliche Hulk sich verzogen hatte und David Banner wieder zu einem ganz gewöhnlichen Menschen geworden war, hatte er jedenfalls seine Hose noch angehabt. Dann hatte er nichts weiter tun müssen, als von irgendeiner Wäscheleine ein Hemd oder etwas Ähnliches zu stibitzen und nach Hause zu laufen.

Aber warum, dachte Dex jetzt, *bin ich noch genauso angezogen wie vorher? Als Fuchs hätte ich doch meine menschlichen Kleider verlieren müssen, oder etwa nicht? Müsste meine Armbanduhr jetzt nicht eigentlich im Schuppen liegen, zusammen mit meinem T-Shirt, meiner Jeans, der Unterhose, den Socken und den Turnschuhen?*

Aber vielleicht war das Ganze auch einfach nur ein Traum gewesen. Nur ... wie war er dann aus dem Schuppen entkommen? Er warf noch einmal einen Blick auf seine Armbanduhr. Die Leuchtzeiger standen jetzt auf 17.31 Uhr. Abendessen.

Abendessen! O nein. Abendessen! Dex sprang auf, aber dann wurde ihm schwindelig und er geriet ins Wanken. Gina und Alice mussten jeden Moment zurück sein ... wenn sie es nicht schon waren! Die Geschäfte machten sonntags um halb sechs zu, also konnte es wirklich nicht mehr lange dauern. Und wenn er bis dahin nicht im Garten ... im Schuppen war! Nicht ein einziges Unkraut hatte er gejätet. Nicht *eines*! Gina würde wie eine Atombombe explodieren, wenn er sie nicht davon überzeugen konnte, dass er *auf keinen Fall* dazu in der Lage gewesen war, weil er sich ja versehentlich im Schuppen eingesperrt hatte. Er musste sofort dorthin zurück. SOFORT!

Dex rannte durch den Wald, sprang über Wurzeln hinweg und wich im Weg stehenden Bäumen aus. Als Mensch kam er sich schwerfällig und ungelenk vor, aber er versuchte, wenigstens wie ein Fuchs zu *denken* und sich möglichst ähnlich zu bewegen. Er stürmte zwischen den Bäumen hervor, rannte an den Schrebergärten vorbei, verfing sich in dem Maschendrahtgestell rund um die Himbeeren und zog sich an einer der kleinen Bambusstreben einen tiefen Kratzer an der Schulter zu. Er hetzte weiter über die Brachfläche, stolperte durch das Unkrautgewirr und musste mehrfach hochhüpfen und sich mit kleinen, tänzelnden Schritten aus dem rostigen Maschendraht befreien, der nach oben gefedert war und sich in seinen Knöcheln verheddert hatte. In Angstschweiß gebadet gelangte er zu der niedrigen Brombeerhecke. Jetzt, als Mensch, war sie sehr viel schwieriger zu überwinden als zuvor, aber er wagte nicht, nur wegen ein paar kleiner Kratzer stehen zu bleiben.

Also schob er sich, angetrieben von purer Willenskraft, unter den stacheligen Zweigen hindurch und an den Überresten seines frittierten Hühnchens vorbei in den Garten. Dann rannte er so schnell zum Schuppen, dass er mit voller Wucht dagegenprallte, und zwar mit dem Gesicht voraus. Im Haus brannte noch kein Licht, doch gerade, als er einen erleichterten Seufzer ausstieß, sah er zwei Scheinwerferstrahlen in die Einfahrt neben dem Haus einbiegen. Sie waren zurück!

Entsetzt hielt Dex die Luft an und kauerte sich vor die Lücke an der Rückwand des Schuppens, um sich wieder ins Innere zu schieben. Erst jetzt wurde ihm klar, dass das ja gar nicht möglich war. Er war viel zu groß dafür!

Wie eine blutrote Flutwelle jagte die Panik durch seine Gedanken. Es kostete ihn größte Mühe, einen halbwegs kühlen Kopf zu bewahren. Was tun? Hektisch blickte er sich im Garten um. Drüben neben dem Komposthaufen lag eine Mistgabel und reckte ihre Zinken gefährlich in die Luft. Er rannte zu ihr, packte sie und stand nach wenigen Sekunden schon wieder neben dem Schuppen. Dann hörte er Autotüren schlagen und dazu das ferne, keineswegs willkommene Klappern von Ginas Schlüsselbund.

Dex packte den Stiel der Mistgabel, steckte ihn in das Loch in der Bretterwand und rüttelte hin und her, um die zerbrochene Holzlatte vollends abzulösen. Es kam ihm vor, als würde sie sich keinen Millimeter bewegen, obwohl das eigentlich *unmöglich* war! Jetzt wurde die Haustür ins Schloss geknallt und das Licht im Flur eingeschaltet. Dex konnte bereits die Stimmen hören.

Die Angst packte ihn, und sein Herz raste. Jetzt konzentrierte er die ganze wahnsinnige, kreischende Energie, die durch seinen Körper tobte, auf einen einzigen, gewaltigen Ruck am Stiel der Mistgabel. Mit einem lauten Knall wurde die Latte abgesprengt und fiel zur Seite. Dex schleuderte die Mistgabel quer durch den Garten und quetschte sich durch das nunmehr deutlich größere Loch. Es war zwar immer noch sehr eng, und die Schmerzen an seiner verletzten Schulter wurden dadurch noch größer, doch irgendwann hatte er es geschafft und sich unter Ziehen und Schieben und Drücken in den Schuppen gezwängt.

Nachdem er das geschafft hatte, suchte er nach der abgebrochenen Holzlatte und versuchte, sie wieder vor das Loch zu schieben. Sie kippte jedoch immer wieder um, so dass er schließlich den schweren Torfsack davorschob. Jetzt konnte er nur hoffen, dass Gina nichts merkte.

Er drehte sich um und starrte die Schuppentür an, versuchte, so ruhig wie irgend möglich zu atmen, und wartete ab.

Nichts geschah.

Ganz allmählich beruhigte sich sein Atem, und auch das Zittern in seinen Händen ließ nach, abgesehen von einem gelegentlichen, leichten Zucken. Nachdem seine Augen sich an die Dunkelheit gewöhnt hatten, konnte er die verschiedenen Gegenstände im Schuppen erkennen ... Gegenstände, die von einem außergewöhlichen, nur wenige Stunden zurückliegenden Ereignis berichteten. Die Bastballen, die Eimer, die verblasste Backsteinzeichnung von dem Fuchs, die in dem schwachen Lichtstrahl, der durch das kleine Schuppenfenster ins Innere drang, gerade eben noch erkennbar war. Er drehte sich um und stieß mit dem Fuß gegen die Limonadenflasche. Sie rollte ein kleines Stückchen weiter, so dass noch ein paar Tropfen Lackverdünnung auf dem Boden landeten. Dex bückte sich, hob sie auf und stellte sie ins Regal zurück.

In dem Moment, als er den Arm wieder senkte, wurde die Schuppentür geöffnet.

Kapitel 4

Gina musterte Dex von Kopf bis Fuß, bevor sie den Mund öffnete, und für einen Moment hatte Dex die verrückte Vorstellung, dass sie ihn fragen könnte, ob mit ihm alles in Ordnung sei.

»Was ist passiert?«, wollte sie stattdessen wissen, während sie ihn und den Schuppen gründlich musterte. Dex war schweißnass und zitterte, aber jetzt versuchte er außerdem auch noch, erschöpft auszusehen.

»Der Wind hat die Tür zugeschlagen«, murmelte er, »und dann ist der Riegel runtergeklappt, kurz nachdem ihr weggefahren seid. Und seither sitze ich hier drin fest.«

Sie betrachtete ihn noch ein wenig länger, und er wusste beim besten Willen nicht, was sie dabei dachte. Nachdem vielleicht zehn Sekunden vergangen waren, holte sie kurz Luft, drehte sich um und ging den Gartenpfad entlang.

»Jetzt steh doch nicht einfach nur rum«, sagte sie über die Schulter hinweg. »Komm rein und iss was.«

Alice saß am Küchentisch. Sie hatte sich in ein neues, pinkfarbenes Fell-Ding gewickelt. Es sah aus wie eine Art Weste, aber sie erklärte Dex mit stolzer Stimme, dass es sich um einen Bolero handelte. Das klang eigentlich eher nach etwas, womit man den Verkehr regeln konnte, und Dex fand, dass es dafür auch viel besser geeignet gewesen wäre als zum Anziehen. Aber Alice hatte gute Laune und war freundlich zu Dex, während dieser mit zitternden Fingern sein Glas unter den Wasserhahn hielt.

»Wir waren in der Sphinx und haben Kelly getroffen«, plapperte Alice munter weiter. (»Die Sphinx« war der idiotischste Name, den man sich für ein englisches Einkaufszentrum überhaupt vorstellen konnte.) »Nächste Woche macht sie eine Übernachtungsparty. Tut mir leid, Dex, aber du bist nicht eingeladen. Jungs sind nicht erlaubt.«

Dex, der gerade einen Schluck Wasser trinken wollte, schnaubte und verschluckte sich dabei. Nicht bei dem Gedanken an eine Übernachtungsparty mit Alice und ihren kleinen, pinkfarbenen Freundinnen, sondern weil er gerade gesehen hatte, was es zum Abendessen geben sollte. Auf dem Tisch standen mehrere rotweiß gestreifte Pappschachteln – frittiertes Hühnchen aus dem Schnellimbiss. Dex fing an zu kichern, so dass Alice und Gina ihn erstaunt anstarrten. Es kam nicht oft vor, dass Dex in ihrer Gegenwart kicherte.

»Was ist denn bloß los mit dir, Junge?«, fauchte Gina ihn an und musterte ihn durchdringend. Im grellen Licht der Küchenlampe waren die Kratzer und Schmutzspuren auf seinem Gesicht deutlich zu erkennen. »Und was ist das da?« Sie trat zu ihm und versetzte ihm einen kräftigen Stoß gegen die verletzte Schulter, wo sich ein Blutfleck gebildet hatte. »Was hast du denn getrieben, während du da im Schuppen warst?«

»Ich ... ich ... gar nichts ...«, stammelte Dex. »Ich bin

bloß hingefallen ... also, ohnmächtig geworden, irgendwie. Es war total heiß da drin.«

Ginas Blicke durchbohrten ihn. Es war unmöglich zu erkennen, was ihr gerade durch den Kopf ging. Würde sie ihn gleich ohrfeigen? Würde sie lächeln und »Macht doch nichts« sagen? Vielleicht machte sie sich auch Gedanken darüber, was sein Vater davon halten würde. Er würde in ein paar Tagen nach Hause kommen, so dass die Verletzungen vielleicht noch zu sehen waren.

»Iss«, befahl sie ihm knapp. »Und dann gehst du dich waschen. Du stinkst ja wie ein Hund.«

Dex, der sich immer noch sehr zusammenreißen musste, um nicht über das ganze Gesicht zu grinsen, setzte sich und verputzte seine zweite Portion frittiertes Hühnchen an diesem Tag. Das hier kam zwar direkt aus dem Imbiss und nicht aus dem Müllcontainer, aber geschmacklich war kein großer Unterschied festzustellen. Nach dem Essen stellte er sich unter die Dusche, und danach legte er sich direkt ins Bett. Er war wahnsinnig müde und hatte irrsinnigen Muskelkater, als wäre er einen ganzen Marathon gelaufen. Alle Knochen taten ihm weh, und das mit Recht. Es war keine drei Stunden her, dass sie geschrumpft und verdreht und zu Fuchsknochen geworden waren ... nur, um anschließend wieder menschliche Gestalt anzunehmen. Die Leute sagen doch immer, dass das Erwachsenwerden merkwürdige Sachen mit dem Körper anstellt, dachte Dex. Stimmbruch zum Beispiel, oder dass man Haare unter den Achseln kriegt. Aber bis jetzt hatte noch niemand gesagt »Ach ja, übrigens ... manchmal verwandelt man sich in einen Fuchs.«

Zu diesem Thema gab es keine hilfreichen Plakate am Schwarzen Brett der Schule. Ein müdes, ein wenig irres Kichern kroch aus Dex' schläfriger Kehle hervor. Er stellte sich das Plakat vor. HALLO, IHR JUNGEN, war da zu lesen. HABT IHR FUCHS-PROBLEME? ZIEHEN MÜLLHALDEN EUCH MAGISCH AN? MÜSST IHR IMMERZU SPINNEN ESSEN? DER BERATUNGSLEHRER AN EURER SCHULE HAT FÜR ALLE EIN OFFENES OHR ...

Da meinte er, in der Ferne den schrillen Schrei einer Hexe im Wald zu hören, und schlief, immer noch kichernd, ein.

* * *

Am nächsten Morgen war Dex natürlich erst recht davon überzeugt, dass alles nur ein Traum gewesen war. Was denn sonst?

Trotzdem ging er, bevor er sich an diesem kühlen, grauen Tag auf den Weg zur Schule machte, unter einem Vorwand noch einmal in den Garten. Als er die zerbrochene Latte in der Rückwand des Schuppens und die verstreuten Hühnchenknochen samt Pappschachtel unter der Hecke sah, schlug sein Puls schlagartig schneller. Wenn das alles ein Traum gewesen war, wie hatte er *das* dann geschafft?

Vor dem Tor zum Schulhof wurde er von Clive erwartet. Clives Brille war schon wieder verbogen, und sein Montagspullover, der eigentlich sauber und gebügelt hätte sein sollen, war total zerknittert und voller Schmutzflecken. Dex musterte seinen Freund aufmerksam und sah, dass ihm die Tränen in den Augen standen. Er gab ihm ein Papiertaschentuch, und sie machten sich auf den Weg ins Schulgebäude. Jedes Wort war überflüssig. Clive war wieder einmal von Toby Rogers und Matthew Spacey verprügelt worden. Clive hatte ihm erzählt, dass die beiden herausgefunden hatten, wo er wohnte, und dass sie ihm am Ende seiner Straße aufgelauert hatten.

»Es ist ja in Ordnung, wenn sie mich in der Schule fertigmachen«, sagte er, was wirklich ziemlich dämlich war, weil es *natürlich* nicht in Ordnung war. »Aber wenn sie jetzt auch noch zu mir nach Hause kommen, also, das ertrage ich nicht.«

»Sagst du's den Lehrern?«, wollte Dex wissen, obwohl er die Antwort bereits kannte. Clive starrte ihn an, als sei er verrückt geworden. Er war klein, noch kleiner als Dex, und er war ein kluger Kopf. Seine Noten vor allem in Naturwissenschaften und Mathe waren hervorragend, und außerdem hatte er für einen Jungen an der Bark's End Junior School einen viel zu vornehmen Akzent. Zu allem Überfluss sah er auch noch vornehm aus, völlig unabsichtlich zwar, aber das war auch nicht unbedingt ein Vorteil. Er trug zum Beispiel keinen Rucksack, sondern einen altmodischen, braunen Schulranzen, und dazu Wollpullover mit V-Ausschnitt und Krawatte. Dabei hätte er sich auch für ein Schulsweatshirt oder Polohemd entscheiden können. Er war wirklich selbst schuld, jedenfalls, wenn es nach

Tobys und Matthews Meinung ging. In diesem Schultrimester hatten sie ihn schon mit den langen Früchten des Trompetenbaums geschlagen, der auf dem oberen Spielplatz der Schule wuchs, hatten das Modelldampfschiff mitsamt seiner komplizierten Mechanik zerstört, das er in vielen, mühsamen Stunden für den Unterricht gebastelt hatte, hatten seinen Kopf in eine Toilettenschüssel gedrückt und gespült, ihn kopfüber in eine Mülltonne gesteckt und ihm zahllose Male juckende Hagebuttensamen in den Hemdkragen gestopft.

Dex versuchte zumindest, seinem Freund zu helfen. Er war es, der Clive Wasser über den Rücken kippte, um die Hagebuttensamen abzuspülen, oder ihm Papiertücher reichte, damit er seine toilettengespülten Haare trocknen konnte. Er hatte sich ein-, zweimal mutig vor Clive gestellt und für ihn Partei ergriffen, als Toby und Matthew ihn verspottet hatten, und hatte dafür ebenfalls auf die Nase bekommen. Aber Clive wollte, dass er das bleiben ließ.

»Ach, weißt du«, sagte er weise, »das ist nun mal meine Schulzeit. Da muss ich durch. Aber eines Tages gehe ich ans College und dann an die Universität, und dann kriege ich einen richtig guten Job, während Toby und Matthew die Einfahrt zu meiner Stadtvilla pflastern. Und wenn sie dann mal gerade nicht hinschauen, spucke ich in ihren Tee und streichele mit ihren Schokoladenkeksen die Katze.«

Dex lachte, bis ihm die Tränen kamen. Clive konnte so witzig sein, und das ohne die geringste Anstrengung. Und er hatte recht. Seit er zur Schule ging, hatte er regelmäßig Prügel von Toby und Matthew oder anderen Möchtegernrambos bezogen. Es gab einfach Dinge, an die man sich mit der Zeit gewöhnte.

Aber eines Tages würde irgendjemand zu weit gehen. Und in Clives Fall war es am darauffolgenden Donnerstag so weit.

»Das ist ja phantastisch! Ganz ehrlich, etwas Besseres habe ich in meiner ganzen Laufbahn noch nie zu sehen bekommen!« Mrs Radway strahlte Clive an, der mit rosarotem Kopf zurückstrahlte, voller Stolz darüber, dass er wieder einmal die beste Arbeit der ganzen Klasse abgeliefert hatte. Auch dieses Mal handelte es sich um ein funktionierendes Modell, und zwar um eine Uhr, vollständig aus Papier gebaut. Wirklich verblüffend, dachte Dex, als Mrs Radway die Uhr unter die Leuchtstoffröhren des Klassenzimmers hielt und sie aufmerksam von allen Seiten betrachtete. Clive hatte die verschiedenen Zahnräder und Hebel alle aus feinem, grünem Karton ausgeschnitten und sorgfältig zusammengeklebt. Und sie funktionierte tatsächlich!

»Clive, ich möchte, dass du das nach unten zu Direktor Clegg bringst, und zwar auf der Stelle«, sagte Mrs Radway. »Ich finde, er muss erfahren, was für ein kluger und geschickter Schüler du bist.«

Denken Lehrer eigentlich überhaupt nie nach?, fragte sich Dex, als er Toby und Matthew leise kichern hörte. Überlegen die sich denn nicht, was passiert, *nachdem* sie solche Sachen gesagt haben? Clive war viel zu aufgeregt, um es zu bemerken, aber Dex konnte nicht nur hören und fühlen, wie die bedrohliche Stimmung hinter ihm immer intensiver wurde, er konnte es sogar *riechen*. Toby und Matthew verströmten Feindseligkeit, Verachtung und Gewaltbereitschaft, die wie ein böser Nebel zwischen den Tischen hindurchwaberten und Clive ansteuerten.

Der arme Kerl tänzelte buchstäblich mit seiner Papieruhr im Arm zur Tür, so sehr freute er sich. Und vielleicht war das der Tropfen, der das Fass zum Überlaufen brachte. Als es klingelte, standen Toby und Matthew auf, genau wie alle anderen auch, und rannten hinter Clive her.

Aus allen Klassenzimmern strömten die Schüler auf den langen Flur, so dass Toby und Matthew schnell nicht mehr zu sehen waren, genauso wenig wie Clive. Aber das spielte für Dex keine Rolle. Er konnte sie immer noch riechen. Ihre Duftspur führte ihn in Richtung Direktorenzimmer, und er konnte nur hoffen, dass es ihnen irgendwann zu brenzlig wurde und sie die Verfolgung einstellten. Doch plötzlich schnappte er noch einen anderen Geruch auf, stechend, durchdringend. Es war der Geruch der Panik, und er stammte von Clive. So schnell er nur konnte, schob er sich durch die dichte Menge der anderen Kinder, versuchte zu laufen … und blieb dann ruckartig stehen. Er drehte den Kopf nach rechts. Dort befand sich kein Klassenzimmer, kein Ausgang auf den Schulhof, sondern nur eine schmucklose, blaugestrichene Tür, die normalerweise fest verschlossen war. Er wusste, dass dahinter eine kurze Betontreppe in den Schulkeller hinabführte, wo sich der Heizungsraum, die Hausmeisterwerkstatt und die Utensilien für die Reinigungskräfte befanden. Dex warf sich gegen die Tür und stellte fest: Er lag richtig. Die Tür schwang auf, und aus dem Keller drang ein trüber Lichtschein nach oben.

Er lief die Treppe hinunter und wäre beinahe auf ein paar grünen Kartonstückchen ausgerutscht. Stöhnend kniete er sich hin und hob die Fetzen von Clives wunderbarer Papieruhr auf. Von einer mächtigen Wut gepackt, rief er: »Clive! Wo bist du?« Schon im nächsten Augenblick nahmen seine scharfen Ohren ein leises Wimmern wahr, gefolgt von Kichern und scharrenden Geräuschen. Dex stürmte in den Keller und sah Clive in einem etwa dreißig Zentimeter hohen Zwischenraum unter dem Heizungskessel kauern. Er hatte sich auf die Seite gedreht. Irgendjemand hatte ihm die Krawatte abgerissen und ihm einen ekligen Wischmop in den Hemdkragen gestopft. Unter seiner Nase war ein verschmierter, dunkelroter Streifen zu erkennen, und die uralte Staubschicht auf dem Fußboden hatte sich unterhalb seiner Wange durch seine Tränen in eine feucht-schmutzige Masse verwandelt.

Dex war entsetzt. Erneut wurde er von einer gewaltigen Wut geschüttelt und drehte sich zu Clives Widersachern um. Da meldete Clive sich mit heiserer Stimme zu Wort: »Nicht, Dex. Dex, geh einfach. Alles in Ordnung.« Diese Worte waren so absurd, dass Dex, ohne nachzudenken, handelte. Er hob ein Holzscheit vom Fußboden auf und rannte damit durch den Keller, schlug gegen alte Kisten und Metalleimer und schlangengleiche Schlauchleitungen.

»Wo seid ihr?«, brüllte er dabei. »Zeigt euch, ihr stinkenden Feiglinge!«

»Und was genau willst du dann machen?« Mit einem Schritt trat Toby aus der Düsternis hervor. Ein hämisches Grinsen lag auf seinem dicken, hässlichen Gesicht. Matthew stellte sich neben ihn. Eigentlich sah er ganz gut aus, aber seine Gehässigkeit überlagerte alles andere.

Dex hörte, wie gequetscht seine Stimme mit einem Mal klang, als er sagte: »Das werdet ihr schon sehen.«

Clive schrie: »Dex … *Nicht*! Hau endlich ab!«

Als er den Arm mit dem Holzscheit hob, sah er in Tobys Blick keine Angst aufflackern, sondern eher eine Art Verwunderung. »Ach so, na klar«, höhnte Matthew. »Jetzt hab ich aber Angst.«

Dex schlug zu, so fest er nur konnte. Das Holzscheit prallte gegen etwas Hartes, aber es war nicht Tobys Kopf. Der große, dicke Kerl hatte den Schlag mit seiner großen, dicken Hand einfach abgefangen. Jetzt hielt er das Holzscheit fest gepackt, drehte es um, so dass Dex es loslassen musste, und noch bevor dieser sich zurückziehen konnte, hatte Toby ihm einen Schlag auf die Wange verpasst. Toby war Kricketspieler und hatte seine ganze Kraft in diesen einen Schlag gelegt. Dex kippte um wie vom Blitz getroffen. Noch während er fiel, konnte er sein eigenes Blut bereits riechen, und die Wut, die ihn ergriff, bevor er mit dem Hinterkopf auf dem schmalen Stück Betonboden hinter dem Heizkessel aufschlug, war stärker als alles, was er jemals empfunden hatte.

Es konnten nicht mehr als zehn Sekunden gewesen sein, aber Dex kam es viel länger vor, als würde die Zeit im Schneckentempo vergehen. Er spürte die stickige Hitze am Fuß des alten Heizkessels, hatte den scharfen, metallischen Geruch des Blutes in der Nase, fühlte, wie die Haut rund um die getroffene Stelle an seiner Wange anschwoll. Erneut ertönte Clives Wimmern, und dann sagte Toby: »Das wird ihm eine Lehre sein. *Er* hat schließlich angefangen. Wer zum Schwert greift, der wird durch das Schwert umkommen.«

»Wer zum Holzscheit greift, der wird durch das Holzscheit umkommen«, fügte Matthew hinzu, und dann fingen die beiden hemmungslos an zu kichern.

Dex spürte ein Kribbeln am ganzen Körper. Für eine Weile sah er nichts als schwarze Finsternis, hörte nichts als das Rauschen vollaufgedrehter Wasserhähne, und dann lag er auf dem Bauch und starrte unter dem Heizkessel hindurch auf Clives Hinterkopf. Er sah Tobys und Matthews Schulschuhe vorübergehen und vor ihrem Opfer stehen bleiben. Gut möglich, dass gar nicht mehr passiert wäre, hätte Dex nicht genau gesehen, wie Clive von jedem Paar der abgewetzten, schwarzen Schnürschuhe einen völlig überflüssigen, kräftigen Tritt verpasst bekam.

Dex stieß einen lauten Schrei aus. Der klang so schrill und wild und laut, dass er sogar ihm selbst Angst machte.

Doch der Schrei war nur der Anfang. Sein schlanker, rotbrauner Körper schlängelte sich um den Heizkessel herum, und dann sprang er die beiden Jungen an. Graue und rote Schatten huschten vor seinem Auge vorbei, und dann wurde Dex klar, dass er nicht der einzige war, der laute Schreie ausstieß. Seine Krallen fuhren durch Kleidung und Haut und Haare, seine Zähne packten umherwirbelnde Gliedmaßen und schnappten nach verzerrten Gesichtern. Toby und Matthew bekamen die ganze wilde Wut, die ihn durchströmte, zu spüren. Sie schrien laut und stolperten und schluchzten und wehrten sich nach Leibeskräften gegen das Ding, das sie da angefallen hatte, wollten nichts anderes mehr als die Kellertreppe hinauf.

»Hilfe! Hilfe!«, brüllte Matthew. »Ein Ungeheuer! Mami! Mami!« Toby ließ lediglich ein anhaltendes, durchdringendes Kreischen hören und unternahm ein paar hilflose Versuche, Dex von seiner Schulter zu schubsen, während er die Stufen hinaufstolperte.

Das Geschrei wurde immer lauter und verzweifelter, und Dex merkte, wie seine Zähne ein Stück Haut zu fassen bekamen. Urplötzlich empfand der Mensch in ihm einen gewaltigen Widerwillen bei der Vorstellung, dass er gleich das Blut dieser verhassten Kreatur schmecken würde. Er sprang zu Boden und huschte zurück in den Schatten. Atemlos sah er zu, wie die beiden Jungen buchstäblich die Treppe hinaufkrochen. Dabei weinten sie ununterbrochen. Blutverschmiert, zerkratzt und mit völlig zerrissenen Sweatshirts und Hosen gelangten sie schließlich zu der Tür am oberen Ende. Aneinandergeklammert stießen sie sie auf und sanken auf der anderen Seite zu Boden. Die Tür fiel hinter ihnen ins Schloss. Dann legte sich Stille über den Keller.

Kapitel 5

Während sein Atem sich langsam beruhigte, nahm Dex über dem leisen Brummen des Heizungskessels noch ein anderes Geräusch war: bebende Atemzüge. Das war Clive! Tiefbetrübt wurde ihm klar, dass die ganze Szene seinem Freund einen tödlichen Schrecken versetzt haben musste. Er musste nachsehen, wie es Clive ging … aber er musste auch so schnell wie möglich von hier verschwinden, bevor er entdeckt wurde. Er hob seine feine, schwarze Schnauze, erhaschte einen Hauch frischer Außenluft und folgte dem Luftzug. Seine Krallen erzeugten ein leises Klacken auf dem Betonfußboden. Der Luftstrom führte ihn zu einem Stapel aus alten Holzstühlen, der an einer Wand lehnte. Darüber war ein längliches offenes Fenster zu erkennen. Von außen gesehen lag es nur knapp über der Erde, aber eben ungefähr anderthalb Meter über dem Kellerboden. Soweit Dex sich erinnern konnte, führte es auf einen kleinen Innenhof, ein ganzes Stück vom Schulhof entfernt. Dahinter, direkt neben der Straße, verlief eine hohe Buchenhecke. Und am hinteren Ende der Straße lag ein mit Bäumen bewachsener Friedhof. Da würde er Deckung finden. Er musste einfach nur diese Straße entlanggehen.

»Dex? Dex … bist du da?« Clives Stimme klang schwach und zittrig, aber weniger ängstlich, als Dex erwartet hatte. Nach einem letzten Blick hinauf zu seinem Notausgang trottete Dex zurück zu Clive, der immer noch unter dem Heizkessel eingeklemmt war und zu ihm hinaufblickte. Clive riss seine Augen weit auf, und Dex erkannte, dass sein Freund Angst hatte, ebenfalls angefallen zu werden. Er lächelte ihn besänftigend an, obwohl ... das sah bei einem Fuchs womöglich eher furchterregend aus. Also ließ er es wieder sein. Stattdessen legte er die Schnauze an Clives feuchte Stirn und gab ihm einen leichten Schubser. Ob er vielleicht versuchen sollte, etwas zu sagen? Aber das wäre garantiert nichts geworden, und wenn doch ... ein sprechender Fuchs hätte ihn wahrscheinlich erst recht in Angst und Schrecken versetzt.

Clive starrte ihn staunend an. Dex wich ein paar Schritte zurück und warf erneut einen abschätzenden Blick auf seine Fluchtroute. Die Stühle waren kein ernsthaftes Hindernis, und er brauchte wahrscheinlich keine drei Sekunden, um nach draußen zu gelangen. Clive sah, wie der Fuchs ihm noch einmal den Blick zuwandte, dann fragend den Kopf zur Seite neigte und ihm, sehr ungewöhnlich für einen Fuchs, zunickte. Dann verschwand er.

Draußen versteckte sich Dex eine ganze Weile hinter den Mülltonnen, schnüffelte ununterbrochen und versuchte herauszufinden, wie weit er von den nächsten Menschen entfernt war. Die Luft hing voll mit ihren Gerüchen, und ihm war klar, dass er ein hohes Risiko einging, wenn er sich aus der Deckung wagte, und sei es auch nur für wenige Sekunden. Aber jetzt, wo er wieder ein bisschen klarer denken konnte, wurde ihm auch bewusst, dass die

Mittagspause bald zu Ende ging und dass er echte Schwierigkeiten bekommen würde, wenn er nicht rechtzeitig wieder in seinem Klassenzimmer saß. Hoffentlich war dann auch Clive wieder an seinem Platz, frisch gewaschen und entspannt. An Toby und Matthew verschwendete er keinen einzigen Gedanken.

Obwohl es erst das zweite Mal war, dass er sich in einen Fuchs verwandelt hatte, fühlte Dex sich auch dieses Mal seltsam wohl in seiner Haut. Es war zwar eine irre Vorstellung, aber irgendwie kam es ihm viel natürlicher vor, als ein Mensch zu sein. Als Junge fühlte er sich schwach und unsicher, aber als Fuchs schien ihm alles mühelos zu gelingen. Und wie stark er war! Er war ja nicht gerade ein großer Fuchs, aber er hatte zwei der gefürchtetsten Rabauken der Schule ohne Probleme in die Flucht geschlagen. Obwohl, dachte er dann, das Überraschungsmoment natürlich auf seiner Seite gewesen war. Er hatte ihnen einen Heidenschrecken eingejagt. Zwei so kräftige Jungen konnten ihm *durchaus* gefährlich werden, wenn sie darauf vorbereitet waren, darum durfte er auf keinen Fall übermütig werden.

Nein, er musste wieder zurück. Er musste sich wieder in Dex, den Jungen, verwandeln. Aber wie? Er blieb hinter den Mülltonnen sitzen und machte die Augen zu, zog seine Fuchsbrauen zusammen, konzentrierte sich mit aller Macht darauf, wieder ein Mensch zu werden. Etliche Sekunden vergingen, ohne dass etwas passierte. Damit war die Entscheidung gefallen. Er konnte nicht hierbleiben. Mittlerweile hatten Matthew und Toby bestimmt allen erzählt, dass da ein wildes Tier im Keller war –, obwohl er keine Ahnung hatte, wie sie den anderen erklären wollten, was sie und Clive dort unten eigentlich zu suchen gehabt hatten. Der Hausmeister fing bestimmt jeden Augenblick an, das Untergeschoss zu durchsuchen. Dex blickte sich noch ein letztes Mal aufmerksam um, sah niemanden und rannte, so schnell er konnte, zu der Buchenhecke. So lange wie möglich schlich er daran entlang, damit er von der Straße aus nicht zu sehen war, und gelangte schließlich zum Ende des Grundstücks. Jetzt musste er unter der Hecke hindurchkriechen.

Er landete in einer stillen Wohnstraße, die ein Stück weiter rechts in einen unebenen, grasbewachsenen Trampelpfad mündete, der direkt zum Friedhof führte. Ohne sich noch einmal umzusehen, rannte Dex darauf zu. Soweit er es beurteilen konnte, gab es dafür nur eine einzige Zeugin: ein vielleicht dreijähriges Mädchen, das hinter einem Gartentor auf einer Spielzeugkuh mit Rädern hockte. In der Hand hielt es ein Stück Brot mit Marmelade und hatte Mund und Augen weit aufgerissen.

»Fuss! Fuss, Mami! Fuss!«, rief sie immer wieder.

»Ja, Süße«, erwiderte ihre Mutter aus dem Inneren des Hauses, ganz eindeutig ohne hinzuschauen.

Nach wenigen Sekunden hatte Dex den Friedhof erreicht. Dort fand er Schutz im hohen Gras rund um die ungepflegten Gräber, unter dichten Weißdornhecken und grünblättrigen Eiben, die sich hier überall ausgebreitet hatten. Im Inneren einer dieser Eiben entdeckte Dex eine dichte, grüne

Höhle. Er schreckte einen Zaunkönig auf, der sich laut zwitschernd und aufgeregt flatternd in Sicherheit brachte. Dex hatte tatsächlich ein wenig Hunger, aber vor allem war er unglaublich müde. Es war die Art von Müdigkeit, wie man sie oft nach einem schweren Schock oder einem schlimmen Streit oder sogar nach einer unglaublichen Überraschung empfindet. Das ist schon bei Menschen ganz normal, aber bei Füchsen erst recht. Jetzt, wo die unmittelbare Gefahr vorbei war, musste Dex schlafen. Außerdem ... vielleicht verwandelte er sich dabei ja wieder zurück in einen Jungen. Deshalb vergewisserte er sich, dass er auch als Mensch wieder aus der Eibe hervorkriechen konnte. Es sah ganz danach aus.

Die grauen Wolken hatten sich verzogen. Jetzt schickte die Frühnachmittagssonne vereinzelte Strahlen in seine dunkelgrüne Höhle und wärmte ihm den pelzigen Nacken. Dex legte die buschige Lunte über seine Pfoten. Kleine Vögel in den umliegenden Büschen rochen das Raubtier und zwitscherten aufgeregt. Ein Lastwagen rumpelte durch eine ferne Straße. Dex schlief ein.

* * *

Es war halb zwei, als Mrs Radway sagte: »Und wo, um alles in der Welt, steckt eigentlich Dex Jones, Clive?« In diesem Augenblick betrat Dex das Klassenzimmer. Clive saß an seinem Platz. Er war zwar ziemlich blass, sah aber nach seiner Hormittagspause überraschend sauber und ordentlich aus.

»Entschuldigung, Mrs Radway«, sagte Dex. »Mir war irgendwie schlecht und deshalb war ich die ganze Zeit auf der Toilette.«

»Noch einer!« Mrs Radway schüttelte den Kopf und griff nach ihrem Whiteboardmarker. »Was ist denn bloß los heute? Krankheiten, Geschrei und wilde Tiere!«

Dex verspannte sich augenblicklich und blickte Clive eindringlich an, während er sich an seinen Platz setzte. Clive erwiderte seinen Blick, verzog jedoch keine Miene. Erst in diesem Moment wurde Dex bewusst, dass Toby und Matthew fehlten.

Er hatte sich im Waschraum noch schnell ein bisschen frisch gemacht, bevor er in die Klasse zurückgehetzt war. Dabei hatte er erleichtert festgestellt, dass er nur eine leichte Prellung auf der Wange zurückbehalten hatte. Kaum der Rede wert angesichts des kräftigen Schlages mit dem Holzscheit, den er vor nicht einmal fünfundvierzig Minuten hatte einstecken müssen. Sein Fuchsnickerchen hatte nur zwanzig Minuten gedauert, dann war er als Mensch wieder aufgewacht, gerade noch rechtzeitig, um einigermaßen unauffällig in sein Klassenzimmer zurückzukehren. Er wollte unbedingt wissen, was mit Clive und Matthew und Toby passiert war, aber jetzt musste er erst einmal den ganzen Nachmittag lang still sitzen und so tun, als würde er Mrs Radways Worten lauschen.

Endlich klingelte es ein letztes Mal, und alle schoben sich nach draußen. Clive würdigte Dex keines Blickes, sondern ging wortlos zu seinem Kleiderhaken, um sich seinen

Mantel und seinen Ranzen zu holen. Dex stellte sich hinter ihn und wartete geduldig, während Clive seinen kurzen Wollmantel zuknöpfte. Das dauerte eine halbe Ewigkeit, und Dex dachte schon, dass Clive ihn irgendwie auf die Folter spannen wollte. Aber dann wurde ihm klar, dass sein Freund vermutlich unter Schock stand und einfach nicht schneller *konnte*. Als er sich dann schließlich zu ihm umdrehte, war er so blass wie nie zuvor. Seine dunkelgrauen Augen blitzten misstrauisch.

»Was ist denn passiert ... nachdem ich weg war?«, erkundigte sich Dex.

Clive gab keine Antwort, sondern ging los, in Richtung Ausgang. Dex war sprachlos. Das sah Clive überhaupt nicht ähnlich. Dex lief seinem Freund hinterher und packte ihn an der Schulter. »Clive! Was ist los? Wo sind Matthew und Toby?«

Clive blieb abrupt stehen und drehte sich um. Er starrte Dex durchdringend an. »Dann weißt du es also nicht? Du warst nicht dabei?« Dabei biss er sich fest auf die Unterlippe.

Dex wusste nicht, was er sagen sollte. Wusste Clive, dass *er* der Fuchs war? Wahrscheinlich nicht. Wahrscheinlich dachte er, dass Dex einfach abgehauen war, als es gefährlich geworden war. »Sag mir doch einfach, was los war, Clive«, bettelte er.

Clive drehte sich um und ging weiter. »Toby und Matthew sind nach Hause gegangen. Der Direktor hat ihre Mütter angerufen, dass sie sie abholen sollen. Sie haben gesagt, dass sie im Keller nach dem Hausmeister gesucht haben und dass sie dabei von einem tollwütigen Wolf oder so angefallen worden sind.«

Clive trottete durch den Ausgang auf den sehr schnell leerer werdenden Schulhof. »Sonst gibt es keine Augenzeugen«, fuhr er mit unbeteiligter Stimme fort, fast wie ein Nachrichtensprecher, »aber die beiden waren total zerkratzt und voller Blut, und sie haben einen Schock. Das wilde Tier ist bis jetzt nicht entdeckt worden.«

»Und was ist mit dir?«, wollte Dex wissen. »Was ist aus deiner Papieruhr geworden?«

»Ich bin auf dem Schulhof gestolpert und dabei ist sie kaputt gegangen. Darüber habe ich mich so aufgeregt, dass ich mich während der ganzen Mittagspause auf der Toilette eingeschlossen habe. Genau wie du.« Clive drehte sich um und musterte Dex mit forschenden Blicken. »Genau wie du«, wiederholte er.

Dex wollte Clive auf keinen Fall belügen. Seit drei Tagen schon quälte ihn das dringende Bedürfnis, mit irgendjemandem über sein Fuchsgeheimnis zu sprechen, aber ihm war auch klar, dass ihm niemand geglaubt hätte. Jetzt jedoch …

»Clive …« Er zögerte, wusste nicht, wie er weitermachen sollte. »Hast … hast du das wilde Tier auch gesehen?«

»Ja«, lautete Clives Antwort. »Aber es war nur ein Fuchs. Hast du ihn auch gesehen?«

Dex wusste beim besten Willen nicht, was er darauf erwidern sollte, und hielt den Mund. Dabei blieb es dann auch, weil Clive nämlich urplötzlich zum Tor hinausstürmte, ohne sich noch einmal umzudrehen. Als auch Dex den Schulhof verließ, bemerkte er zwei oder drei kleinere Schülergrüppchen, die immer noch beisammenstanden und sich über Toby und Matthew unterhielten. Sein scharfes Gehör schnappte zumindest Teile ihrer erschütterten Gespräche auf.

»... überall voller Kratzer und Blut. Und geheult haben sie wie die Babys.«

»... die haben gekreischt wie verrückt! Ich hab's genau gehört. Sie haben gesagt, dass da ein Ungeheuer im Keller ist. Und dann haben sie sich von ihren Müttern abholen lassen!«

».. ein Wolf oder ein Fuchs oder ein Hund oder so was. Aber riesengroß, so wie der *Hund von Baskerville*.«

»Ich glaube ja, da hat sich endlich mal jemand gerächt. Vielleicht sogar der Hausmeister. Erst letzte Woche haben die beiden sämtliche Mülltonnen umgekippt. Ihn wird's freuen, schätze ich mal.«

Dex konnte nicht anders, er musste grinsen, während er immer weiter den Hügel hinaufging und die Bark's End Junior School hinter sich ließ. Er hatte keine Ahnung, welche Konsequenzen die Ereignisse des heutigen Tages haben würden, aber er war sich sicher, dass die Mühe sich gelohnt hatte! In gewisser Weise, das musste er zugeben, konnte er es kaum erwarten, Toby und Matthew morgen wiederzusehen. Wie würden sie das alles wohl verkraften?

»Was ist denn mit deinem Gesicht passiert?«, sagte Alice

zur Begrüßung und hob den Blick. Sie war gerade dabei, ihre Meerjungfrauenpuppe in der Küchenspüle zu baden. Es sah ziemlich gruselig aus. Das Plastiklächeln der Puppe, die weitaufgerissenen, leuchtend blauen Augen, aus denen eine panische Angst zu sprechen schien und die aus der Abwaschbrühe nach oben starrten, während ihr Meerjungfrauenschwanz sich in einer Gabel verfangen hatte.

»Ich hatte eine unsanfte Begegnung«, sagte Dex. »Wo ist G…, ich meine, Mum?«

»Redet im Wohnzimmer mit jemandem«, erwiderte Alice und holte die triefende Meerjungfrau aus dem Spülbecken. »Er ist wegen dir hier.«

»Was? Wer?« Und wenn das jetzt Tobys oder Matthews Dad war, der sich über ihn beschweren wollte? Obwohl, allein der Gedanke war lächerlich. Was hätten sie schon sagen sollen? »Es tut mir leid, Mrs Jones, aber Sie können nicht zulassen, dass ihr Sohn sich in einen Fuchs verwandelt und meinen Sohn beißt, wann immer es ihm Spaß macht! Er braucht eine harte Hand!« Trotz seiner Nervosität musste Dex leise lachen. Nein, *das* war nun wirklich nicht besonders wahrscheinlich.

Leise schlich er den Flur entlang und spähte durch den Türspalt. Im Wohnzimmer saß ein großer Mann mit schulterlangen, dunklen Locken. Es sah ziemlich seltsam aus, weil er einen Anzug trug und die langen Haare irgendwie nicht so recht dazu passten. Der Mann hatte, wie es aussah, einen Stapel Blätter vor sich liegen und schien etwas aufzuschreiben. Dann reichte er Gina ein Dokument. Ihre Stimme klang beinahe ehrfürchtig. Es musste also ein bedeutender Mann sein. Dex strengte sich an, um so viel wie möglich von ihrem Gespräch mitzubekommen.

»Nun, Mr Hind, ich muss gestehen, ich bin überrascht. Ich meine, wir wissen, dass er ein schlaues Kerlchen ist, und ich habe immer darauf geachtet, dass er seine Hausaufgaben macht und sich in der Schule auch richtig anstrengt, das halte ich mir durchaus zugute, aber ... also ... ein richtiges Genie?«

Dex hielt den Atem an. Was, um alles in der Welt, hatte das denn zu bedeuten? Doch dann ergriff der Mann das Wort.

»Nun ja, das trifft es vielleicht nicht hundertprozentig, Mrs Jones. Bei diesen Tests, von denen ich gesprochen habe, haben wir bei einigen wenigen Kindern die Anlagen zu einzigartigen Fähigkeiten festgestellt. Gut möglich, dass sie sich im normalen Schulalltag gar nicht bemerkbar machen, aber unsere Experten kennen die Anzeichen genau. Sie sind überzeugt davon, dass es wichtig ist, diese besonders begabten Kinder von den anderen zu trennen und ihnen eine Ausbildung zukommen zu lassen, die genau diese besonderen Fähigkeiten gezielt fördert.«

»Also ...!« Gina stieß den Atem aus und hielt für einen Moment inne. Dann sagte sie: »Aber wird uns das denn etwas kosten?« (Typisch, dachte Dex.) »Ich meine, natürlich wollen wir das Beste für Dex, aber wir haben nicht viel Geld, und es fällt uns schon schwer genug, für seine normale Schulkleidung und die Bücher und Sportsachen und so weiter aufzukommen.«

»Keine Sorge, Mrs Jones. Das alles kostet Sie keinen Penny. Der Staat ist fest davon überzeugt, dass jedes dieser besonders begabten Kinder die Kosten für seine Ausbildung mehr als wert ist. Von Ihnen benötigen wir nichts weiter als die unterschriebene Einwilligungserklärung.«

»Tja ... da muss ich zuerst mit seinem Vater sprechen. Aber ich bin mir sicher, dass er einverstanden ist. Er ist ja sowieso meistens auf irgendeiner Ölbohrinsel, da wird er den Jungen nicht groß vermissen.« Bei diesen Worten spürte Dex einen leisen Stich, aber wahrscheinlich hatte sie recht. »Dex!«, rief sie jetzt unvermittelt, und er zuckte heftig zusammen.

Nachdem er sich ein Stückchen weiter nach hinten geschlichen hatte, rief er: »Hallo! Ich bin zu Hause!«

»Komm doch mal rein«, rief Gina mit liebevoller (und total falscher) Stimme. »Hier will dich jemand sprechen, Schätzchen.« Schätzchen? Sie musste wirklich *tief* beeindruckt sein.

Dex betrat das Wohnzimmer, und der Fremde legte seine Papiere beiseite und erhob sich. Dann streckte er Dex die rechte Hand entgegen. Er war groß und kräftig, und seine Augen strahlten in einem so durchdringenden Blau, wie Dex es noch nie gesehen hatte. Seine Hand fühlte sich warm und ein wenig ledrig an – eine Hand, die offenbar viel unter freiem Himmel war. Dex musterte forschend sein sonnengebräuntes, freundliches Gesicht.

»Ich heiße Owen Hind«, sagte der Mann mit einem leichten südwest-englischen Akzent. »Ich bin im Auftrag des Bildungsministeriums hier. Dex, wir haben festgestellt, dass du ein klein wenig anders bist als andere.«

Kapitel 6

Dex blickte Owen Hind scharf an. Das konnte er doch unmöglich wissen – aber trotzdem ... dieser forschende Blick, während er endlos über irgendwelche Tests und Dex' außergewöhnliche Ergebnisse redete und dass er mit ein paar anderen, ähnlich »besonderen« Kindern zusammen in eine Art »Gewächshaus« gesteckt werden sollte. Während seiner ganzen Ansprache ließ Owen Hind ihn keine Sekunde lang aus den Augen, und Dex spürte, wie Furcht und Aufregung ihn gleichermaßen durchzuckten. Hier war eindeutig etwas im Gang. Etwas *ganz anderes*.

Sie setzten sich, und dann wurde noch mehr geredet. Dex sollte, wie sich bald herausstellte, schon an diesem Wochenende in ein Internat ziehen, und zwar in das Tregarren College in Cornwall, vorausgesetzt, seine Mum war einverstanden. (Ist sie bestimmt, dachte Dex spöttisch.) Der Mann zeigte Dex ein paar ziemlich offiziell wirkende Papiere, die auf jeder Seite das staatliche Siegel trugen. Gina vertiefte sich in das Kleingedruckte und war offensichtlich sehr angetan von dem, was sie da las, weil sie pausenlos nickte und aufgeregt lächelte.

Dex erkundigte sich mehrfach, wieso das Bildungsministerium ihn eigentlich für außergewöhnlich hielt, aber Owen Hind erzählte nur jedes Mal denselben sinnlosen Mist, den man in Fernsehtalkshows serviert bekam:

»Nicht genau definierbare, aber sehr spannende Möglichkeiten ... blablabla ... besondere Fähigkeiten ... blablabla ... außergewöhnliche Eigenheiten ... blablabla.« Je länger das Ganze dauerte, desto mehr war Dex überzeugt, dass der Kerl ein Blender war. Trotzdem lächelte er ununterbrochen und sagte, dass er sich sehr auf dieses College freue, falls seine Mum und sein Dad wirklich der Meinung seien, das sei das Beste für ihn. Was blieb ihm sonst auch anderes übrig? Konnte es schlimmer werden als bei Gina und Alice, wo er ständig auf der Hut vor der nächsten Ohrfeige oder dem nächsten Gartenschuppenarrest sein musste?

Owen verabschiedete sich, nicht ohne ihnen noch mehr Unterlagen dazulassen, die sie sich durchlesen sollten, und dazu verschiedene Telefonnummern im Bildungsministerium, mit deren Hilfe sie seine Glaubwürdigkeit überprüfen konnten. Er schüttelte Gina die Hand und sagte, dass er Dex sehr gerne persönlich nach Cornwall bringen würde, und zwar noch an diesem Wochenende. Das alles kam Dex ausgesprochen verdächtig vor. Eine exklusive Schule, in der ein Platz für ihn frei war? Ab sofort? So ein Blödsinn! Normalerweise musste man wochenlang warten, oft sogar Monate, während die Leute alle möglichen persönlichen Angaben überprüften und jede Menge Formulare und Papiere abstempelten. Doch Gina schien das alles nicht einmal ansatzweise zu kümmern. Schon wenige Minuten später fing sie an, seine wenigen Sachen zusammenzupacken und ganz offen mit Alice zu besprechen, was sie wohl mit seinem Zimmer anstellen konnten. Mehr Pink, vermutlich.

Später am Abend saß Dex auf seiner Bettkante und starrte den kleinen Koffer mit seinen Kleidern sowie ein paar Büchern und seinen anderen Habseligkeiten an. Da kam Alice herein. Sie trug bereits ihr Nachthemd und setzte sich neben ihn. Eine ganze Weile lang sagte sie nichts, und Dex hatte zum ersten Mal überhaupt das Gefühl, dass er ihr vielleicht *tatsächlich* fehlen würde.

»Mum hat gesagt, dass ich das Zimmer auch noch haben kann, solange du weg bist«, sagte Alice.

»Kein Problem«, erwiderte Dex. »Du kannst es pink anmalen. Ist mir egal.«

»Bist du wirklich ein Genie?«

»Ach was, so ein Blödsinn.«

»Aber wieso wollen sie dich dann an diese Schule holen?«

»Frag mich was Leichteres. Ich glaube, das ist alles ein großer Haufen Plumpaquatsch. Aber für dich ist das alles nicht so schlecht, oder? Noch ein pinkfarbenes Zimmer. Da können dann deine Puppen drin wohnen.«

Alice hielt erneut inne, dann sagte sie leise: »Ich hole sie wieder raus. Wenn du zurückkommst.« Sie stand auf und sah ihn für einen Moment lang an. »Im Badezimmer liegt eine Salbe. Für deine Backe.« Erst, als sie gegangen war, wurde Dex klar, dass sie die Einzige war, die die Schwellung an seiner Wange bemerkt hatte.

Am nächsten Morgen schlüpfte Dex ein letztes Mal in die Schuluniform der Bark's End Junior School. Ob es an diesem Tre-Dingsbums College auch eine Uniform gab? Beim Frühstück war Gina ganz aufgeregt und nervös. Sie ließ ihn so viel Milch nehmen, wie er wollte – normalerweise bekam sie schon einen Anfall, wenn es mehr als ein Teelöffel war –, und redete ein wenig atemlos, fast schon freundlich, mit ihm. Wahrscheinlich hatte sie inzwischen nachgedacht und festgestellt, dass es vielleicht auch für *sie* Vorteile haben konnte, wenn er tatsächlich ein Genie war, und war deshalb so nett zu ihm.

»Dein Dad hat zugestimmt«, erzählte sie ihm. »Er findet, dass du die Gelegenheit beim Schopf packen sollst. In einem Monat will er dich besuchen kommen und selber nachsehen, ob es dir auch wirklich gutgeht.« Dex nickte. Er hätte gerne selbst ein paar Worte mit seinem Vater gewechselt, aber ihn hatte niemand ans Telefon geholt. In den seltenen Fällen, wo sie doch einmal miteinander sprechen konnten, lauerte Gina immer ganz in der Nähe und riss ihm jedes Mal das Telefon aus der Hand, bevor er fertig war – angeblich, weil ein Telefonat mit einer Ölbohrinsel in der Nordsee unfassbar teuer war.

Dex machte sich früher als notwendig auf den Weg zur Schule, nur um Ginas befremdlicher Freundlichkeit zu entkommen. Alles kam ihm irgendwie unwirklich vor, fast so wie der letzte Tag vor den Weihnachtsferien, wo kein ernsthafter Unterricht mehr stattfindet und die Kinder alle möglichen Spiele mit in die Schule bringen oder sich besonders schick anziehen. Es war sein *letzter Tag*. Wie es Toby und Matthew wohl zumute war, nach allem, was sie gestern erlebt hatten? Ob sie überhaupt in der Schule waren?

Während er in Gedanken versunken die Woodside Lane entlangging, hielt ein Umzugslaster neben ihm an. Die Tür der Fahrerkabine schwang auf, und ein bärtiger Mann in einem blauen Arbeitsoverall sprang heraus. »Warte mal kurz, Kleiner«, sagte er. Zuerst glaubte Dex, dass der Mann ihn nach dem Weg fragen wollte, aber schon eine Sekunde später erkannte er seinen Fehler. Jetzt sprang auf der Fahrerseite ebenfalls ein Mann heraus und machte die Heckklappe des Lastwagens auf. Der Bärtige packte Dex mit geübtem Griff und warf ihn in den Laderaum. Dex holte tief Luft und wollte laut losschreien, aber noch bevor er auch nur »piep« sagen konnte, lag er schon auf dem Boden des leeren Laderaums. Dann wurde die Klappe zugeschlagen. An der Decke leuchtete eine Glühbirne, aber ansonsten war der Laderaum vollkommen leer … abgesehen von einem Mann, der im Schneidersitz in einer Ecke saß. Dieser Mann war Owen Hind.

Er betrachtete ihn mit ernster Miene. »Tut mir leid, Dex«, sagte er. »Aber ich konnte dich unmöglich noch einmal in die Schule gehen lassen. Nicht nach den Vorfällen des gestrigen Tages.«

»Was soll das denn heißen? Wovon reden Sie überhaupt?«, stieß Dex atemlos hervor. Er hatte schreckliche Angst. Dann drehte er sich um und hämmerte gegen die Heckklappe, aber sie war von außen verriegelt worden. Irgendwo weiter vorne, vermutlich in der Fahrerkabine, wurde das Radio eingeschaltet und laut gedreht, bestimmt, um seine Schreie zu übertönen. Er wandte sich wieder zu Owen Hind, der immer noch regungslos in seiner Ecke saß. »Ich hab's doch gleich gewusst, dass Sie nicht echt sind!«, brüllte Dex ihn an. »Ich hab's gewusst!«

»Du hast recht, Dex«, erwiderte Owen Hind. »Und es tut mir wirklich leid, dass ich dir das alles zumuten muss, aber es gibt keine andere Möglichkeit.« Er zog ein schmales Notizbuch aus der Tasche – er trug jetzt keinen Anzug mehr, sondern ein dickes, grünes Freizeithemd, eine Khaki-Jeans und Stiefel – und spielte mit einem Bleistift. Dabei würdigte er Dex keines Blickes und machte keinerlei Anstalten, auf ihn zuzugehen.

»Mach es, Dex«, sagte er in sachlichem Tonfall. »Verwandle dich.«

Dex starrte ihn nur an. Er wagte nicht, etwas zu sagen.

»Also gut«, seufzte Owen Hind nach einer längeren Pause. »Bringen wir's hinter uns.«

Er klopfte an die Wand des Laderaums. Eine Sekunde später wurde der Motor gestartet. Von erneuter Panik gepackt, drehte Dex sich wieder um und bearbeitete mit den Fäusten die Heckklappe, brüllend und kreischend. Ruckelnd kam der Lastwagen ins Rollen, und Dex geriet aus dem Gleichgewicht und fiel zu Boden. Er warf Mr Hind einen ängstlichen Blick zu. Dieser saß immer noch an derselben Stelle, nur hatte er jetzt eine kleine Glasflasche in der Hand und sich eine weiße Atemmaske über Mund und Nase gestreift. Er kippte die Flasche um, so dass einige wenige Tropfen auf dem Metallboden des Laderaums landeten. Anschließend steckte er die Flasche wieder ein, verschränkte die Arme vor der Brust und betrachtete Dex über den Rand seiner Maske hinweg.

Die Tropfen ließen dichte Dampfschwaden entstehen, und dazu einen erstickenden Geruch. Dex wurde fast wahnsinnig vor Angst, und seine Haut fing an zu kribbeln. Ein Gefühl der Kälte drang in seine Nase und kroch in seine Lungen. Der Laderaum begann, sich im Kreis zu drehen. Er hörte seinen dröhnenden Pulsschlag, immer schneller und schneller. »Nicht!«, hörte er sich schluchzen. »Aufhören! Ich will nicht …« Dann wurde ihm grau vor Augen, das Grau wurde zu Blau und dann zu Schwarz und dann … gar nichts mehr.

»Gütiger Gott«, hörte er Owen Hinds atemlose Stimme sagen. »Daran werde ich mich nie gewöhnen.«

Benommen hob Dex die Schnauze. Mr Hind saß genau da, wo er vorhin auch gesessen hatte, nur, dass er die Maske wieder abgenommen hatte. Sein Gesicht war aschfahl. Der Lastwagen war stehen geblieben, und es war still. Owen Hind erwiderte seinen Blick ohne jede Angst. In seinen Augen lag nichts als tiefes Bedauern.

»Dex, es tut mir wirklich wahnsinnig leid, dass ich zu diesem Schritt gezwungen war. Ist so weit alles in Ordnung?« Er kam auf die Knie und streckte die Hand aus. Dex hätte ihn *eigentlich* angreifen müssen. Aber das tat er nicht. Owen Hind *wusste* es. Er hatte es von Anfang an gewusst. Vielleicht konnte er Dex ja erklären, was das alles sollte, und selbst, wenn nicht ... allein die Erleichterung, dass noch jemand anders Bescheid wusste, war so gewaltig, dass Dex am liebsten gleichzeitig gelacht und geweint hätte. Er erhob sich ein wenig unsicher, streckte seine Fuchspfoten und ging zu seinem Entführer. Dort setzte er sich auf die Hinterläufe und erwiderte den faszinierten Blick des Mannes mit den schwarzen Locken.

»Ist alles in Ordnung?«, wiederholte Owen Hind seine Frage. Aus der Nähe konnte Dex die Schweißperlen auf seiner Stirn deutlich erkennen, und das war ein sehr beruhigender Anblick. Dex nickte und schlang die Lunte um seine Pfoten. »Ich nehme an, du willst wissen, was das alles soll«, fuhr der Mann fort. Dex nickte noch einmal. »Also gut«, seufzte sein Gegenüber. »Ich sage dir alles, was ich weiß.«

Er legte die Fingerspitzen aneinander und machte für einen kurzen Moment die Augen zu. Als er sie wieder aufschlug, war sein Blick entschlossen und hochkonzentriert. »Es stimmt wirklich, dass ich für das Bildungsministerium arbeite. Allerdings bin ich mit einem etwas ungewöhnlichen Projekt betraut worden. Meine Aufgabe besteht darin, Kinder wie dich ausfindig zu machen, und zwar so schnell wie möglich. Dann soll ich sie in den COLA-Club bringen. Ich glaube fast, dass du der Letzte bist. Seit drei Monaten habe ich nämlich kein einziges Kind mehr entdecken können. Früher waren die Abstände jedenfalls sehr viel kürzer. Du bist eines unserer ›Children Of Limitless Ability‹, also unserer ›Kinder mit Grenzenlosen Fähigkeiten‹, Dex. Das verbirgt sich hinter der Abkürzung COLA. Vor achtzehn Monaten sind wir auf die ersten gestoßen ... allesamt Kinder, die zu außergewöhnlichen Dingen imstande sind ... die durch Berührung heilen können, außerordentlich präzise Zukunftsträume haben, über telekinetische Kräfte verfügen – das heißt, sie können nur durch die Kraft ihrer Gedanken Gegenstände bewegen – oder Rutengänger sind. Rutengänger sind Menschen, die besonders sensibel auf Erdstrahlen und Schwingungen reagieren und so zum Beispiel verloren gegangene Dinge wiederfinden können. Bitte entschuldige, wenn du das alles schon weißt, Dex, aber du kannst es mir ja nicht sagen. Dann haben wir die Zauberkünstler, die Sinnestäuschungen heraufbeschwören und Menschen dazu bringen können, Dinge zu sehen, die gar nicht da sind, und diejenigen, die sich vor unseren Augen unsichtbar machen können. Und dann hatten wir noch einen einzigen Jungen, der sich in ein Tier verwandeln konnte. Aber er hat es nicht bis zu uns geschafft. Er ist leider gestorben, bevor wir ihn an unser Internat holen konnten. Dex, bei dir wollte ich unter keinen Umständen noch mehr Zeit vergeuden. Ich will *auf keinen Fall* noch einen Gestaltwandler verlieren.

Darum musste ich so schnell wie möglich Bescheid wissen. Deshalb konnte ich dich nicht noch einmal zurück an deine Schule lassen, nach allem, was gestern passiert ist. Wenn diese beiden Rabauken ihren Schock überwunden und gemerkt hätten, dass *du* es warst, der sie angegriffen hat, dann hätte ich nicht in deiner Haut stecken wollen.

Deshalb musste ich dich in eine Situation bringen, in der du dich verwandelst. Ich finde es wirklich schrecklich, ganz ehrlich, aber zum momentanen Zeitpunkt ist das nur zu erreichen, indem du in äußerste Panik gerätst. Wenn wir uns einfach nur zu einer netten Plauderei verabredet hätten, dann wärst du wahrscheinlich all meinen Fragen ausgewichen, und nichts wäre passiert. Aber der COLA-Club nimmt nur Schüler auf, bei denen zu einhundert Prozent feststeht, dass sie auch wirklich COLAs sind. Das Zeug, das du eingeatmet hast, war eine Tinktur, die dazu dient, extreme Angst und eine kurze Bewusstlosigkeit auszulösen. Sie hat dir aber keine dauerhaften Schäden zugefügt, und ich hoffe, du verzeihst mir, dass ich sie angewendet habe.«

Dex legte den Kopf schief, zum Zeichen, dass er darüber nachdachte. Er ließ die Schnauze sinken und betrachtete seine buschige Lunte, dann blickte er Owen Hind wieder in die Augen und nickte knapp. Mr Hind lachte und bedachte den Fuchsjungen mit bewundernden Blicken.

»Du musst wissen«, sagte er mit einem leisen Zittern in der Stimme, »dass ich schon etliche sehr verblüffende Dinge gesehen habe, aber das hier, also, das ist etwas absolut Außergewöhnliches. Nun ja … um wieder auf den heutigen Tag zurückzukommen. Man wird deine Schule noch heute darüber informieren, dass sie ab sofort nicht mehr zuständig für dich ist. Was glaubst du, wie stehen die Chancen, dass dein Freund weitererzählt, was passiert ist? Meinst du, dass er Bescheid weiß?« Dex schüttelte den

Kopf und wunderte sich sehr darüber, wie viel dieser Mr Hind wusste. Wie war das denn möglich? »Ich weiß, ich weiß.« Owen Hind hob die Hand. »Es muss sehr verwirrend sein, alles das zu hören, aber ich kann dir versichern: Wenn ich bestimmte Dinge herausfinden muss, dann kann ich sehr spezielle Hilfe in Anspruch nehmen. Ich weiß, dass du deinem Freund in den Schulkeller gefolgt bist, vermutlich weil du gesehen hast, dass er sich dorthin geflüchtet hat. Und ich weiß, dass die beiden Rabauken zwei Minuten später laut brüllend und blutverschmiert wieder nach oben gestürmt sind und wirre Dinge über Ungeheuer und Wölfe gebrabbelt haben. Um ehrlich zu sein, ich wusste wirklich nicht, was ich nach deiner Verwandlung zu sehen bekommen würde. Und ich bin ziemlich erleichtert, dass du ein Fuchs geworden bist. Füchse lassen die Menschen nämlich in der Regel in Ruhe. Als Wolf hättest du es sehr viel schwerer.«

Dex nahm sich fest vor, Owen Hind so bald wie möglich zu fragen, was eigentlich *genau* passierte, wenn er sich verwandelte. Er hatte immer noch keine Ahnung, wie das ablief, weil er anscheinend jedes Mal bewusstlos wurde. Sehr frustrierend das Ganze.

»Im COLA-Club bist du in Sicherheit«, fuhr Mr Hind fort. »Da bewegst du dich unter deinesgleichen, und du lernst, deine Kräfte zu beherrschen. Neben dem ganz normalen Lernstoff natürlich!«, fügte er lachend hinzu. »Du brauchst nicht zu glauben, dass du davon verschont bleibst. Außerdem wirst du eingehend untersucht und beobachtet, von Leuten wie mir, die unbedingt verstehen wollen, was da vor sich geht und warum wir im Lauf der vergangenen zwei Jahre so viele COLAs entdeckt haben – was das alles zu bedeuten hat. Es wird dir am Tregarren College gefallen, Dex. Es ist einfach großartig dort.«

Der Mann hielt kurz inne. »Aber das reicht jetzt. Ich habe dir noch eine Menge anderer Dinge zu sagen, aber das ist nicht besonders fair, solange du gar nichts erwidern kannst, stimmt's? Oder kannst du etwa?«, fügte er neugierig hinzu.

Dex versuchte etwas zu sagen, nämlich: »Nein, ich glaube nicht.« Doch mehr als ein paar leise Jauler und ein eher seltsames Knurren brachte er nicht heraus. Dex klappte das Maul zu und schüttelte unmissverständlich den Kopf, während Mr Hind in brüllendes Gelächter ausbrach. Nach ein, zwei Sekunden musste Dex ebenfalls lachen und stieß kurz ein seltsam heiseres Bellen aus. Das sieht wahrscheinlich total merkwürdig aus, dachte er. Ein Mann und ein Fuchs in einem leeren Lastwagen, die sich vor Lachen nicht mehr halten können.

»Genug«, gluckste Mr Hind schließlich. »Du musst jetzt nach Hause gehen und dich fertig machen. Heute Abend fahren wir los. Aber vorher solltest du etwas essen und noch ein bisschen schlafen.« Er holte einen kleinen Rucksack hinter seinem Rücken hervor. Darin lagen eine flache Metallschale, eine Flasche und ein mit Papier umwickeltes Päckchen. Er schraubte die Flasche auf und goss Wasser in die Schale. Erst jetzt merkte Dex, wie durstig er eigentlich war, und schlabberte das Wasser gierig auf. Anschließend packte Owen das Päckchen aus und brachte ein paar gekochte Würstchen zum Vorschein. Sie dufteten köstlich, und Dex hatte beißenden Hunger. Trotzdem wich er zunächst einmal zurück und blickte unsicher zwischen dem fremden Mann und dem Futter hin und her. »Alles in Ordnung«, sagte Mr Hind. »Da ist nichts drin, versprochen. Nur hochwertiges Schweinefleisch. Ich habe sie persönlich heute Morgen gekocht. Nach dem Essen wirst du sehr müde werden, stimmt's? So ist das bei Tieren. Du schläfst also in null Komma nichts ein, und dann wachst du wahrscheinlich als Mensch wieder auf und wir bringen dich nach Hause.«

Dex brauchte keine Minute, um die Würstchen zu verschlingen. Sie schmeckten einfach himmlisch. Wie sein Sehvermögen, sein Gehör und sein Geruchssinn schien sich auch sein Geschmackssinn jedes Mal, wenn er zum Fuchs wurde, zu verzehnfachen. Als er alles aufgegessen hatte, rollte er sich auf dem flachen Metallboden des Laderaums zusammen. Es war zwar nicht gerade der bequemste Schlafplatz, aber trotzdem spürte er bereits, wie der Schlaf sich nach all der Aufregung und der Angst und dem Durcheinander, das er gerade erlebt hatte, wie ein warmer Nebel auf ihn legte. Er wusste zwar nicht, wieso er Owen Hind – nach allem, was geschehen war – so schnell so viel Vertrauen entgegenbringen konnte, aber sein Instinkt sagte ihm, dass er nicht das Geringste zu befürchten hatte. Und dann kam der Schlaf und mit ihm die Verwandlung.

Kapitel 7

Owen Hind und seine beiden Kollegen aus der Fahrerkabine setzten ihn einige Querstraßen von zu Hause entfernt ab. »Alles in Ordnung, Kumpel?«, hatte der bärtige Mann sich noch erkundigt. Er hatte ein wenig unsicher gewirkt ... immerhin hatte er Dex ja gerade gekidnappt. »Wir hätten dir ganz bestimmt nichts getan, mein Junge«, fügte er nach einem schnellen Blick zu dem kräftig gebauten Fahrer hinzu. »Normalerweise arbeiten wir als Leibwächter für irgendwelche Politiker.«

»Alles okay«, erwiderte Dex mit einem aufmunternden Lächeln. Und es stimmte wirklich. Mr Hind hatte ihn eine ganze Zeit lang schlafen lassen, und er war als Mensch wieder aufgewacht. Trotzdem schien ein Teil der Energie und der Lebendigkeit, die er als Fuchs empfunden hatte, immer noch in ihm zu stecken. Und er freute sich riesig auf den COLA-Club.

»Ich hole dich gegen sechs Uhr ab«, rief Mr Hind ihm nach. »Mach dich bereit.«

»Bestimmt«, rief Dex zurück und machte sich überglücklich auf den Heimweg. Zu Hause ist bald nicht mehr mein Zuhause, dachte er. Wenn es das überhaupt jemals gewesen ist.

Es war später Vormittag. Wahrscheinlich war Gina gerade beim Einkaufen – hoffentlich. Das Letzte, was er jetzt gebrauchen konnte, waren irgendwelche neugierigen Fragen, weshalb er denn so früh nach Hause gekommen war. Er hatte sich schon eine Geschichte zurechtgelegt, dass die Schule ihm an seinem letzten Tag den Nachmittagsunterricht erlassen hatte, aber er war sich nicht sicher, ob sie ihm das abgekauft hätte. Mr Hind hatte ihn beruhigt und gesagt, dass er mit der Schule alles regeln werde, damit es keine Schwierigkeiten gab. Dabei strahlte er eine ruhige, beinahe furchteinflößende Gewissheit aus. Dex kannte sonst niemanden, der von sich behaupten konnte, einen Schuldirektor im Griff zu haben.

Schließlich bog er in seine Straße ein und näherte sich der schmucklosen Häuserzeile, in der er wohnte. Erst, als es zu spät war, merkte er, dass er bereits erwartet wurde. Irgendjemand hatte sich halb hinter dem Rhododendronbusch im Vorgarten versteckt. Von wegen Fuchsinstinkte, dachte er, als die junge Frau sich von der Eingangstreppe erhob, auf der sie gerade eben noch gehockt hatte. Er zuckte zusammen.

»Hallo«, sagte sie. »Ich bin Caroline Fisher. Ich arbeite für den *Messenger.*«

Dex blieb ruckartig stehen und starrte sie an. Sie war klein, schlank und hübsch mit ihren blonden kurzen Haaren und den großen, grauen Augen. Sie trug ein kurzes, rotes Kleid und eine weiße Strickjacke, hatte sich eine große Korbtasche über die Schulter gehängt und hielt einen Notizblock mit Stift in der Hand. Sie war die Verkörperung der Unschuld. Dex ließ sich nicht eine Sekunde lang täuschen.

»Was wollen Sie denn hier?«, fragte er sie.

»Ich möchte mir dir reden«, erwiderte sie mit strahlendem Lächeln. »Du bist doch Dex Jones, oder etwa nicht?«

»Und wenn es so wäre?«

»Hör zu.« Sie runzelte sichtlich bekümmert und ein wenig nervös die Stirn. »Ich wollte dich nicht erschrecken. Ich bin ganz neu in diesem Job und habe so etwas, ehrlich gesagt, noch nie gemacht.«

Wer's glaubt, dachte Dex, aber immerhin gab sie sich Mühe.

»Mein Chefredakteur hat mich hierhergeschickt, weil ich etwas über diesen seltsamen Angriff auf zwei deiner Mitschüler in der Bark's End Junior School herausfinden soll«, sagte sie, biss sich auf die Lippe und trat unsicher von einem Bein auf das andere. Absolut Oscar-verdächtig, dachte Dex. Sie sah ihn mit ihren großen, grauen Augen an und schenkte ihm ein liebenswertes, hoffnungsvolles Lächeln. »Darf ich vielleicht reinkommen?«, fragte sie dann. »Hier draußen fühle ich mich ein bisschen unwohl. Da können die Nachbarn schließlich alles hören.«

»Was denn hören?«, fragte Dex ungerührt zurück.

Sie starrte ihn durchdringend an und bemerkte offenbar, dass er auf ihr Theater nicht hereingefallen war. Sie richtete sich kerzengerade auf, reckte das Kinn in die Höhe und sagte mit kühler, warnender Stimme: »Etwas über einen Jungen, der sich in ein wildes Tier verwandelt, wenn er provoziert wird.«

Dex starrte sie entgeistert an. Wie viel wusste sie bereits?

Wer hatte mit ihr gesprochen? Er blieb vollkommen stumm.

»Entschuldige bitte, hast du mich nicht richtig verstanden?«, sagte sie dann, und ihre Augen fingen an zu funkeln. »Muss ich vielleicht LAUTER sprechen? BIST DU DER JUNGE, DER …?«

»Ruhe!«, fiel Dex ihr wütend ins Wort. Er fummelte seinen Haustürschlüssel ins Schloss und lotste sie so schnell wie möglich ins Innere. Sein Herz raste. Was sollte er jetzt machen? Was *konnte* er machen? Wenn doch wenigstens Owen Hind jetzt hier gewesen wäre. Der hätte diese Reporterin bestimmt neutralisiert oder so was in der Art.

Kaum war die Tür ins Schloss gefallen, hatte sie auch schon Block und Stift parat und legte los. »Also gut, Dex, wir wissen beide, dass gestern an deiner Schule etwas sehr, sehr Merkwürdiges passiert ist, und es scheint, als wärst du mitten dabei gewesen.«

»Ich weiß wirklich nicht, wovon Sie sprechen«, erwiderte Dex mit zusammengebissenen Zähnen. Sogar Gina wäre ihm jetzt recht gewesen … sie hätte diese Nachwuchsreporterin in null Komma nichts vor die Tür gesetzt. Obwohl … natürlich hätte sie zuerst einmal wissen wollen, *wieso* die Reporterin überhaupt hier aufgetaucht war.

Caroline Fisher setzte sich seufzend auf die Treppe und ließ den Notizblock auf ihre Knie sinken. »Also gut, Dex, wenn du gar nicht weißt, wovon ich spreche, warum hast du mich dann so plötzlich ins Haus geholt, als ich angefangen habe, lauter zu werden?«

Er sagte keinen Ton, sondern sah sie nur herausfordernd an. Er musste sie *unbedingt* loswerden. Aber wie?

»Na gut. Dann bleibst du eben stumm. Ich erzähle dir mal, was ich schon alles weiß«, sagte sie dann und lächelte spöttisch. »Gestern um die Mittagszeit sind zwei Schüler der Bark's End Junior School durch den Flur der Schule gerannt. Sie waren zerkratzt und voller Blut und haben ununterbrochen geschrien, dass sie im Keller von einem Ungeheuer – Hund oder Wolf – angefallen worden seien.

Anscheinend haben sie sich da unten herumgetrieben und mit einem anderen Schüler ein bisschen herumgealbert. Und, nur damit du Bescheid weißt, Dex, ich weiß ganz genau, was es bedeutet, wenn zwei kräftig gebaute Rabauken mit einem schmächtigen Bücherwurm *ein bisschen herumalbern*. Jedenfalls taucht irgendwann der Freund des kleinen Bücherwurms auf, um ihm zu helfen. Dann *albern* die vier Jungs noch ein bisschen mehr herum, und plötzlich werden die beiden Rabauken von einem wilden Tier angefallen, während der Freund des kleinen Schmächtigen mit einem Mal spurlos verschwunden ist.«

Dex ließ sich gegen die Flurwand sinken. Er starrte auf seine Hände hinab.

»Jedenfalls waren im Flur jede Menge Kinder, die *Stein und Bein* schwören, dass nach den beiden zerkratzten Burschen nur noch ein weiterer Schüler zur Kellertür herausgekommen ist, und der hat sich ohne Umschweife und ohne mit jemandem zu reden in der Toilette eingeschlossen, so lange, bis der Unterricht wieder losging. Ansonsten hat niemand irgendjemanden oder irgend*etwas* aus dem Keller kommen sehen – obwohl die Kinder alle extra vor der Tür geblieben sind und aufgepasst haben. Sie wollten ja schließlich wissen, was sich dort abgespielt hat. Der Hausmeister und der Jahrgangstutor haben den ganzen Keller durchsucht, aber nichts gefunden. Was hältst du davon, Dex? Was könnte es mit diesem vierten Jungen und mit dem wilden Tier auf sich haben?«

Dex starrte Caroline Fisher an und sagte so ruhig wie nur irgend möglich: »Ich glaube, Sie schreiben sowieso nur das, was Ihnen passt, ganz egal, was ich sage.«

»Aber wäre es nicht besser, wenn ich die Wahrheit berichten könnte?« Ihre Stimme klang ernsthaft, und sie beugte sich nach vorne und sah ihn forschend an.

Dex versuchte es mit einem anderen Ansatz. »Also gut«, sagte er mit vor Sarkasmus triefender Stimme. »Ich habe gesehen, wie mein Freund zusammengeschlagen wurde, und dann habe ich mich in einen Wildhund verzaubert und Toby und Matthew in den Hintern gebissen. Besser so?«

Die Reporterin presste die Lippen aufeinander und schnaubte.

»Weil, ganz ehrlich, genau so hat es sich abgespielt«, fuhr Dex fort. Er hatte das Gefühl, die Oberhand zu gewinnen. »Und jetzt möchte ich meine Sachen packen, wenn Sie nichts dagegen haben.« Verdammt! Kaum waren die Worte aus seinem Mund geschlüpft, wusste er, dass er einen Fehler gemacht hatte.

»Sachen packen?«, schoss sie sofort zurück. »Wo fährst du denn hin?«

»Das geht Sie gar nichts an.« Er machte die Haustür auf. »Aber jetzt müssen Sie wirklich gehen. Und noch was ...« Er hielt kurz inne und suchte nach den richtigen Worten, dem richtigen Tonfall. Er konnte nur hoffen. »Wenn Sie als Reporterin wirklich so neu sind, wie Sie sagen, finden Sie nicht, dass ein Bericht über geheimnisvolle wilde Tiere an einer Schule da ganz schön riskant ist? Ich meine, da nimmt Sie doch niemand mehr ernst, oder?«

Caroline ging nach draußen. Auf der Eingangstreppe drehte sie sich noch einmal um, neigte den Kopf zur Seite und sah Dex durchdringend an. »Oder doch?«, sagte sie. Und dann ging sie weg.

* * *

Clive wohnte in einer schönen Doppelhaushälfte mit einem hübschen Backsteinbogen über der Eingangsterrasse. Der Vorgarten war zum großen Teil von einer üppigen Sommerfliederhecke überwuchert. Dex hatte sich mitten hineingesetzt und wartete dort im Schein der Spätnachmittagssonne auf seinen Freund. Die Blätter kitzelten ihn im Nacken, und er hatte keinen sehnlicheren Wunsch, als endlich nach Hause gehen zu können. Keine zwei Stunden mehr, dann würde Owen Hind ihn abholen. Er konnte es wirklich kaum mehr erwarten.

Aber zuerst musste er noch einmal mit seinem Freund

sprechen. Endlich, irgendwann, hörte er ein unbestimmtes, unmelodiöses Summen. Das war Clive. Er gab öfter mal seltsame Töne von sich, wenn er gerade dabei war, einen schlauen Gedanken zu denken. Das war eine der vielen Kleinigkeiten, mit denen er die Rabauken dieser Welt auf sich aufmerksam machte.

Als Clive das Gartentor aufstieß, sprang Dex aus dem Gebüsch hervor. Clive erschrak und blieb wie angewurzelt stehen, die Fäuste um die kleinen, gusseisernen Windungen des Gartentors gekrampft. Dex biss sich auf die Lippe. Dass Clive Angst vor ihm hatte, war einfach nur furchtbar.

»Ich wollte dich unbedingt noch mal sehen, bevor ich weggehe«, sagte er. Clive nickte nervös. Er erkundigte sich nicht einmal, *wohin* Dex eigentlich gehen wollte. »Clive? Was ist denn los? *Ich* bin es doch.«

»Das weiß ich ja«, entgegnete Clive leise. »Und ich weiß auch, *was* du bist. Ich weiß nur nicht, welche *Sorte.*«

»Was soll denn der Quatsch?«, erwiderte Dex unwirsch. »Hör zu, ich hab echt nicht viel Zeit, aber es gibt ein paar Dinge, die du wissen musst. Was ... was soll das denn heißen: Du weißt nicht, welche *Sorte*?«

Clive zog das Gartentor ins Schloss und ging bis zur Eingangstreppe. Dann ließ er sich schwer auf eine Stufe plumpsen, legte seinen Schulranzen vor seinen Füßen ab und blickte zu Dex hinauf. »Du kannst dich ruhig auch hinsetzen«, sagte er, aber es war ihm anzusehen, dass er sich bei dieser Vorstellung nicht besonders wohl fühlte. Dex setzte sich neben ihn, und Clive rückte sofort ein kleines Stückchen beiseite. »Gestern bin ich nach Hause gekommen und habe im Internet ein bisschen geforscht«, sagte Clive. »Natürlich findet man da jede Menge Blödsinn. Hauptsächlich Idioten mit irgendwelchen Fantasy-Rollenspielen und so weiter … aber daneben findet man eben auch die jahrhundertealten Legenden von Gestaltwandlern.«

»Gestaltwandler?«, wiederholte Dex. Das machte ihn neugierig. Das Wort gefiel ihm. Jetzt fiel ihm auch ein, dass Owen Hind es vorhin im Lastwagen ebenfalls benutzt hatte.

»Oder Skinwalker, also Hautgänger, falls du von den Navajo-Indianern abstammst. Aber das ist nicht besonders wahrscheinlich. Ich meine, deine Mum war doch aus Bangladesh, oder nicht?«

»Das war die Mum meiner Mum«, verbesserte ihn Dex. »Aber was ist ein Skinwalker, Clive? Worauf willst du eigentlich raus?«

»Ich hoffe bloß, dass du *kein* Skinwalker bist, Dex«, erwiderte Clive. Er hatte einen Sommerfliederzweig vom Boden aufgehoben und spielte nervös damit herum, so lange, bis die grünen Fasern aus dem Inneren zum Vorschein kamen. »Das würde nämlich bedeuten, dass du ziemlich bösartig wärst. Ich fände es besser, wenn du ein Schamane wärst.«

»Ich bin weder das eine noch das andere«, protestierte Dex. »Ich habe wirklich keinen Schimmer, was du da redest, Clive.«

Clive verlagerte sein Gewicht und starrte ihn durchdringend an. »Wenn du dich in einen Fuchs verwandeln kannst, dann bist du ein Gestaltwandler. Daran gibt es nicht den geringsten Zweifel.« Clive wusste es also. Er hatte sich nicht einfach eine vernünftige Erklärung zurechtgebastelt, wie Dex es eigentlich erwartet hatte.

»Ich hätte nie gedacht, dass du an so was glaubst«, sagte Dex.

»Ich auch nicht«, erwiderte Clive. »Aber sehen heißt glauben. Als du hinter den Heizkessel gefallen bist, da warst du ein Mensch. Und als du wieder aufgestanden bist, warst du ein Fuchs.« Er schluckte und blickte Dex fest in die Augen. »Ich ... ich glaube nicht, dass du böse bist, Dex. Ich weiß zwar immer noch nicht, zu welcher Sorte du gehörst, weil ich noch nicht genügend Zeit gehabt habe, um mir alle Arten anzuschauen. Aber wenn du damit weitermachst, dann schwebst du in großer Gefahr. Falls dich jemand anders dabei sieht ...«

»Ist schon okay, Clive«, unterbrach ihn Dex. »Wie gesagt, ich gehe von hier weg. An einen sicheren Ort. Du musst dir keine Sorgen machen. Aber ich finde es sehr schade, dass wir uns dann nicht mehr treffen können.«

Clive bearbeitete immer noch seinen Fliederzweig. »Das finde ich auch schade, Dex«, sagte er tonlos.

»Da wäre noch was«, sagte Dex und musste an Caroline Fisher denken. »Falls jemand vom *Messenger* auf dich zukommt, dann darfst du *nichts* verraten, ja?«

»Vom *Messenger*? Hat dich etwa ein Reporter angesprochen?«

»Eine Reporterin, ja. Und sie hat schon sehr viel gewusst, alles, was die anderen im Flur gesehen haben. Ich bin sie kaum wieder losgeworden. Sie heißt Caroline Fisher. Sie ist blond und hübsch und eine echte Plage. Also pass gut auf.«

Clive nickte. »Okay. Danke.« Er stand auf und streckte Dex seine kleine, mit grünen Fliederflecken übersäte Hand entgegen. Es war eine seltsame Geste für jemanden, den man seit dem fünften Lebensjahr kannte. Zum ersten und einzigen Mal empfand Dex so etwas wie Bedauern. Clive würde ihm *wirklich* fehlen. Feierlich schüttelte er ihm die Hand.

»Wirst du klarkommen, ohne dass ich Toby und Matthew für dich in den Hintern beiße?«, sagte er mit einem leisen Grinsen.

»Bestimmt.« Clive grinste ebenfalls. »Ich erzähle den beiden, dass ich einen Skinwalker beschworen habe, und dann schildere ich ihnen in allen Einzelheiten, was passiert, wenn sie mich das nächste Mal in die Mangel nehmen. Falls sie überhaupt jemals wieder in die Schule kommen. Heute hat jemand erzählt, dass Matthew die ganze Zeit vor dem Fernseher hockt, Babysendungen schaut und dabei am Daumen nuckelt. Ehrlich gesagt, das gefällt mir.«

Das Gelächter der beiden schallte durch die Stille des Nachmittags, ganz natürlich und normal. Unendlich weit entfernt von Navajo-Skinwalkern und Schamanen und Gefahren. Dex wandte sich zum Gehen. »Ich kann dir ja mal schreiben«, sagte Clive in seinem Rücken. »Wenn du willst.«

Dex drehte sich noch einmal zu ihm um. »Ich schicke dir meine neue Adresse, sobald ich sie weiß.«

Als er wieder nach Hause kam, warteten Gina und Alice bereits auf ihn. Verblüfft sah er, dass Gina einen Kuchen gekauft hatte. Er war mit einer dicken, blauen Schicht Zuckerguss bedeckt, und darauf stand in weißen Buchstaben ›Viel Glück, Dex‹. Sie verspeisten den Kuchen zum Abendessen, obwohl Dex vor Aufregung kaum einen Bissen hinunterbekam. Nicht einmal Ginas eigenartige Freundlichkeit drang zu ihm durch. Es kam ihm vor, als sei er schon längst weg, als würde nur noch sein Geist hier am Tisch sitzen. Als es dann sechs Uhr war und Owen Hind an der Haustür klingelte, kannte Dex' Erleichterung keine Grenzen. Am liebsten wäre er sofort nach draußen gerannt, um sich ins Auto zu setzen, bevor irgendjemand es sich womöglich anders überlegen konnte. Viele Jahre lang hatte jeder einzelne Tag seines Leben damit geendet, dass er die Treppe zu seinem nasskalten, kleinen Zimmerchen hinaufgegangen war. Die Vorstellung, das heute noch einmal zu tun, und sei es auch nur, um sich zu verabschieden, wie es manche Leute machen, wenn sie irgendwo wegziehen, jagte ihm kalte Schauer über den Rücken. Raus hier, nur raus! Er musste weg!

Dann ließ er sich von Gina küssen und umarmen. Er hatte eine Menge Übung darin, es ganz normal wirken zu lassen. Das machten sie auch jedes Mal an Weihnachten, wenn der Rest der Familie da war. Alice verblüffte ihn, indem sie nach seiner Hand griff und sie drückte, als er sich von ihr verabschiedete. Er selbst war nicht einmal auf die Idee gekommen, dass sie ihm fehlen könnte, und selbst jetzt war er sich ziemlich sicher, dass das nicht passieren würde. Aber irgendwie regte sich so eine Art Beschützerinstinkt in ihm. Er hoffte, dass sie nicht allzu sehr nach Gina kam, jetzt, wo sie alleine mit ihrer Mutter hier zurückblieb.

Er legte seinen kleinen Koffer in den Kofferraum von Owen Hinds Jeep und setzte sich auf den Beifahrersitz. Der Mann steckte den Zündschlüssel ins Schloss und sah ihn an. »Bist du bereit?«, fragte er. Dex lächelte ihn strahlend an und ließ sich gegen die Sitzlehne sinken.

»Und wie«, sagte er.

Kapitel 8

Es war eine der aufregendsten Reisen, die Dex je gemacht hatte. Heiß floss das Blut durch seine Adern. Er hatte sein Zuhause verlassen. Hatte Gina und Alice zurückgelassen und fuhr einem vollkommen neuen Ziel entgegen. Dex kam sich vor wie sprudelnder Champagner. Energie pulsierte durch seinen Körper, und er konnte seine Füße und Hände nicht eine Sekunde lang stillhalten. Das Gefühl war so extrem heftig, dass er irgendwann sogar in leichte Panik verfiel. Was, wenn er sich gleich in einen Fuchs verwandelte?

»Mr Hind …?«, fing er an. Owen Hind hatte seit ihrer Abfahrt nur ein-, zweimal etwas gesagt. Ansonsten waren sie in angenehmem Schweigen dahingerollt. Jetzt sah er Dex an, und als er merkte, wie nervös Dex war, grinste er. »Kann ich … kann ich mich womöglich in einen Fuchs verwandeln, wenn ich so aufgeregt bin?«, wollte Dex wissen.

»Ich glaube nicht, Dex. Es sei denn, du willst es wirklich unbedingt. Aber vielleicht nicht einmal dann. Noch nicht. Und im Übrigen … du musst mich nicht Mr Hind nennen. Ich habe so das Gefühl, dass wir noch sehr viel Zeit miteinander verbringen werden. Also: Ich bin Owen.«

»Okay, alles klar. Aber woher wissen … äh, weißt du das? Also das mit der Verwandlung? Es könnte doch einfach so passieren. Auf einmal macht es plopp, und ich bin ein Pelztier, oder nicht? Beim Einkaufen oder im Bus. Woher weißt du, dass das nicht passiert?«

»Also, ich habe geforscht, Dex, und ich weiß das eine oder andere über Gestaltwandler. Auch wenn du nicht gerade der typische Vertreter bist. Die meisten Berichte über Gestaltwandler stammen von den Navajo-Indianern. Bei denen wird die Verwandlung normalerweise absichtlich und unter Verwendung von Drogen herbeigeführt. Außerdem haben sie in der Regel nichts Gutes im Sinn. Die Gestaltwandler der amerikanischen Ureinwohner sind sehr gefürchtet. Angeblich sollen sie die Menschen dazu verführen, sich selbst Schaden zuzufügen, ja, sich sogar umzubringen. Wenn du dich also irgendwo in Amerika gezeigt hättest, dann hättest du keinen Tag lang überlebt.«

Dex musste schlucken. »Du meinst die Skinwalker, stimmt's?«

Owen warf ihm einen anerkennenden Blick zu, bevor er sich wieder der Straße zuwandte. »Du hast deine Hausaufgaben gemacht.«

»Nicht ich. Das war Clive. Er hat sich im Internet schlau gemacht.«

»Clive? Du hast mit Clive gesprochen?«

Dex erschrak. Idiot! Das hatte er doch für sich behalten wollen! Und wenn sie jemanden losschickten, der ... ihn neutralisieren sollte oder so was? Zerknirscht warf Dex Owen einen Blick zu. Auch wenn er noch so sympathisch und vertrauenswürdig wirkte, er hatte diesen Mann schließlich erst gestern kennengelernt, und in dieser Zeit hatte der ihn – *ähem* – gekidnappt und unter Drogen gesetzt.

»Ja. Er ist von selbst dahintergekommen. Aber er sagt es bestimmt niemandem weiter. Bestimmt nicht! Dazu ist er viel zu schlau. Er …«

»Jetzt beruhig dich mal wieder, okay?«, fiel Owen ihm ins Wort. »Wofür hältst du mich eigentlich? Glaubst du, dass ich ihn erschießen lassen würde?«

Dex blieb stumm. Einerseits kam er sich vor wie ein Idiot, aber andererseits hatte er das Gefühl, dass dieser Mann durchaus bereit war, Leute erschießen zu lassen, wenn es wichtig genug war.

Als hätte er seine Gedanken gelesen, sagte Owen jetzt mit sanfter Stimme: »Schau mal, Dex, ich weiß, dass wir einen ziemlich holprigen Start hingelegt haben, aber ich bin wirklich alles andere als gewalttätig. Ich behaupte nicht, dass alle, denen du im COLA-Club begegnen wirst, gute, unschuldige Menschen sind – das sind sie nicht –, aber wir laufen auch nicht durch die Gegend und knallen irgendwelche Leute ab. Tatsache ist, dass wir gar nicht alles geheim halten *können*. Wir haben insgesamt einhundertacht … na ja, jetzt sind es einhundertneun … Schülerinnen und Schüler an unserer Schule. Natürlich ist es unmöglich, deren besondere Begabungen vor ihren Familien und ihren Freunden völlig geheim zu halten. Darunter sind Polizeipräsidenten, Krankenschwestern, Schuldirektoren (ja, tatsächlich) und jede Menge ganz normaler Menschen, die alle irgendetwas über unsere Zöglinge wissen.

Wir wollen natürlich so unauffällig wie möglich bleiben, und um das zu erreichen, wirst auch du bestimmte Regeln befolgen müssen, aber wir müssen uns auch auf den gesunden Menschenverstand der Leute verlassen können. Und bis jetzt hat das ganz gut geklappt.

Die Dorfbewohner rund um das Tregarren College wissen jedenfalls, dass die Schule ein Ort für besonders begabte Kinder ist. Natürlich kommt da ab und zu das eine oder andere Gerücht auf, aber normalerweise lassen sie uns in Frieden. Die Leute in Cornwall lassen sich von übernatürlichen Dingen ohnehin nicht weiter aus der Ruhe bringen. Du musst wissen, dass viele von ihnen noch an Klopfgeister glauben.«

»Klopfgeister?«, wiederholte Dex fragend.

»Das sind Kobolde, die unten in den Zinnminen hausen.«

»Und gibt es die wirklich?«

Owen lächelte nur und sagte: »Jedenfalls kannst du wegen Clive ganz beruhigt sein, Dex. Er ist ein sehr intelligenter Junge und hat sowieso nicht viele Freunde, mit denen er über so etwas reden würde. Du solltest den Kontakt zu ihm halten. Es ist wichtig, einen kräftigen Anker in der wirklichen Welt zu haben.«

Dex hätte ihn gerne gefragt, wieso er so viel über Clive wusste, aber wahrscheinlich aus demselben Grund, aus dem er so viel über *ihn* wusste. Er würde sich später noch einmal erkundigen, aber jetzt hatte er etwas auf dem Herzen, was sehr viel dringender war.

»Okay. Clive wollte mir sowieso schreiben. Aber, Owen, was ist mit der Reporterin?«

Owen verschluckte sich, lenkte den Wagen mit einer hastigen Bewegung an den Straßenrand und schaltete den Motor aus. Dann starrte er Dex auffordernd an. »Reporterin?«, stieß er hervor. »Was denn für eine Reporterin, Dex? Los, erzähl mir alles darüber.« Dex berichtete ihm von Caroline Fisher und wie sie sich durch Drohungen Zutritt zu seinem Haus verschafft hatte, um ihn auszufragen. Wie er ihr nur spöttische Antworten gegeben und ihr im Prinzip überhaupt nichts verraten hatte.

»Ich bin ja schließlich nicht bescheuert«, sagte er trotzig. »Ich hab ihr nichts verraten. Ich hab mich bloß irgendwie über sie lustig gemacht.«

Owen schlug die Hände vors Gesicht und stöhnte laut. »Na, toll. Du hast dich über eine Reporterin lustig gemacht. Unfassbar! Dex, wenn ich dir einen guten Rat geben darf: Du kannst dich als Vollidiot oder als Plaudertasche ausgeben, als Trauerkloß oder als Grieche, ja, meinetwegen kannst du auch den Taubstummen spielen – aber niemals machst du dich über eine Reporterin lustig. Das ist, als würdest du einem Stier mit einem roten Tuch vor der Nase herumfuchteln. Wie heißt sie gleich noch?«

»Caroline Fisher. Vom *Messenger.*«

Owen nickte und starrte noch einen kurzen Augenblick lang ins Leere. Dann ließ er den Motor an. »Okay, Dex. Keine Sorge. Ich lasse sie schon nicht mit einem Betonsockel an den Füßen in den Fluss werfen. Obwohl, wenn es jemals so weit kommen sollte, dann wird es wohl am ehesten eine Reporterin treffen. Gut, dass du ihr nichts verraten hast.«

Dex wand sich ein wenig auf seinem Sitz hin und her. Sofort riss Owen den Kopf herum und starrte ihn an. »Was? Was hast du noch zu ihr gesagt, Dex?«

»Bloß, dass ... na ja, also ... ich hab irgendwie gesagt, dass ich noch packen muss. Und sie wollte wissen, wo ich hingehe und ...«

»Du hast ihr doch nicht etwa ...«

»Nein! Natürlich nicht! Da habe ich sie dann rausgeworfen. Ich hab *überhaupt* nichts gesagt.«

Owen schüttelte den Kopf und legte den ersten Gang ein. »Also gut«, sagte er dann mit gleichmütiger Stimme. »Gibt es vielleicht noch etwas, was ich wissen sollte?«

»Nein«, erwiderte Dex, und dann schwiegen sie viele Kilometer lang. Irgendwann, als es schon sehr spät und sehr dunkel geworden war, konnte Dex in der Ferne die zerklüftete Küste Cornwalls erkennen. Der Duft, der schon seit Devon in der Luft lag, drang scharf und herrlich in seine Nase – salzig, metallisch und sehr erdig. Sie fuhren gewundene, unbeleuchtete Straßen entlang, die zu beiden Seiten von hohen, grasbewachsenen Böschungen gesäumt wurden. Das Zirpen und Knacken einiger weniger, verspäteter Insekten drang als leiser Chor zum offenen Spalt seines Seitenfensters herein.

Dann durchbrach Dex die Stille im Wagen mit einer Frage, die ihn seit seinem letzten Gespräch mit Clive beschäftigte. »Owen ... dieses Gestaltwandler-Ding. Ist das ... böse?«

Owen seufzte. »Nun ja, Dex, die Kräfte an sich sind nicht böse. Es kommt immer auf die Person an, die die Entscheidungen trifft. Das, was ich mit absoluter Sicherheit weiß, ist, dass auch du nicht vollkommen gut bist. So wenig wie ich. Ich nehme mir nicht bewusst vor, jemandem etwas Böses anzutun, aber ich weiß, dass ich es *könnte*. Die Anlage steckt in mir, genau wie in dir auch. Glaub mir«, sagte er, als Dex widerwillig das Gesicht verzog. »Das ist eines der Dinge, die dir helfen werden zu überleben.«

Allmählich machte sich die Müdigkeit bemerkbar. Normalerweise hätte Dex jetzt zu Hause in seinem engen, kleinen Zimmer im Bett gelegen. Bei dem Gedanken lief ihm ein Schauer den Rücken hinunter, und Owen streckte die Hand nach hinten und reichte ihm eine Fleecejacke. »Versuch, noch ein bisschen zu schlafen«, sagte er. »Wir haben noch ungefähr anderthalb Stunden Fahrt vor uns, und du kannst ein wenig Ruhe bestimmt gut gebrauchen.« Dex knüllte die Jacke zu einem Kissen zusammen, legte sich die Ärmel wie einen Schal um den Hals und drückte sich in die Ecke zwischen Sitz und Tür. Obwohl er nicht damit gerechnet hatte, schlief er ziemlich schnell ein. Trotzdem verlor er das leise Brummen des Motors nie ganz aus dem Bewusstsein und bekam immer noch mit, wie Owen auf den schmalen, gewundenen Straßen schaltete, beschleunigte, abbremste und gelegentlich den Blinker betätigte.

Irgendwann musste er doch fester eingeschlafen sein,

denn urplötzlich – so kam es ihm zumindest vor – leuchtete die Innenraumbeleuchtung auf, und Owen rüttelte ihn sanft an der Schulter. »Dex. Aufwachen, Dex. Wir sind da.«

Ruckartig setzte Dex sich auf, benommen und orientierungslos. Schon im nächsten Augenblick hörte er das Rauschen des Meeres und wurde von einer gewaltigen Aufregung gepackt. Mit zitternden Fingern löste er seinen Sicherheitsgurt, schlüpfte in die Fleecejacke und stieg aus. Eine gleichmäßige, kühle Brise umwehte ihn, während Owen sein Gepäck aus dem Kofferraum holte. Dex war verwirrt. Er drehte sich einmal um die eigene Achse, aber bis auf einen riesigen, steinernen Schornstein, der sich aus dem unebenen, felsigen Untergrund in den Himmel erhob, gab es hier nichts zu entdecken. Am Fuß des Schornsteins befand sich ein Fenster, hinter dem ein trübes Licht brannte, und jetzt öffnete sich die Tür neben dem Fenster. Ein breiter Lichtstrahl fiel auf den steinigen Boden, und dann trat ein Mann mit einem Hund heraus. Er hatte eine Taschenlampe in der Hand und kam ihnen entgegen.

»Ho, Mr Hind!«, rief er. »Sie haben Dex Jones mitgebracht, wie ich sehe.«

Es war ein seltsames Gefühl, den eigenen Namen aus dem Mund dieses Fremden mit dem Cornwall-Akzent und dem Hund zu hören. Der Hund, ein struppiges, braunes Tier, das seinem Herrchen bis an die Hüfte reichte, kam auf Dex zu und schnüffelte an ihm. Dann ließ er sich unvermittelt und ein wenig unsicher auf seine Hinterläufe sinken und starrte Dex an, mit einem Blick, den man eigentlich nur als *forschend* bezeichnen konnte. Dex ging in die Hocke. Er versuchte gar nicht erst, den Hund zu streicheln. Das wäre ihm irgendwie unpassend erschienen. Dieser Hund *wusste Bescheid.* Ruhig und gelassen erwiderte Dex seinen Blick, sah in seine Augen, die durch das Licht der Taschenlampe wie rote Scheiben erschienen, und dann erhob sich der Hund und schob sich näher, bis seine kalte, feuchte Nase an seiner lag. Dex lächelte erfreut. Er mag mich, dachte er. Er findet mich okay.

»Na, wenn Barber dich sympathisch findet, dann musst du ja ein netter Kerl sein«, sagte der fremde Mann herzlich. Er war vielleicht Mitte sechzig und trug eine dunkle Uniform, wie ein Pförtner. Mit seinem kurzgeschorenen, grauen Vollbart sah er aus wie ein alter Schiffskapitän.

»Das ist Mr Pengalleon, unser Torwächter«, sagte Owen und stellte Dex' Koffer auf den Boden, um dem Mann freundlich auf die Schulter zu klopfen. »Und das hier ist Barber, unser Wachhund. Es gibt wahrscheinlich keinen anderen Hund auf der Südwest-Halbinsel, der so laut bellen kann wie er. Seltsam, dass er Dex gar nicht angebellt hat, was?«, sagte er an Mr Pengalleon gewandt.

»Barber weiß, was er weiß«, erwiderte Mr Pengalleon weise. »Aber jetzt nichts wie rein mit dem Burschen. Nicht, dass er uns noch festfriert, bei dem Wind heute Abend.«

Owen schnappte sich erneut den Koffer und schob Dex in Richtung des mächtigen Schornsteins. »Aber wo ist denn die Schule?«, murmelte Dex leise. »Hier jedenfalls nicht.« Begleitet von Owens breitem Grinsen betraten sie das Zimmer des Torwächters. Es war kreisrund und roch nach altem, süßlichem Tabak. Die Backsteinwände waren weiß gestrichen, dunkle Eichendielen bedeckten den Fußboden, und gleich neben dem Fenster stand ein alter Schreibtisch mitsamt Stuhl. Dazu gab es noch ein Sofa mit mehreren Decken, auf denen Barber sich gerade gemütlich zusammenrollte, sowie einen hohen, mit Leder bezogenen Ohrensessel neben einem offenen Kamin, der mit seinen rotglühenden Kohlen eine wunderbare Wärme im Zimmer verbreitete. Und dann waren da noch drei weitere Türen.

»Immer weiter«, sagte Owen und bugsierte Dex quer durch das runde Zimmer zu einer der Türen.

»Aber wo ...?«, wollte Dex seine Frage noch einmal wiederholen, doch dann unterbrach er sich. Durch die offene Tür war der nächtliche Himmel zu sehen, und im Licht der Sterne bot sich ein so unerwartetes Schauspiel, dass Dex nicht anders konnte, als mit offenem Mund staunend dazustehen. Sie standen jetzt direkt an einer atemberaubenden Felskante. Eine dicke Steinmauer bewahrte sie vor dem Sturz ins Nichts. Zweihundert Meter unterhalb schleuderte das brausende Meer schäumende Brecher an die Felsenküste Cornwalls. Nach rechts jedoch wand sich ein schmaler steinerner Pfad eine zerklüftete, sanft geneigte Felswand hinunter, nur gelegentlich unterbrochen von in den Stein gehauenen Treppenstufen. Am faszinierendsten fand Dex jedoch die Lichter. Endlos scheinende

Ketten aus winzigen, weißen Kugeln wippten im Wind auf und ab und markierten den Weg, der im Zickzack an einer ganzen Reihe von Steinhäusern entlangführte. Es sah aus, als seien sie geradewegs aus dem umgebenden Felsboden hervorgewachsen. Viele dieser Häuser hatten eine gewölbte Form. Aus ihren spitz zulaufenden, dunkelgrauen Schieferdächern, die im Licht der vielen winzigen Lichtkugeln und der Sterne am Himmel bläulich schimmerten, ragten Schornsteine empor.

Auf halbem Weg zwischen der Spitze der Klippen und dem Meer war ein gewaltiger, flacher Felsvorsprung zu erkennen. Darauf stand ein langgestrecktes Gebäude aus Stein. Es war mit Sicherheit erst vor kurzem dort errichtet worden, denn mit seinem rechteckigen, nach einer Seite offenen Innenhof, der gepflegten, quadratischen Rasenfläche, dem quadratischen Teich mit dem Springbrunnen in der Mitte und den vielen hohen, funkelnden Fenstern war es eindeutig als Schulhaus erkennbar. Nicht im Traum hatte er so etwas hier erwartet.

Owen lenkte ihn den Pfad entlang, über die Treppenstufen und an den kleinen, gewölbten Häuschen vorbei. Hinter manchen der alten, fleckigen Fensterscheiben war schwaches Licht zu erkennen. Dann ging es ein ganzes Stück geradeaus, wobei Owen sich immer wieder ducken musste, da der Weg unter einem mit feuchtem Farn bewachsenen Felsvorsprung entlangführte. Anschließend überquerten sie eine geschwungene Holzbrücke über einen Bach, der sich seinen Weg durch ein flaches Felsbett bahnte, um dann als Wasserfall aus ihrem Blickfeld zu verschwinden.

Sie gingen an dem Schulgebäude vorbei. Dex spürte bei jedem Schritt, dass der Fels unter seinen Sohlen von Menschenhand bearbeitet worden war, sonst hätte diese Schule hier niemals errichtet werden können. Nachdem sie die nächste Felsnase hinter sich gelassen hatten, kam ein ganzes Stück weiter unten noch ein zweiter Felsensporn in den Blick. Er ragte ungefähr sieben Meter aus dem Meer hervor und wurde von einem stabilen Holzzaun umgeben. Die gesamte Fläche bestand aus Rasen, und als Dex etwas genauer hinsah, konnte er darauf die Linien eines Fußballfeldes erkennen. Wenn *da* einer den Ball über den Zaun kickt, dachte er, dann dauert es ein bisschen länger, bis er ihn wieder zurückgeholt hat.

»Gefällt es dir?« Owen lächelte ihn voller Stolz an. »Dort gibt es sogar einen Lido, knapp unterhalb des Sportplatzes. Man kann ihn von hier aus nur nicht sehen.«

»Was ist denn ein Lido?«, wollte Dex wissen.

»Ein Freibad, in diesem Fall ein natürliches Becken mit Meerwasser. Wir haben es als fast vollständigen Kreis aus Felsbrocken vorgefunden. Dann haben wir noch mehr Felsen herangeschafft, um es wirklich absolut sicher zu machen. Natürlich ist der Wasserstand immer noch von Ebbe und Flut abhängig, schließlich gibt es zwischen den Felsen zahlreiche Lücken, aber jetzt kann man gefahrlos darin schwimmen. Es ist zwar kalt, aber geschützt. So, da wären wir.«

Jetzt waren sie vor einem weiteren, zweigeteilten Steinhaus auf einer breiten Felskante angelangt. Es lag ein kleines Stückchen höher als das eigentliche Schulgebäude, das von hier aus gerade noch zu erkennen war. Über dem Haus befand sich ein bogenförmiger Felsüberhang, der sich fast wie eine ausgestreckte Hand zum Meer hin reckte. Dex verdrehte den Hals und suchte das obere Ende der Klippen, aber von hier aus war es nicht mehr zu sehen. Die Wohn- und Schlafunterkunft war aus demselben hellgrauen Stein errichtet worden wie das Schulgebäude und besaß das gleiche, steile Schieferdach. Im Inneren war es warm, und die Wände waren mit hellem Holz getäfelt. Der Fußboden bestand aus Steinfliesen, die hier aus der Gegend stammen mussten, und am Ende des langen, von blickdichten Glastüren gesäumten Flurs war ein gemütlich eingerichteter Aufenthaltsraum zu erkennen. Er wurde von einer einzigen Lampe und ein paar wenigen, bereits verglühenden Kohlen in dem offenen, gemauerten Kamin in schwaches Licht getaucht. In einer Ecke des Aufenthaltsraums führte eine Wendeltreppe nach oben, und genau dorthin brachte Owen jetzt Dex.

»Du bist im letzten Schlafraum untergebracht«, flüsterte Owen. »Wir müssen leise sein, weil die anderen alle schon schlafen. Deine Mitbewohner heißen Gideon und Barry. Ich finde ja, dass du den besten Schlafraum von allen erwischt hast.«

Er öffnete die Tür. Dex hatte ein längliches Zimmer mit einer niedrigen, schrägen Decke vor sich. Am Fußende der

Betten bedeckte ein warmer, grüner Teppich den Holzfußboden, und neben jedem Bett war eine stabile Eichentruhe zu sehen. An der Wand gegenüber den Betten standen vier Kommoden, ebenfalls aus Eichenholz, und an der Außenwand ein langer Schrank. »Deine Sachen räumen wir dann morgen früh ein. Am besten gehst du jetzt gleich schlafen«, flüsterte Owen und stellte Dex' Koffer neben eines der beiden leeren Betten. »Der Waschraum liegt gleich gegenüber. Ich lasse dich jetzt allein. Wir sehen uns morgen früh.«

Dex betrat den weißgekachelten Waschraum, machte sich frisch und putzte sich die Zähne. Er war steinmüde, aber trotzdem hätte er am liebsten gleich mit einer Entdeckungstour begonnen. Nun ja, dafür ist noch genügend Zeit, sagte er sich und musste vor Aufregung grinsen. Also tapste er zurück in seinen Schlafraum und lauschte den gleichmäßigen Atemzügen seiner beiden Mitbewohner. Ihre Gesichter waren nicht zu erkennen. Einer hatte sich komplett in seine dicke, blaue Decke eingemummelt und gab jedes Mal beim Ausatmen ein leises Pfeifen von sich, während der andere ihm den Rücken zugewandt hatte. Dex konnte lediglich seine dichten, kräftigen, in alle Richtungen abstehenden blonden Haare erkennen.

Seine Matratze war fest und warm und bequem, und die Bettwäsche duftete ein kleines bisschen nach Lavendel. Dex legte sich auf den Rücken und starrte durch das Deckenfenster über dem Kopfende seines Bettes hinauf zu den Sternen. Er hörte das gedämpfte Rauschen des Meeres, die

Brecher, die an die Felsenküste krachten, und während ihm allmählich die Augen zufielen, spürte er, dass er noch nie in seinem ganzen Leben glücklicher gewesen war als jetzt in diesem Augenblick.

Kapitel 9

»... doch auf. Du weißt genau, dass du das nicht darfst. Du kriegst doch bloß Stress.«

»Ich hab alles im Griff, siehst du doch. Immer schön ruhig bleiben. Niemand kriegt irgendwas davon mit.«

»Sartre merkt es garantiert! Moment mal ... wacht er jetzt auf?«

»Ach was. Der pennt bestimmt durch bis ins nächste Jahrhundert. Was meinst du, was er kann?«

»Heee! *Ruhig* halten! Wenn du den fallen lässt ... der ist zu schwer!«

»Ist er gar nicht. Ich krieg das schon hin.«

Dex hörte Stolz und ein bisschen Überheblichkeit in der Stimme des Jungen mitschwingen, während seine Ohren langsam erwachten. Mit geschlossenen Augen runzelte er die Stirn und versuchte herauszufinden, wo er eigentlich war.

»Vielleicht ist er ja auch Zauberkünstler! Das würde dir bestimmt gefallen, was?« Er versuchte eindeutig, den anderen zu necken.

»Stimmt doch gar nicht. Aber *dir* würde es gefallen, wenn du noch einen Kinesen kriegen würdest!« Diese Worte verwirrten Dex so sehr, dass man es ihm offensichtlich ansehen konnte, denn jetzt sagte die Stimme: »Pass auf, Gid. Er wacht wirklich auf!«

»Wahrscheinlich ist er auch bloß wieder ein Medium. Laaangweilig!« Gid – wer immer das sein mochte – sprach mit hoher, gepresster Stimme weiter. »Mein spiritueller Führer Triefende Nase hat mir soeben eine Botschaft zukommen lassen. Es wird Bewegung am Firmament entstehen und Unruhe in den Tiefen der … der Soßenschüssel … in der Schulküche. O nein! Ich sehe Würstchen! Unzählige verkohlte Würstchen. Kannst du damit etwas anfangen …?«

Dex musste laut lachen und schlug die Augen auf. Im nächsten Augenblick landete ein Fußball mitten in seinem Gesicht. Er schnellte hoch und blickte sich verwirrt und erschrocken um. Tränen schossen ihm in die Augen. Innerhalb einer Millisekunde hatte sein Gehirn ihn mit Hilfe einer kleinen Sammlung von Bildern des vergangenen Abends daran erinnert, dass er im COLA-Club gelandet war, und dort hatte er gerade eben einen Fußball auf die Nase bekommen. Die beiden anderen Jungen hatten sich schnell von seiner Bettkante verzogen und saßen jetzt auf dem Nachbarbett. Beide trugen Schlafanzüge. Sie sahen erschrocken, schuldbewusst und nervös aus.

»Tut mir leid«, sagte der eine. Der Stimme nach musste es sich um »Gid« handeln. »Du hast mich ein bisschen erschreckt und dann habe ich die Konzentration verloren.«

»Und deswegen hast du mir einen Fußball ins Gesicht geschossen?«, erwiderte Dex ein wenig benommen. Das war also der blonde Wuschelkopf von gestern Abend. »Ebenfalls erfreut, deine Bekanntschaft zu machen.«

»Nein, nein … das war keine Absicht«, entgegnete der andere Junge. Er war groß und kräftig gebaut, ein kleines bisschen pummelig vielleicht, dazu dunkle, kurzgeschorene Haare und besorgte, graue Augen. »Er hat ihn bloß über deinem Kopf schweben lassen und dann, na ja, als du plötzlich so losgelacht hast, da hat er ihn eben nicht mehr ruhig halten können.« Bei den letzten Worten wandte er sich mit bedeutungsvollem Blick an den anderen Jungen. »Ich hab's dir doch gleich gesagt.«

Jetzt fing der Wuschelkopf an, über beide Backen zu strahlen, und streckte Dex die Hand entgegen. »Ich bin Gideon Reader. Telekinetiker und Mittelstürmer bei den Tregarren Tigers.« Dex gab ihm die Hand und musste unwillkürlich grinsen. Gideon war hellblond, sogar seine Wimpern und die Augenbrauen über seinen blassgrünen Augen. Auf seinem Nasenrücken waren ein paar vereinzelte, hellbraune Sommersprossen zu erkennen. »Und der da neben mir, das ist Barry Blake. Er ist ein Zauberkünstler.« Für einen kurzen Moment sah Dex den kräftigen Barry vor sich, wie er im goldenen Frack und mit einer Federboa behängt über eine winzige Bühne wirbelte, doch dann schüttelte er den Kopf. Nein – Zauberkünstler … wie hatte Owen es ihm gleich noch mal erklärt?

»Sein Spezialgebiet ist Verschwinden«, fuhr Gideon erklärend fort, nachdem ihm klargeworden war, dass Dex von alledem offensichtlich keine Ahnung hatte. »Obwohl man ihn eigentlich jedes Mal ziemlich schnell wiederfindet.«

»Das glaubst *du*!«, sagte Barry, aber auch er grinste über das ganze Gesicht und blickte Dex interessiert an. Die beiden Jungen musterten Dex unverhohlen und erwarteten offensichtlich, dass er auch etwas sagte.

»Oh, 'Tschuldigung!« Dex schwang die Beine über die Bettkante und setzte sich auf. »Ich bin Dex Jones.«

Sie lächelten und nickten. Und warteten. Dex erwiderte ihre Blicke und begann, sich ein wenig unwohl zu fühlen –, bis ihm klar wurde, was sie von ihm erwarteten. Er sollte ihnen sagen, was er *konnte*. Doch Dex wollte nicht. Noch nicht. Zumal er ja nicht einmal genau wusste, was er eigentlich sagen sollte. »Ich verwandele mich in einen Fuchs«, das klang so ...

»O nein, du bist einer von *denen*.« Unter lautem Stöhnen ließ Gideon sich rückwärts auf die Matratze plumpsen und legte die Hand vor die Augen. »Noch ein Filmstar.«

»Was soll das denn heißen«, erwiderte Dex beleidigt.

Gideon sprang auf. Er schnappte sich das Handtuch, das auf seiner Truhe lag, wickelte es sich um die Schultern und begann, mit gezierten Bewegungen auf und ab zu gehen. »Es tut mir schrecklich leid, aber ich brauche meine Privatsphäre«, hauchte er und versuchte sich dabei an einem amerikanischen Akzent. »Bitte ... bitte ... keine Presse!« Er zog sich das Handtuch über den Kopf und fuhr mit gedämpfter Stimme fort: »Bitte, ich möchte doch nur meine *Ruhe* haben!«

Dex konnte nicht anders, er musste lachen, und Gideon zog sich das Handtuch vom Kopf und huschte wieder auf seinen Platz. Dann beugte er sich nach vorne, die Arme auf die Knie gestützt, und versuchte nach allen Regeln der Kunst, Dex ein Geständnis zu entlocken. »Nun komm schon, Dex Jones. Raus mit der Sprache! Medium?«

»Nein.« Dex lachte. »Eher mini.«

Gideon kicherte kurz, bevor er Dex erneut intensiv anstarrte. »Ein Illusionist bist du jedenfalls nicht, sonst hättest du ja gewusst, was das ist. Bist du auch ein Telekinetiker, so wie ich?«

»Nein«, grinste Dex. Barry wirkte erleichtert.

»Ein Schlangenbeschwörer? Rutengänger? Hellseher? Hellhörer? Zauberer? Alchemist?« Dex schüttelte jedes Mal den Kopf. Ob Gideon vielleicht irgendwann das Richtige erriet? »Handleser? Runenleser? Wahrsager? Seher? Heiler? Seelenwanderer? Wanderstiefel? Turnschuh? Badelatsche …?« Gideon schüttelte den Kopf und verstummte.

»Lass ihn doch«, sagte Barry. »Er wird es uns schon sagen, sobald er so weit ist. Na los, Dex, jetzt musst du dich waschen und anziehen, sonst kriegst du womöglich kein Frühstück mehr.«

Als Dex aus dem Badezimmer kam, hatten die beiden anderen sich bereits angezogen. »Deine Sachen liegen bestimmt in der Kommode«, sagte Gideon und schlüpfte in ein türkisfarbenes Sweatshirt, auf dem in weißer Schrift das Emblem des Tregarren College aufgedruckt war. Barry hatte das gleiche Sweatshirt an, und dazu trugen beide eine Jeans und Turnschuhe. »Das ist die Wochenendgarderobe«, erläuterte Gideon, als Dex die nächstgelegene

Schublade aufzog und ein gebügeltes, fein säuberlich zusammengelegtes Sweatshirt darin vorfand. »Die Schuluniform für die Wochentage findest du im Schrank.« Dex' Sweatshirt duftete neu, und auf dem Etikett auf der Innenseite stand sein Name. Er klappte seinen kleinen Koffer auf und holte eine zerknautschte Jeans heraus. Es war seine einzige. Sie sah in Kombination mit dem Sweatshirt ganz okay aus. Hoffentlich merkte niemand, wie abgestoßen und alt seine Turnschuhe waren. Das Sweatshirt passte jedenfalls wie angegossen.

Als die drei sich dann auf den Weg zum Frühstück machten, rutschte es Dex fast ohne nachzudenken heraus. »Gestaltwandler.«

Die beiden anderen erstarrten mitten in der Bewegung, Barry wich einen kleinen Schritt zurück, und Gideon starrte Dex durchdringend an, bevor er einen leisen Pfiff ausstieß. »Gestaltwandler! Tja ...« Er fuhr sich mit den Fingern durch die ungekämmten Haare und pfiff noch einmal. »Und Mr Hind hat dich zu uns gesteckt? Phaaaaan-tastisch!«

Jetzt ertönte eine laute Klingel, und Gideon sagte: »Schnell! Wir haben nur noch fünf Minuten Zeit, dann müssen wir beim Frühstück sein.«

Der Speisesaal befand sich in dem großen Schulgebäude, das Dex gestern Abend im Mondschein schon gesehen hatte. Jetzt erstrahlte das Tregarren College im hellen Sonnenlicht, und überall wuselten Schulkinder und Lehrkräfte herum. Eine sanfte, salzige Brise zerzauste ihm die Haare, während sie die steinernen Stufen vom Internatsgebäude hinabgingen und dem Pfad unterhalb des Felsvorsprungs folgten. Das Meer war deutlich ruhiger als am Abend zuvor, und im Wasser spiegelte sich ein strahlend blauer Himmel.

Etwa hundert Kinder saßen im Speisesaal beim Frühstück und veranstalteten ein riesiges Getöse, redeten durcheinander und klapperten und klimperten mit Besteck und Geschirr. Sie schienen alle etwa so alt zu sein wie Dex. Einige trugen ebenfalls das Schulsweatshirt, andere ihre eigenen Klamotten. Samstags schien es jedenfalls keine Sweatshirtpflicht zu geben. Hinter der Essensausgabe vor der hell erleuchteten, weißblau gekachelten Schulküche standen zwei fröhliche Damen mit roten Wangen und einem Cornwall-Akzent und verteilten tatsächlich Würstchen, dazu gebratenen Speck, dicke Bohnen, Eier und Champignons. Außerdem gab es mehrere Regale voller großer Kartons mit Frühstücksflocken, ein Dutzend Krüge mit kühlen Obstsäften, Milch und Wasser und dazu eine »warme Ecke«, wo man sich selber Toast und gekochte Eier zubereiten konnte. Gleich daneben stand ein großer Bottich mit dampfendem Tee. Auf dem polierten Holzfußboden des Speisesaals verteilten sich ein Dutzend große, runde Eichentische. Die Stühle waren ebenfalls aus Eichenholz und mit einem grünen Lederpolster versehen. Auf der linken Seite zogen sich hohe Bogenfenster an der gesamten Außenwand des Gebäudes entlang und ermöglichten einen phantastischen Ausblick auf die herrliche Küste und das Meer.

Er nahm sich einen Teller mit Speck, Rührei und Champignons, dazu eine Tasse heißen Schwarztee und setzte sich zu Gideon und Barry an einen Fenstertisch. Ein paar andere Kinder beäugten ihn neugierig.

»Also dann, Dex«, sagte Gideon, während er sich über seine Cornflakesschale beugte. »Erzähl uns doch ein bisschen mehr über dieses Gestaltwandlerding. Wie fühlt sich das an? Wann hat es angefangen? Wie lange hat es gedauert, bis Owen dich aufgestöbert hat?«

Außer ihnen saßen noch drei andere Schüler mit am Tisch. Dex wusste, dass auch sie irgendwelche außergewöhnlichen Fähigkeiten haben mussten, sonst wären sie ja nicht hier. Trotzdem wollte er jetzt noch nicht einfach so über seine eigene Gabe sprechen. »Ich weiß es erst seit einer Woche«, sagte er leise und säbelte an seinem gebratenen Speck herum.

Gideon hielt kurz inne und sagte dann etwas, wofür Dex ihm wirklich dankbar war: »Na gut, Kumpel. Dann ist das wahrscheinlich alles noch ziemlich neu für dich. Du brauchst uns gar nichts zu erzählen. Als es bei mir losgegangen ist, da bin ich komplett durchgedreht. Im einen Moment war ich noch ganz normal, und dann sagt mein Dad plötzlich, dass ich die Gabeln von der Zimmerdecke runterholen soll. Der Arme hat gedacht, dass irgendwelche Außerirdische auf der Erde gelandet sind.«

Dex wurde neugierig. »Was genau kannst du denn?«, erkundigte er sich.

»Ich kann Gegenstände bewegen, nur mit dem Kopf. Ich

meine, nicht per Kopfstoß natürlich, sondern … pass auf … so.« Gideons Miene glättete sich und wurde seltsam kühl, hochkonzentriert. Dex sah mit offenem Mund zu, wie sich die Salz- und Pfefferstreuer in der Tischmitte ungefähr fünfzehn Zentimeter in die Luft erhoben, ein wenig ins Schwanken gerieten und dann geschmeidig über das weiße Tischtuch hinwegschwebten, direkt auf Barrys üppig gefüllten Frühstücksteller zu, auf dem sich Speck, Würstchen, Bohnen, Eier, Champignons, Tomaten, noch mehr Eier und sechs Buttertoast-Dreiecke türmten. Dann kippten sie ihren gesamten Inhalt über dem Teller aus.

»Hey!«, brüllte Barry, ohne im Geringsten beeindruckt zu sein. »Wenn ich nachwürzen will, dann melde ich mich schon!« Die Salz- und Pfefferstreuer plumpsten auf den Tisch und rollten ein Stückchen beiseite. Gideon hob sie auf, stellte sie wieder in die Tischmitte und blickte sich nervös um.

»Gideon, du bringst uns noch alle in Schwierigkeiten«, sagte ein Mädchen auf der anderen Seite des Tisches. Dex blickte sie an und war augenblicklich fasziniert. Sie war nicht schön, nein, nicht einmal hübsch, hatte ein blasses Gesicht und unauffällige, braune, kurzgeschnittene Haare. Aber ihre Augen mit den auffallend dichten, dunklen Wimpern strahlten in einem dunklen, fast violetten Blau. Sie sah aus wie ungefähr zwölf, aber aus irgendeinem Grund wirkte sie sehr viel älter. Nicht gebrechlich oder sonst irgendwie hinfällig, aber es kam Dex so vor, als hätten ihre Augen schon sehr viel mehr gesehen, als man in zwölf Jahren auch nur annähernd erleben kann. Das mit Abstand Faszinierendste an ihr war jedoch ihre *Stimme*. Sie war sanft und leise, und er musste bei ihrem Klang unwillkürlich an Kieselsteine im Wasser denken. Noch nie im Leben hatte er eine so wohltönende, beruhigende Stimme gehört. Dex merkte gar nicht, dass er das Mädchen anstarrte, bis Gideon ihm seinen Ellbogen in die Rippen stieß.

»Reiß dich zusammen, Kumpel«, sagte er. »Das geht uns allen so.«

»Wa... was meinst du damit?«, stammelte Dex und wurde knallrot im Gesicht.

»Das ist Mia. Sie kann nichts dafür, aber bei ihrem Anblick fühlt sich jeder so wie du jetzt. Das ist ihr Ding.«

»Ihr Ding?«

»Genau. Sie ist eine Heilerin. Ich zeig's dir.« Ohne Vorwarnung packte Gideon Dex mit beiden Fäusten am Handgelenk und verdrehte die beiden Hände immer wieder gegeneinander, so lange, bis Dex laut aufschrie. Dann zerrte er Dex um den Tisch herum zu Mia und zeigte ihr sein gerötetes, brennendes Handgelenk. »Leg los!«, forderte er sie auf.

»Gideon, das ist doch total kindisch«, sagte sie und blitzte ihn tadelnd an, doch dann griff sie, ohne hinzusehen, nach Dex' Handgelenk. Ihre Hände fühlten sich kühl und glatt an, und dann begann seine Haut zu kribbeln. Er spürte, wie eine große Wärme von ihren Händen ausging und wie Flüssigkeit über seine Haut kroch. Und dann ... war der Schmerz mit einem Mal spurlos verschwunden.

Dex konnte sie nur noch völlig fassungslos anstarren. Gideon streckte die Hand über seine Schulter und klappte ihm den Mund zu.

»Nimm's deinem Mitbewohner nicht übel«, sagte Mia und lächelte Dex an.

Wie im Nebel kehrte er an seinen Platz zurück. »Alles okay«, sagte Gideon. »Du wirst dich bald dran gewöhnen und dann lässt ihre Wirkung spürbar nach. Wenn das nicht der Fall wäre, dann würde ihr ja ständig die ganze Schule hinterherlaufen. Ah, jetzt geht's los, Dex. Das habe ich vorhin mit den Filmstars gemeint.«

Er zeigte auf ein anderes Mädchen, das sich gerade sein Frühstück geholt hatte und sich jetzt, möglichst weit von den anderen entfernt, einen Platz suchte. Sie hatte lange, blonde Haare, in schicke Stufen geschnitten, und trug eine bestickte Jeans sowie ein flauschiges, gelbes Oberteil. Ihre Fingernägel waren perfekt poliert, und ihre kleine Reißverschlusshandtasche passte haargenau zur Farbe ihres Oberteils. Wie eine Figur aus einem Werbespot für Waschpulver oder Limonade, dachte Dex, nur dass sie nicht lächelte und ganz bewusst immer nur zum Fenster hinausstarrte. Ihr hübsches Gesicht sah verschlossen und trotzig aus.

»Lisa Hardman«, sagte Gideon leise. »Filmstar durch und durch. Redet mit niemandem, höchstens mit ein paar Mädchen aus ihrem Schlafraum, und das auch nur gelegentlich. Findet es hier offensichtlich unerträglich. Im Gegensatz zu den meisten anderen hier hatte sie nämlich auch schon vorher ein richtiges Leben. Steinreicher Dad.

Schönes Haus. Pony. Swimmingpool. Shoppingtrips nach New York und lauter so Zeug.«

»Und was ist *ihr* Ding?«, wollte Dex wissen.

»Wissen wir noch nicht. Sie ist schon seit drei Monaten hier, aber sie will es niemandem verraten. Niemand ist dazu verpflichtet, obwohl es irgendwann sowieso immer rauskommt. Deshalb ist es wahrscheinlich leichter, es einfach rauszulassen, dann hat man es hinter sich. Na ja, jedenfalls will sie unbedingt wieder nach Hause. Telefoniert und schreibt ständig mit ihrem Dad. *Mein* Vater würde mich für bescheuert halten, wenn ich hier wegwollte. Er findet die Schule phantastisch. Er hat gesagt, dass er sofort hier einziehen würde, wenn sie ihn lassen würden.«

»Meiner auch«, meinte Barry. »Er hätte gern eine von den Hütten ein Stück weiter oben.«

Da fiel Dex etwas auf. Dreimal. Dreimal hintereinander war jetzt nur von einem Vater die Rede gewesen. »Was ist eigentlich mit eurer Mum?«, fragte er bedächtig.

Gideon und Barry sahen einander einen Augenblick lang an, dann wandten sie sich wieder Dex zu. Gideon sagte: »Und mit *deiner*?«

Dex ließ Messer und Gabel sinken und sagte möglichst beiläufig, so wie immer: »Oh, ich hab gar keine. Also eine Stiefmutter schon, aber meine richtige Mum ist vor Jahren gestorben.«

Dann wartete er auf die entsetzten Reaktionen. Je älter die Leute waren, desto schwerer schien diese Nachricht sie zu treffen, aber auch seine Altersgenossen fingen oft an zu stammeln, liefen knallrot an und wussten nicht, was sie dazu sagen sollten. Doch Barry zuckte nur mit den Schultern und widmete sich wieder seinem gewaltigen Frühstück, während Gideon ein seltsam schiefes Grinsen sehen ließ.

»Dann bist du also ganz eindeutig ein COLA«, sagte er. Dex starrte ihn fragend an. Was sollte das denn bedeuten? Gleichzeitig stand Gideon auf und sagte: »Na dann, pass mal gut auf. Morgenappell.« Er legte die Hände wie einen Trichter um den Mund und rief: »HE, LEUTE! Hört mir bitte mal für einen Moment zu, zu Ehren von Mr Jones, der neu hier ist. Alle, die von euch keine Mutter mehr haben, mal Hände hoch.«

Dex war verblüfft. Gekränkt. Er hatte Gideon schon richtig gern gehabt, trotz der Sache mit dem Fußball und trotz des verbrannten Handgelenks, und jetzt machte dieser Kerl sich einfach über ihn lustig. Und das ausgerechnet mit dem Schlimmsten, was ihm in seinem ganzen Leben widerfahren war. Aber schon, als er Gideon einen giftigen Blick zuwarf, merkte er, dass es im Saal still geworden war. Nur einige wenige Schüler stießen abfällige oder gelangweilte Laute aus. Dex stand ebenfalls auf und ließ den Blick von einem Ende des Saals bis zum anderen schweifen. Ihm wurde eiskalt. So weit er sehen konnte, hatte jedes einzelne Kind im Saal die Hand erhoben.

Kapitel 10

Dex spürte eine Berührung an der Schulter, erschrak und drehte sich ruckartig um. Es war Owen. Er warf Gideon einen warnenden Blick zu. »Toll, Gideon«, sagte er frostig. »Wirklich toll.« Gideon senkte ein wenig schuldbewusst den Blick und starrte auf seine Würstchen hinab. »Tut mir leid, Dex. Bist du schon fertig mit Frühstücken?«, fuhr Owen fort. Dex nickte. Sein Teller war zwar noch lange nicht leer, aber ihm war schlagartig der Appetit vergangen. »Der Schuldirektor möchte dich gerne sprechen, zusammen mit seiner Stellvertreterin. Anschließend kann Gideon dir dann eine ausführliche Führung über das ganze Gelände geben ... falls du nicht jetzt schon genug von ihm hast.«

Er blitzte Gideon noch einmal strafend an, und dieser erwiderte leise: »Bitte ... ich wollte doch bloß, dass er sich besser fühlt. Dass er weiß, dass er nicht der Einzige ist. Es tut mir leid, Mr Hind. Ich hätte nicht gedacht, dass er gleich so ... so ...«

»Was denn?«, protestierte Dex. »Mir geht's prima. Ich würde mich sehr gerne von Gideon durch die Schule führen lassen.« Gideon sah ihn freudestrahlend an.

»Also gut«, meinte Owen. »Gideon, nach dem Frühstück kommst du ins Büro des Schuldirektors. Die hier werdet ihr brauchen.« Er drückte dem Jungen zwei grüne Zettel in die Hand. Gideon nickte und steckte sie ein.

Während sie über die frischgemähte Rasenfläche des Innenhofs gingen, fragte Dex: »Ist das wirklich wahr? Haben wir tatsächlich alle keine leibliche Mutter mehr?«

»Sehr seltsam, stimmt's?«, erwiderte Owen. »Das ist eines der Dinge, die wir relativ schnell herausgefunden haben. Alle unsere Schülerinnen und Schüler haben ihre Mutter spätestens vier Jahre nach ihrer Geburt verloren. Das mag ein unerträglich hoher Preis für die unglaublichen Begabungen sein, die wir bei euch entdeckt haben, aber so ist es nun einmal.«

»Woran sind sie denn gestorben?«, wollte Dex wissen. Er wusste noch, dass bei seiner Mutter Herzversagen als Todesursache diagnostiziert worden war – etwas, womit bei einem so jungen Menschen eigentlich niemand rechnet.

»Oftmals waren es natürliche Todesursachen«, erwiderte Owen und stieß eine Tür am gegenüberliegenden Ende des Innenhofs auf, durch die sie in eine Art Wintergarten mit zahlreichen großen Zimmerpflanzen und einem Aquarium voller kleiner, silberner Haifische gelangten. »Herzinfarkte, Schlaganfälle ... aber immer ist es sehr schnell gegangen.«

»Gibt es noch andere Gemeinsamkeiten, die uns verbinden? Abgesehen davon, dass wir alle ungefähr gleich alt sind?«

»Nun, wir sind immer noch dabei, das alles zu ergründen, aber eine andere wichtige Übereinstimmung scheint das Wetter zu sein.«

»Das *Wetter?*«

»Ja. Hat dein Dad vielleicht einmal über das Wetter zum Zeitpunkt deiner Geburt gesprochen?«

»Ja! Ja, das hat er«, stieß Dex aufgeregt hervor. »Er hat mir immer wieder von dem wahnsinnigen Sturm erzählt, der am Abend meiner Geburt getobt hat. Und am nächsten Morgen hat es einen blutroten Sonnenaufgang und einen sehr heißen Tag gegeben.«

Owen nickte. »Ja. So etwas berichten die meisten. Extreme Hitzewellen, starke Gewitteraktivitäten, doppelte Lichtkränze um die Sonne. Bei einem gab es sogar einen örtlich begrenzten Schneesturm – im Juli! Nun ja ... da wären wir.« Er klopfte an eine grüngestrichene Tür mit einem Messingschild und der Aufschrift: *Schuldirektor Wood*. Eine Stimme sagte: »Herein!«, und sie traten ein.

Drei von vier Wänden im Büro des Direktors waren vom Boden bis zur Decke mit Bücherregalen belegt. Nur rund um den kleinen, gemauerten Kamin klaffte – gezwungenermaßen – eine kleine Lücke in den endlosen, ledergebundenen Reihen. In der vierten Wand befand sich ein großes Fenster, das einen herrlichen Blick auf das Meer und den großen Sportplatz bot, der auf das Wasser hinausragte. Owen bedeutete Dex, sich auf ein blaues Ledersofa zu setzen, und lehnte sich dann mit vor der Brust verschränkten Armen gegen das Fenster.

Dex betrachtete den Mann und die Frau, die ihm an einem langen Eichentisch gegenübersaßen. Der Mann hatte die Hände hinter dem Kopf gefaltet, sich lässig zurückgelehnt und sah ihn aus braunen Augen neugierig an. Er sah nicht besonders gut aus, eigentlich – dachte Dex – wie eine ziemlich verwahrloste Siamkatze. Sein Gesicht war schmal und irgendwie verbeult, und dazu kam noch sein leichtes Schielen. Er war schlank und drahtig, und die braune Haarsträhne, die ihm in die Stirn hing, verlieh ihm ein jungenhaftes Aussehen, auch wenn er bestimmt schon Mitte vierzig war. Und obwohl er alles andere als eine Schönheit war, hatte er etwas sehr – Dex musste eine Weile überlegen, bis ihm das richtige Wort einfiel – *Charismatisches* an sich. Man sah ihn an, und dann musste man ihn noch länger ansehen, ob man es nun wollte oder nicht.

»Dex Jones«, sagte er jetzt und lächelte dabei über das ganze Gesicht, als würde er gleich einen Witz erzählen. »Dex Jones. Ich bin Schuldirektor Wood. Es freut mich sehr, dich kennenzulernen. Darf ich dir meine Stellvertreterin vorstellen: Mrs Sartre.«

Die Frau, die neben ihm saß, stand auf, kam auf Dex zu und reichte ihm graziös die Hand. Dex erhob sich zur Hälfte, um ihren Händedruck zu erwidern. Die Frau war älter als der Schuldirektor und sehr elegant. Sie trug ein weiches, dunkelgraues Wollkleid und eine Halskette mit einem funkelnden Bernsteinanhänger. Ihre ausgeblichenen, kastanienbraunen Haare hatte sie im Nacken zu einem Knoten gebunden, und die vielen kleinen Fältchen auf ihrer zarten Haut ließen vermuten, dass sie im Lauf ihres Lebens viel gelacht, gelächelt und geweint hatte. Die grauen Augen hinter ihren runden Brillengläsern musterten Dex aufmerksam, und als er höflich ihre Hand ergriff, ertönte ein leises Knistern und er spürte eine Art Stromschlag durch seinen Arm sausen. Mrs Sartre ließ ihn nicht los, sondern hielt seine Hand mehrere Sekunden lang fest gepackt und legte hochkonzentriert die Stirn in Falten. Als sie dann schließlich *doch* losließ, plumpste Dex mit einem seltsamen Gefühl in der Magengegend wieder auf seinen Stuhl zurück.

»Sehr stark, Patrick«, sagte sie, wobei es durch ihren französischen Akzent eher wie *Patriiik* klang. »Viel, viel stärker, als ich erwartet habe. Wie lange ist es jetzt her?«

»Erst wenige Tage«, sagte Schuldirektor Wood und ließ den Blick immer zwischen seiner Stellvertreterin und Dex hin und her huschen.

»Tage ...«, wiederholte sie und starrte Dex neugierig an. »Das ist eine sehr steile Entwicklungskurve. Ich mache mir ein bisschen Sorgen. Hat er schon Kontrolle darüber?« Diese Frage galt Owen.

»Noch nicht«, sagte dieser von seinem Platz am Fenster aus. »Ich musste Triple Eight anwenden. Aber wenn es geschieht, dann sehr schnell und umfassend. Irrtum ausgeschlossen.«

»Und welche Gestalt nimmst du an, Dex Jones?« Jetzt lächelte Mrs Sartre ihn an.

»Ein ... ein Fuchs«, sagte er unsicher.

»Immer, wenn du wütend bist, oder verängstigt, ja?«

»Ja, ich glaube schon.«

»Hmmm.« In Gedanken versunken ging sie zur Tür und

lehnte sich mit dem Rücken dagegen. Dann presste sie für einen Moment die Fingerspitzen an die Schläfen und blickte ihn nachdenklich an. Der Schuldirektor und Owen schienen sie aufmerksam zu beobachten und auf irgendetwas zu warten.

»Was mich am meisten beunruhigt«, sagte sie, »ist die große Wut, die du vielfach empfunden und in dir eingeschlossen hast – und zwar *hier.*« Sie zeigte mit dem Finger auf eine Stelle unterhalb ihres Herzens, genau in der Mitte des Brustkorbs. »Genau da brodelt sie und dehnt sich immer mehr aus, bis sie erkaltet.« Dex war sprachlos. Sie hatte genau seinen Vulkan beschrieben, das Ding in seinem Inneren, das er schon ein halbes Leben lang unterdrücken und verdrängen musste. »Du glaubst, dass deine Wut verschwunden ist«, fuhr Mrs Sartre fort, trat zu ihm und berührte seine Haare, die sich daraufhin sofort senkrecht stellten, fast so, als sei ihre Hand ein elektrisch geladener Luftballon. »Aber das ist sie nicht. Du trägst sie ununterbrochen mit dir herum. Das ist nicht gut.«

Niedergeschlagen sah Dex sie an. Was sollte er dazu sagen? Mrs Sartre setzte sich wieder neben Schuldirektor Wood.

»Alles in Ordnung«, sagte der Direktor jetzt mit warmer Stimme, und erneut fühlte Dex sich vom Charme dieses Mannes regelrecht eingehüllt. »Mach dir keine Gedanken. Wir können dir helfen, deine Gestaltwandlerkräfte zu kontrollieren. Am Ende dieses Trimesters wirst du, wenn ich es richtig einschätze, gelernt haben, dich nur dann in einen

Fuchs zu verwandeln, wenn du es willst, und nicht jedes Mal, wenn du Angst oder Wut empfindest. Vielleicht kannst du dich dann sogar bereits auf Kommando zurückverwandeln, obwohl das, nach allem, was man mir gesagt hat, der schwierigere Vorgang ist. Wir an dieser Schule sehen unsere Aufgabe vor allem darin, unseren Schülerinnen und Schülern eine Ausbildung in einem geschützten Raum und in der Gemeinschaft mit anderen Kindern zu ermöglichen, die ähnliche Begabungen haben und die auch verstehen können, welche Schwierigkeiten dieses *Anderssein* mit sich bringt. Mr Hind hat dir bestimmt schon erklärt, dass wir so wenig wie möglich von dem, was hier geschieht, nach außen dringen lassen wollen. Denn schließlich passieren hier einige *sehr befremdliche* Dinge. Aber auch viel Wundervolles, Dex.« Er beugte sich nach vorne und strahlte Dex an. »Ich bin so froh, dass wir dich gefunden haben. Wir hatten schon befürchtet, dass wir keinen anderen Gestaltwandler mehr bekommen würden.«

Er nickte Owen immer noch lächelnd zu, und Owen bedeutete Dex, dass es Zeit war, sich zu verabschieden. Dex erhob sich und war bereits auf dem Weg durch das Büro des Schulleiters, als zwei seltsame Dinge geschahen: Das Erste war, dass Dex mit einem Mal einen sehr merkwürdigen Geruch wahrnahm, einen Geruch, den er zuletzt im Flur seiner alten Schule gerochen hatte. Das war ganz eindeutig *Angst*. Er blieb ruckartig stehen. Gleichzeitig stieß Mrs Sartre einen leisen Schrei aus. Sie starrte Dex an, obwohl … eigentlich schien ihr Blick durch ihn hindurchzugehen. »*Mon Dieu*«, hörte er sie leise sagen. »So dunkel … *Non – je me trompe, peut-être …*«

Schuldirektor Wood und Owen starrten sie nervös an. Der Schuldirektor sagte: »Paulina?« und ergriff ihre Hand. Bei seiner Berührung zuckte sie zusammen und riss die Augen weit auf. Dann herrschte etliche Sekunden lang Schweigen. Der Duft, den Dex aufgeschnappt hatte, schien noch einmal aufzuflackern und versiegte dann. Paulina Sartre holte einmal tief Luft und wandte ihren Blick dann Schuldirektor Wood zu. Er erwiderte ihren Blick mit einer hochgezogenen Augenbraue und wartete ab.

»Alles in Ordnung«, sagte sie schließlich.

»Hast du noch einen entdeckt?«, erkundigte sich Schuldirektor Wood.

»Nein«, erwiderte sie. »Nein … ich glaube … es war etwas anderes.« Unvermittelt legte sich ein strahlendes Lächeln über ihr Gesicht. »Nichts, worüber du dir Sorgen machen müsstest«, sagte sie dann, und alle entspannten sich ein wenig.

»Tut mir leid, wenn ich dir Angst gemacht habe, Dex«, sagte sie und lächelte ihn mitfühlend an. »Manchmal habe ich Vorahnungen, Visionen, kleine Tagträume gewissermaßen. Meist zu den unpassendsten Momenten. Und manchmal haben sie nicht das Geringste zu bedeuten. Ich wünsche dir eine wunderbare Zeit hier, Dex. Du bist ein ganz besonderer Mensch.«

Owen legte Dex die Hand auf die Schulter und brachte ihn nach draußen.

Dex sagte kein Wort. Er sah, dass Gideon draußen vor dem Wintergarten schon auf ihn wartete.

»Alles in Ordnung, Dex? Hat dich das Ganze vielleicht beunruhigt?«, erkundigte sich Owen.

»Ein bisschen komisch war es schon«, gestand Dex. Den Geruch ließ er unerwähnt. Er wusste nicht, was Paulina Sartre diesen plötzlichen Schrecken eingejagt hatte, und er konnte nur hoffen, dass es nichts mit ihm zu tun gehabt hatte.

»Wie Paulina gesagt hat, so etwas kann jederzeit passieren. Das ist einer der Nachteile dieser Arbeit.«

»Aber was sollte das denn am Anfang?«, wollte Dex wissen. »Als sie die ganze Zeit gesagt hat, dass sie um mich besorgt ist und so?«

Owen kicherte leise. »Mach dir darüber nicht allzu viele Gedanken, Dex. Sie hat Angst um jeden einzelnen Schüler am College. Du musst wissen, dass sie diejenige ist, die euch aufspürt. Mrs Sartre weiß immer ein paar Tage vor uns anderen Bescheid, dass wieder ein COLA im Anmarsch ist. Sie hat mir auf einem Stadtplan genau gezeigt, wo du wohnst, und mich dann zu dir geschickt. Und sie hat etliches von dem, was dir zugestoßen ist, *gesehen*. Sie ist Rutengängerin, Seherin und Empathin.«

»Was ist denn das? Eine Seherin und Empathin?«, wollte Dex wissen. Was eine Rutengängerin war, konnte er sich einigermaßen vorstellen. Das waren doch diese Leute, die mit Holzstöcken in der Luft herumfuchtelten und Wasser entdeckten.

»Na ja, eine Seherin sieht buchstäblich Dinge, die die meisten Menschen nicht sehen können. Manchmal sogar, bevor diese Dinge sich ereignen. Paulina Sartre sieht jedoch lediglich die Ereignisse, die in der Gegenwart geschehen, ganz egal, wo im Land sie stattfinden. Und eine Empathin besitzt ein außergewöhnlich großes Einfühlungsvermögen und weiß intuitiv, was andere Menschen fühlen und was sie antreibt. Bei dir zum Beispiel hat sie sofort gespürt, welch mörderische Abneigung du für deine liebreizende Stiefmutter empfindest.«

Ruckartig blieb Dex vor dem Aquarium stehen und starrte Owen an.

»Ist schon okay«, beruhigte ihn Owen »Ehrlich gesagt, wenn meine Stiefmutter mich mehrere Stunden lang ohne Essen aus dem Haus ausgeschlossen hätte, würde ich auch ziemlich mörderische Gefühle entwickeln. Und mit deinem Dad bist du ja auch nicht wirklich zufrieden, aber das steht auf einem anderen Blatt. An deinen Gefühlen ist nichts Falsches, Dex. Du kannst nichts dafür, und soweit ich das beurteilen kann, hast du sie über die Jahre hinweg bemerkenswert gut im Zaum gehalten. Das Problem dabei ist, dass die Zügel irgendwann reißen können – genau in dem Moment, wenn man sie am nötigsten hätte. Bei normalen Menschen ist das vielleicht kein großes Problem, bei einem Gestaltwandler oder einem Telekinetiker oder womöglich gar einem Pyrokinetiker allerdings schon. Du musst unbedingt eine Möglichkeit suchen, diese Wut rauszulassen, und zwar Stück für Stück, damit nicht das ganze Pulverfass auf einmal explodiert. Wir werden dir dabei helfen. Und jetzt geh zu Gideon. Er wird sich um dich kümmern – auf seine eigene, etwas schrullige Art und Weise – und dir alles zeigen. Bleib in seiner Nähe. Ich wünsche dir viel Spaß, und dann sehen wir uns am Montag im Unterricht.«

Owen versetzte ihm einen aufmunternden Klaps auf die Schulter und ging von dannen. Dex schlenderte zu Gideon, der gerade eine Münze in die Luft warf und sie dann in langsamen, spiralförmigen Bahnen in seine Handfläche schweben ließ. Dex sah ihm bewundernd zu.

»Alles klar bei dir, Dexy-Boy?«, sagte Gideon und steckte die Münze ein. »Du warst bei Mrs Sartre und Mr Wood? Moment …« Er holte etwas Quadratisches, Glitzerndes aus seiner Tasche und wickelte dann zwei ziemlich verbeulte Schokoladenstücke aus der Alufolie. Die gab er Dex. »Lass dir's schmecken. Danach geht es dir gleich besser. Die erste Begegnung mit Mrs Sartre ist immer ein bisschen seltsam. Mich hat sie jedenfalls komplett aus der Bahn geschmissen. Hab die ganze Zeit gedacht, dass sie gleich die Augen verdreht und durch die Luft schwebt oder so was.« Dex lachte und steckte sich eines der zerknautschten Schokoladenstücke in den Mund. Es ging ihm tatsächlich sofort besser. »Na, dann komm mal mit«, sagte Gideon und ließ den Innenhof hinter sich. »Ich zeige dir alles.«

Er führte Dex über die steinernen Treppenstufen und gewundenen Pfade an den kleinen, gewölbten Hütten vorbei, die er gestern Abend bereits gesehen hatte. »Das sind die Personalunterkünfte«, erklärte er Dex. »Die meisten

Lehrer bewohnen so eine Hütte. Sie sehen von außen ziemlich klein aus, aber sie reichen tief in die Felswand hinein. Süß, stimmt's? Kleine Elfenhäuschen.« Laut lachend zerrte er Dex die Stufen hinauf, auf den großen Schornstein zu, den er von seiner Ankunft bereits kannte.

»Was ist das hier eigentlich?«, wollte Dex wissen, als sie die Tür und die dicke Mauer erreicht hatten, hinter der die Felsen senkrecht bis ins Meer hinabstürzten.

»Das war früher mal eine Zinnmine«, antwortete Gideon. »Die meisten Maschinen und das Kesselhaus sind schon längst abgebaut worden, aber den Schornstein haben sie stehen lassen. Angeblich soll es hier irgendwo in der Nähe einen Schacht geben, der hundertfünfzig Klafter tief ist und bis weit unter die Meeresoberfläche reicht. Na ja, jedenfalls ist das hier jetzt das Pförtnerhäuschen für unser Internat. Es gibt keinen anderen Ein- oder Ausgang, höchstens, du bist ein hervorragender Felsenkletterer oder eine Möwe. Moment mal!« Er unterbrach sich und blickte Dex forschend an. »Du kannst dich nicht zufällig in einen Vogel verwandeln, oder?«

Dex schüttelte den Kopf. »Nein. Ich werde ein Fuchs.«

Gideon spitzte die Lippen und ließ sich Dex' Worte durch den Kopf gehen. »Könnte noch nützlich werden«, bemerkte er abschließend, klopfte an und stieß die Tür zum Pförtnerturm auf. Mr Pengalleon und Barber hoben gleichzeitig die Köpfe. Der Pförtner saß auf dem Sofa in seinem kreisrunden Zimmer und las die Zeitung. Barber hatte das Kinn auf die Füße seines Herrchens gelegt.

»Guten Morgen, Jungs«, sagte Mr Pengalleon. »Habt ihr einen grünen Zettel dabei?«

»Ja«, sagte Gideon und reichte ihm die beiden bedruckten, grünen Papierschnipsel. »Wir müssen jedes Mal, wenn wir das Gelände verlassen wollen, eine schriftliche Genehmigung vorlegen«, erklärte er Dex, während Mr Pengalleon aufstand und eine Codenummer in das unauffällige Tastenfeld aus poliertem Edelstahl neben der dicken Eichenholzeingangstür eingab. Dex blickte sich neugierig um und suchte nach dem 150 Klafter tiefen Schacht. Nirgendwo war eine Falltür zu entdecken. Was das wohl für ein Gefühl war, annähernd dreihundert Meter tief in einen Bergbauschacht zu fallen? Hoffentlich war der Fußboden hier wirklich so stabil, wie er aussah. Wahrscheinlich befand sich unter ihnen ja sowieso nichts als massiver Fels.

»Wo gehen wir denn hin?«, wollte er wissen, während sie Mr Pengalleon und Barber noch einmal zuwinkten und dann über einen schmalen Schotterstreifen zur Straße gingen. »Solltest du mir nicht das College zeigen?«

»Ja, schon. Aber ich fange von oben an. Und den besten Blick hat man vom Wald aus. Der gehört auch zum College, liegt aber außerhalb des Schulgeländes. Darum brauchen wir eine Genehmigung. Komm mit, ich zeig's dir.« Er lief eine grasbewachsene Böschung hinauf, direkt auf einen dunklen Wald zu, der den gesamten Hügel bedeckte. Von der Hügelspitze breitete sich der dichte Wald bis nach unten zur Klippenkante aus, wo die Bäume ihre ineinander verknoteten Wurzeln und Zweige sogar über die Kante hinweg in die Meeresluft hinausreckten.

Gideon brachte Dex zum Fuß eines dieser Bäume, wo sie sich in das kräftige Netzwerk aus Wurzeln setzten, das über den Rand des felsigen Überhangs hinwegragte und dadurch einen fabelhaften Ausguck bildete. Die Klippen unter ihnen fielen zwar steil, aber nicht senkrecht in die Tiefe. Weiter unten konnte Dex drahtige Grasbüschel, Flechten und auf schmalen Felsvorsprüngen sitzende Möwen sehen. Und der Ausblick … einfach unfassbar! Das Internat lag ausgebreitet wie ein kleines Dorf vor ihnen. Die Sonne spiegelte sich in den hohen Fenstern. Aus ein paar Schornsteinen der kleinen, rundlichen, in die Klippe gebauten Häuschen ringelten sich Rauchwolken empor. Die Schüler, die auf dem Innenhof und dem Sportplatz umhergingen, rannten oder in den Ecken herumlungerten, waren klein wie Ameisen. Zwischen der Landzunge mit dem Sportplatz und dem Schulgebäude war ein Wasserbecken zu erkennen, schon im Meer, aber von einem schützenden Kreis aus Felsen umgeben. Die Felsen schlossen das Wasser ein und sorgten dafür, dass es glatt und klar blieb, während das Meer rundherum deutlich dunkler aussah und von Schaumkronen überzogen war. Das muss der Lido sein, dachte Dex. Sogar jetzt, trotz der Oktoberkälte, paddelten zwei Mutige darin herum.

»Noch nie zuvor bin ich an einem so wundervollen Ort gewesen«, sagte Dex. Im nächsten Augenblick wäre er vor Schreck beinahe in die Tiefe gestürzt. Eine Explosion hatte die Luft zerrissen, und neben dem Springbrunnen im Innenhof der Schule stieg eine große Wolke aus orangefarbenem Rauch empor.

Kapitel 11

Hastig kam Dex auf die Füße und klammerte sich an einen der niedrigen Äste in seiner unmittelbaren Umgebung. Dann blickte er voller Panik zu Gideon hinüber. Doch der saß immer noch seelenruhig an seinem Platz und führte mit ein paar Blättern und Zweigen einen kleinen Reigen über der Klippenkante auf. »Is' schon okay«, sagte er unaufgeregt, ohne den Blick von der kleinen Tanzvorführung zu nehmen, die er gerade stattfinden ließ. »Das ist bloß Spook. So was macht der ständig.«

»Was?« Dex ließ sich neben ihm auf den Hintern fallen. Gideon drehte den Kopf, und sofort fielen die Blätter und Zweige zu Boden.

»Spook Williams. Er ist Illusionist, also im Prinzip ein Zauberkünstler. Er kann dafür sorgen, dass die anderen Dinge sehen, die in Wirklichkeit gar nicht da sind. Manchmal ist er ziemlich gut, aber meistens geht irgendwas schief. Er will unbedingt ins Showgeschäft einsteigen, deshalb experimentiert er ständig mit Pyrotechnik herum. Damit er sich irgendwann mal in einer Rauchwolke auflösen kann.«

Dex war verwirrt. »Aber ich dachte immer, dass diese Zauberkünstler, die man im Fernsehen sieht … also, dass die das alles mit Spiegeln und Drähten und irgendwelchen Tricks machen«, sagte er. »Ich meine, das ist doch keine *echte* Zauberei, oder?«

»Natürlich nicht, du Dummie«, gackerte Gideon. »Schließlich nennt man sie nicht umsonst Illusionisten. Und genau so wollen sie es haben. Die Leute sollen ja denken, dass sie es dabei nur mit Tricks und kleinen Spielereien zu tun haben. Und bei manchen ist es ja auch so. Aber die Guten ... die, die *wirklich* gut sind, die verfügen über Kräfte. Sie haben die Gabe, ihr Publikum zu hypnotisieren, die Menschen glauben zu machen, dass sie etwas sehen, was gar nicht da ist oder gar nicht geschieht. Das Problem ist, dass die Leute, wenn sie das wüssten, schreiend aus dem Theater weglaufen würden. Die besten Illusionisten sind also im Prinzip so was wie Doppelagenten. Man weiß nie, wann die Illusion echt und wann sie nur vorgetäuscht ist. Kapiert?«

»Vielleicht«, erwiderte Dex reichlich verwirrt. »Also, wenn dieser Junge – Spook, oder? –, wenn er will, dass wir einen ganzen Haufen mit riesigen Tintenfischen oder so was sehen, dann sehen wir den auch, ja? Obwohl er gar nicht da ist?«

Gideon lachte erneut, stand auf und ging mit Dex in den Wald zurück. »Das hätte er wohl gerne. Aber so gut ist er nicht. Er kriegt bloß ab und zu mal irgendwelche Kleinigkeiten hin. Einmal war ich fest überzeugt, dass in meinem Essen überall Schnecken rumkriechen. Igitt.« Sie gingen weiter und achteten sorgfältig darauf, nicht über die Wurzeln der alten Bäume zu stolpern, die wie dicke Fingerknöchel aus dem weichen, mit Tannennadeln übersäten Waldboden herausragten. Es war ganz still und roch nach verrottenden Blättern und frischen Pilzen. Dex fühlte sich unglaublich wohl in dieser Umgebung. Dabei entging ihm keine noch so kleine Bewegung, und er musste sich schwer zusammenreißen, um nicht jedes Mal nachzusehen. »Nein«, sagte er leise zu sich selbst. »Keine Spinnen mehr. Niemals.«

»Was war das?«, sagte Gideon, und Dex fing zu seiner eigenen Verblüffung an, seinem neuen Freund alles über den Tag zu erzählen, an dem er sich zum ersten Mal in einen Fuchs verwandelt hatte. Gideon hörte ihm gebannt zu und juchzte laut vor Ekel, als er die Geschichte von der verspeisten Spinne zu hören bekam. Er hieb Dex auf die Schulter und sagte: »Kumpel! Wir werden so viel Spaß zusammen haben. Kannst du das jetzt? Kannst du dich verwandeln? Außer mir würde es niemand sehen.«

Dex schüttelte bedauernd den Kopf. »Nein. Ich habe es ein paarmal probiert, und manchmal glaube ich, dass es gleich so weit ist, aber dann passiert gar nichts. Owen – Mr Hind – sagt, dass ich das irgendwann lernen kann. Wow … das ist ja unheimlich.«

Sie waren jetzt am Rand des kleinen Wäldchens angelangt. Vor ihnen neigte sich der Boden und führte in ein breites, flaches, mooriges Becken. Links davon ging es senkrecht hinunter ans Meer, während rechts, allerdings in weiter Ferne, ein sanfter Hang bergauf führte. Vermutlich verlief dort oben irgendwo die Küstenstraße. Ein Pfad schlängelte sich durch das Moor. Er schien fest zu sein und sah auch ziemlich trocken aus. In der Ferne spannte sich eine Brücke über eine üppige, grüne Grasfläche. Tausende struppige Sumpfgrasbüschel ragten aus dem Moor hervor, zum Teil so hoch, dass sie einem ausgewachsenen Mann bis an die Brust gereicht hätten. Die tiefer liegenden Bereiche wurden von einem dünnen, trüben Nebelschleier bedeckt. Dex fand den Geruch torfig und kräftig ... und gefährlich.

»Man kann da ohne Probleme durchgehen, solange man auf dem Weg bleibt«, sagte Gideon. »Aber keine Experimente. Es heißt immer, dass das Moor schon eine ganze Kuh am Stück verschlungen hat. Das Stück dort unter der Brücke, das zieht sich *ewig* hin, direkt unter der grünen Oberfläche. Überall stehen Schilder, dass die Spaziergänger ihre Hunde an der Leine lassen sollen, sonst ...« Er erhob dramatisch die Stimme und ließ das Ende des Satzes in der Luft hängen.

Sie marschierten durch den Wald und kehrten auf das Schulgelände zurück. Gideon zeigte ihm die Bibliothek, die Turnhalle und schließlich auch die kleine Postkammer. »Wir haben alle ein Postfach«, sagte er und zeigte Dex einen langen Holzständer mit winzig kleinen Schubladen. Jede war mit einem kleinen Namensschild versehen. Dex stellte erfreut fest, dass auch er bereits ein eigenes Fach hatte. »Hier liegt deine Post, und hier kriegst du auch dein Taschengeld. Jeden Montag«, sagte Gideon.

Dex erwiderte achselzuckend: »Der Tag spielt für mich sowieso keine Rolle. Gina würde mir niemals auch nur einen Penny Taschengeld schicken.«

»Nein?« Gideon sah ihn mitleidig an. »Ach, na ja, mach dir keinen Kopf. Du hast ja immer noch das COLA-Geld.«

»COLA-Geld?«

»Genau. Alle Schüler bekommen wöchentlich von der Schule ein kleines Taschengeld. Weil es hier etliche Schüler gibt, die aus armen Familien kommen. Es ist zwar nicht viel, aber besser als nichts.«

»Ach, wie rührend. Noch so ein Sozialfall.« Dex wirbelte herum und sah einen großgewachsenen Jungen mit rotblonden Haaren an der Wand der Postkammer lehnen. Er hatte die Arme vor der Brust verschränkt und betrachtete Dex mit spöttischem Gesichtsausdruck. »Du musst Dex Jones sein«, sagte er und streckte Dex seine ziemlich schlaffe Hand entgegen. Dex war zwar nicht scharf darauf, aber er schlug trotzdem ein. Als er die ausgestreckte Hand seines Gegenübers ergreifen wollte, zog dieser sie blitzartig weg. Ein leises Summen ertönte, dann ploppte es laut und Dex bekam einen Glitzerregen mitten ins Gesicht. Er brannte in seinen Augen und kitzelte in seiner Nase.

Dex musste husten und brüllte: »Heee!«

Gideon stieß, ebenfalls prustend, hervor: »Lass das, Spook!«

»Dex Jones«, wiederholte der Junge und umrundete Dex mit trägen Schritten, wobei er ihn von Kopf bis Fuß musterte. »Das ist also der Bursche, der alle so in Aufregung versetzt. Unser allererster Gestaltwandler.« Dann beugte er sich überfallartig nach vorne, legte den Mund an Dex' Ohr und sagte mit leiser Stimme: »Normalerweise sind sie schon tot, bevor sie es bis hierher schaffen. Also sieh dich vor, Skinwalker.«

Dex wurde von einer plötzlichen Wut gepackt und stieß den anderen mit einem kräftigen Ruck beiseite. Anschließend unterdrückte er seinen Zorn jedoch wieder wie gewohnt, bevor er ihn ganz überwältigen konnte. Trotzdem zitterte seine Stimme ein wenig, als er sagte: »Ich bin *kein* Skinwalker.«

»Oh«, erwiderte Spook leichthin, als hätte er ihm lediglich etwas Zucker in den Tee geschüttet. »Tut mir leid. Ich wollte dich nicht beleidigen. Wenn du ›Gestaltwandler‹ bevorzugst, bitte, da habe ich überhaupt nichts dagegen. Tschüs, Gideon. Und? Kriegst du den Fußball schon einen Meter hoch?« Mit diesen Worten war er verschwunden.

»Igitt«, sagte Gideon noch einmal. »Am besten verschwendest du keinen einzigen Atemzug an den Kerl. Der ist einfach nur neidisch.«

»Aber wieso?«, wollte Dex wissen und schnipste kleine Glitzerflocken von seinem Ärmel. »Was hat er denn?«

»Ich glaube, er wäre auch gerne ein Telekinetiker«, antwortete Gideon überheblich. »Also, ich meine ... wozu sind diese Zauberkünstler schon gut? Du kannst den Leuten vorgaukeln, dass sie was sehen, was gar nicht da ist. Aber wir *Kinesen* – na ja, wir können *tatsächlich* Dinge bewegen. Wir können etwas bewirken. Und du kannst dich sogar *selbst* verwandeln. Das ist doch keine optische Täuschung, oder?«

»Nein«, erwiderte Dex und musste daran denken, wie unglaublich *echt* er sich als Fuchs fühlte.

»Außerdem hält er sich für was Besseres«, fuhr Gideon fort, während sie wieder auf den Innenhof des Schulgebäudes kamen. Spook hatte drei andere Jungen um sich geschart, und sie saßen gemeinsam auf dem Rand des Springbrunnens. »Seine Eltern sind steinreich. Haben ein großes Landgut in Devon. Als er erfahren hat, dass mein Vater und ich in einer Sozialwohnung leben, hat er sich sogar geweigert, im Unterricht neben mir zu sitzen.« Jetzt drehte Spooks Grüppchen sich geschlossen zu ihnen um und blickte ihnen entgegen. Spook beugte sich nach vorne und sagte mit leiser Stimme etwas zu den anderen, dann brachen sie alle in schallendes Gelächter aus.

Gideon ging weiter. »Na komm, Dex, gehen wir. Den Triumph gönnen wir ihnen nicht.«

Als der Tag zu Ende ging, hatte Dex eine ziemlich genaue Vorstellung davon, wie das Internat aufgebaut war. Gideon hatte ihm erzählt, dass das nächste Dorf eine halbe Stunde zu Fuß vom Pförtnerturm entfernt war und dass man an den Wochenenden eine Genehmigung zu einem Ausflug dorthin bekam, vorausgesetzt, man war zu zweit und hielt sich an die festgelegten Zeiten. »Wir können ja nächstes Wochenende mal zusammen losgehen, wenn du magst«, schlug Gideon vor. »Es gibt da ein ziemlich gutes Schokoladengeschäft. Und einen Imbiss mit wunderbar frischen Fish'n'Chips. Aber morgen habe ich ein Spiel ... ich bin Mittelstürmer bei den Tregarren Tigers, wusstest du das?«, fügte er voller Stolz hinzu. »Willst du zuschauen? Kannst du gut kicken?«

»Ich bin nicht schlecht«, sagte Dex. »Und ich schaue es mir bestimmt an.«

Am nächsten Tag war es kühler. Die blassgrauen Wolken hingen tief am Himmel. Dex hatte Mantel und Schal angezogen und feuerte Gideon von der Seitenlinie aus an. Außer ihm hatten sich noch etwa zwanzig andere Schüler um den Spielfeldrand versammelt. Barry stellte sich zu ihm. »Du spielst nicht mit?«, wandte Dex sich an ihn.

»Nööh«, erwiderte Barry. »Sie trauen mir nicht.« Das schien ihn jedoch nicht weiter zu stören.

»Und wieso nicht?«, wollte Dex wissen. Barry machte doch eigentlich einen ziemlich aufrichtigen Eindruck.

Barry verzog das Gesicht und erklärte achselzuckend: »Ich kann gar nichts dafür, aber jedes Mal, wenn ich einem anderen den Ball abnehme, verblasse ich irgendwie.«

»Du verblasst?«, wiederholte Dex ratlos.

»Na ja, du weißt schon – ich verschwinde eben«, fuhr Barry fort. »Ich bin eigentlich gar nicht so gut, aber wenn alle wie wild durch die Gegend rennen und wir drauf und dran sind, ein Tor zu schießen, und ich bin dann … na ja, du weißt schon, nicht ganz da eben … vielleicht auch nur ein bisschen durchsichtig … Also, die anderen finden, das ist Betrug.«

Dex starrte Barry fasziniert an. »Mach mal!«, drängte er ihn. »Na los! Verschwinde!« Doch Barry trat in seinem dicken Anorak nur verlegen von einem Bein auf das andere und blieb, wie er war. Dex wandte sich achselzuckend wieder dem Spiel zwischen den Tigers und den Terrors zu –

so nannten sich die beiden Teams. Erfreut sah er, dass die Tigers eindeutig auf der Siegerstraße waren. Jetzt stürmte Gideon über den Platz, legte sich den Ball ein Stückchen vor und visierte das Tor an. Die Mannschaften bestanden, was Dex erst jetzt auffiel, aus Jungen *und* Mädchen. Das ein oder andere Gesicht kam ihm bekannt vor, darunter auch Spook Williams, der ein Terrors-Trikot trug und mit schlaksigen Schritten an der Seitenlinie entlangtrabte. Dex sah, wie er zu einem seiner Mannschaftskameraden lief und ihm etwas ins Ohr flüsterte. Der andere Junge grinste, reckte die Daumen nach oben und blickte zu Gideon hinüber, der sich gerade zum Schuss bereitmachte. Dann blieb Spook stehen, ließ die Hände an den Seiten herabsinken und starrte den Torpfosten an. Er lächelte, neigte den Kopf nach vorne und starrte unglaublich verbissen unter seinen Augenbrauen hervor quer über den Platz. Über die ganze Strecke schien der Rasen ganz leicht zu zittern, wie in flirrender Hitze mitten im Sommer.

Gideon zog ab, aber der Schuss ging meilenweit daneben. Peinlich. Doch anstatt laut aufzustöhnen und die Schultern hängen zu lassen, blieben die Tigers allesamt verwirrt stehen, drehten sich dann zum Schiedsrichter um und begannen, auf ihn einzureden. »Was ist denn da passiert?«, wunderte sich Dex.

Barry prustete, und dann ertönte wieder dieser Pfeifton aus seiner Nase. »Spook Williams, jede Wette!«, schnaubte er erregt. »Das ist genau sein Stil. Pass mal auf. Ja ... genau, er kriegt eine Karte.«

Der Schiedsrichter, ein Sportlehrer, der beide Teams trainierte, baute sich vor Spook auf, der eine beleidigte Unschuldsmiene aufgesetzt hatte – *»Was hab ich denn gemacht?«* –, und verwarnte ihn. Spook wollte offensichtlich gegen die Verwarnung protestieren, doch der Schiedsrichter warf ihm solch einen bösen Blick zu, dass Spook entschuldigend beide Hände hob und deutlich hörbar murmelte: »Okay, okay! War doch bloß ein Witz!«

»Was ist denn passiert?«, wiederholte Dex seine Frage.

»Hast du das nicht gesehen?« Barry sah ihn neugierig an.

»Was denn gesehen?« Dex verlor so langsam die Geduld.

»Spook hat die Torpfosten verschoben«, erwiderte Barry. »Doch, ganz ehrlich. Er hat es so aussehen lassen, als würde das Tor viel weiter links stehen, damit Gideon danebenschießt. Das war ein Zaubertrick. Das hat er in diesem Trimester jetzt schon zum zweiten Mal gemacht. Ich finde, die sollten ihn aus der Mannschaft werfen. Sie regen sich ja schon auf, wenn ich bloß ein bisschen verblasse! Aber … bist du sicher, dass du das nicht gesehen hast?«

»Ja, ganz sicher. Der Boden hat sich ein bisschen gewellt, aber sonst ist alles gleich geblieben.«

Barry drehte seinen Kopf so, dass die Hälfte seines Gesichts in seiner Kapuze verschwand und nur noch ein Auge hervorlugte. Damit starrte er Dex an der orangefarbenen Naht vorbei an. »Donnerwetter«, sagte er nur, bevor seine Nase einen langgezogenen Pfeifton von sich gab.

* * *

»Donnerwetter«, sagte Gideon eine Stunde später, als sie wieder in ihrem Zimmer waren. Dann pfiff er auch, allerdings nicht durch die Nase, sondern mit dem Mund. Er warf Barry einen hastigen Blick zu. »Weiß es sonst noch jemand?« Barry schüttelte den Kopf, und dann sahen die beiden Jungen Dex bewundernd und fasziniert zugleich an.

»*Was denn?*«, blaffte Dex.

Gideon setzte sich. Er hatte sich nach dem Spiel geduscht, und seine Haare waren immer noch feucht. »Dex, wohin hast du geschaut, als das Tor sich verschoben hat? Auf das Tor? Oder vielleicht doch irgendwo anders hin?«

»Ich habe dich angeschaut. Ich wollte sehen, wie du das Tor machst. Und dann hast du das Ding total verzogen.«

Unvermittelt fing Gideon an zu kichern und klatschte begeistert in die Hände. »Er hat es nicht gesehen. Spook hat ihn nicht an der Nase rumgeführt!« Er lachte aufgeregt. »Ist dir gar nicht klar, was das bedeutet, Dex?« Dex schüttelte den Kopf. »Du bist immun gegen Illusionisten! Du entziehst dich jeder Massenhypnose! Das ist ja *phänomenal*! Ich glaube nicht, dass wir hier noch jemanden haben, der so viel Widerstandskraft hat. Vielleicht ist das ja typisch für Gestaltwandler. Vielleicht liegt es auch an deinem Fuchsblick oder so. Aber es ist auf jeden Fall absolut phantastisch!«

Dex grinste. »Soll das heißen, dass ich nicht auf Spooks Tricks hereinfalle?«

»Genauso wenig wie auf die Tricks der anderen Illusionisten!«, erwiderte Gideon. »Ich meine, kann ja sein, dass du gegen die besseren auch nichts machen kannst, aber wenn du jetzt schon gegen kleine Fische wie Spook immun bist, dann kannst du das vielleicht trainieren, bis du gegen alle Zauberkünstler gefeit bist. Vielleicht kannst du ja sogar Barry sehen! Barry, los, mach mal. Sofort, damit wir das überprüfen können.« Doch Barry zögerte.

»Da sind zu viele Leute in der Nähe«, sagte er, während draußen auf dem Flur eine ganze Horde von Jungen vorbeitobte. »Und wenn mich jemand sieht, wie ich ... wie ich unsichtbar werde ...«

»Na ja, dann eben nicht.« Gideon wandte sich wieder an Dex. »Du darfst niemandem was davon sagen. Absolut *niemandem*! Das musst du mir versprechen.«

»Nicht einmal Ow... Mr Hind?« Dex war nicht ganz wohl in seiner Haut.

»Na gut, ihm kannst du's vielleicht sagen, wenn es unbedingt sein muss ...«

»Und was ist mit dem Schuldirektor?«, schaltete Barry sich mit ernster Stimme ein. »Weil ... er sagt doch immer, dass seine Tür jederzeit allen offen steht und so weiter ...«

»Nein«, unterbrach Dex ihn so eilig und so voller Nachdruck, dass die beiden anderen ihn verblüfft ansahen. »Nein, ich ... ich glaube, du hast recht. Wir sollten das am besten für uns behalten«, redete Dex hastig weiter. Er wusste zwar nicht genau, weshalb, aber er wollte auf keinen Fall, dass der Schuldirektor davon erfuhr. »Ich sage es niemandem, es sei denn, es ist wirklich wichtig. Und wenn wieder jemand etwas macht, was ich nicht sehen kann, dann müsst ihr mir eben helfen.«

»Ich habe das dumpfe Gefühl, als könntest du noch ziemlich nützlich werden«, strahlte Gideon. »Dex gegen Spook? Eins zu null.«

* * *

Am Montagmorgen fing der Unterricht an, und Dex konnte es kaum fassen. Da besuchte er nun zusammen mit den außergewöhnlichsten Kindern der ganzen Welt ein Internat, und was mussten sie machen? Erdkunde. Mathe. Englisch. Gideon hatte ihm gesagt, dass die besonderen Kräfte im Unterricht unter keinen Umständen angewandt werden durften. Natürlich gab es auch Schüler, die der Versuchung nicht widerstehen konnten, aber wenn sie erwischt wurden, wurde ihnen das Taschengeld gekürzt oder sie mussten zum Spüldienst in der Küche antreten.

Die Lehrer wirkten so normal, dass Dex sich sogar kurz fragte, ob sie überhaupt wussten, welche Begabungen ihre Schülerinnen und Schüler hatten. Im Nachmittagsunterricht schrieb Mrs Dann, eine zierliche, dunkelhaarige Frau in einer dicken, grünen Strickjacke, eine Liste der skandinavischen Staaten an die Tafel. Dazu musste sie der Klasse den Rücken zukehren. Dex wurde langsam müde, doch dann hörte er hinter sich ein unterdrücktes Kichern und ein leises Pfeifen. Er sah sich um. Barrys Stift tanzte durch die Luft, ganz alleine, ohne dass ihn jemand festhielt. Er hatte sofort Gideon im Verdacht, aber der saß neben ihm und döste, das Kinn auf die Hand gestützt, unbeteiligt vor sich hin. Dex schaute sich noch einmal um und entdeckte ein gespanntes Gummiband. Wer immer dahintersteckte, war ebenfalls unsichtbar und zielte mit dem Gummiband auf den tanzenden Stift.

Nervös warf Dex einen Blick auf Mrs Dann. Gerade wollte er Gideon anstupsen, da verharrte die Lehrerin regungslos vor ihrem Whiteboard. Mit einer plötzlichen, fließenden Bewegung legte sie den Marker, den sie eben noch in der Hand gehabt hatte, auf das Regal unter der Tafel und schnappte sich eine kleine, silberne Dose. Dann wirbelte sie herum und brüllte: »Barry Blake und Jennifer Troke! Keine Bewegung!« Gleichzeitig ließ sie einen kräftigen grünen Sprühstoß auf die beiden leeren Tische regnen. Im selben Augenblick wurden Barry und Jennifer als seltsam verzerrte Gestalten mit grünen Rändern sichtbar. Ihre Gesichter waren so voller Sprühfarbe, dass die Klasse deutlich erkennen konnte, wie verängstigt und schuldbewusst sie selbst in ihrem halbdurchsichtigen Zustand aussahen.

Mrs Dann seufzte, stellte die Spraydose weg und stemmte die Hände in die Hüften. »Barry, wenn du wirklich unsichtbar sein willst, dann solltest du unbedingt deine Polypen entfernen lassen. Du hörst dich ja an wie eine besessene Blechflöte. Und von dir, Jennifer, hätte ich eigentlich etwas anderes erwartet als einen so billigen Streich.«

»Aber sie hat mich angestiftet!«, heulte Barry, der jetzt wieder sichtbar war. Trotz des grünen Sprays war seine schamrote Gesichtsfärbung deutlich zu erkennen. Auch Jennifer wurde von Sekunde zu Sekunde sichtbarer. Hastig versuchte sie, die grüne Farbschicht von ihren Brillengläsern zu rubbeln.

»Schluss jetzt!«, sagte Mrs Dann. »Ihr geht beide unverzüglich ins Büro des Schuldirektors und bittet ihn, euch das Taschengeld für die nächste Woche zu streichen. Dann wascht ihr euch und seid pünktlich zur nächsten Stunde wieder hier.«

Barry und Jennifer schlichen nach draußen, während Mrs Dann mit erhobener Augenbraue den Blick über die restlichen Schülerinnen und Schüler schweifen ließ. »Sollte noch jemand den Wunsch verspüren, ein wenig Unsinn zu veranstalten, dann denkt immer daran, dass ich einen ganzen Vorrat Anti-Illusions-Spray dabeihabe.« Niemand sagte ein Wort. Einige Kinder drückten den Rücken durch. »Nun denn«, sagte Mrs Dann knapp. »Wenden wir uns wieder Skandinavien zu.«

Kapitel 12

Nach Erdkunde warf Dex einen Blick auf seinen Stundenplan und fragte Gideon, in welchem Zimmer die »Entwicklungsstunde« stattfand, was auch immer das sein sollte.

»Da musst du alleine hin«, sagte Gideon und durchwühlte seine Tasche nach einem Stückchen Pausenschokolade. »Das ist Einzelunterricht, entweder mit Mr Hind oder Mr Eades. Vielleicht auch Mrs Sartre.«

»Was? Ganz alleine?«

»Genau. Na ja, du bist schließlich der einzige Gestaltwandler weit und breit, also hat es keinen Sinn, dich mit anderen zusammenzustecken. In Entwicklung haben wir alle schon Einzelstunden gehabt, meistens gleich nachdem wir hier angekommen sind, aber anschließend werden wir in Gruppen eingeteilt und arbeiten zusammen. Ich bin mit den anderen Telekinetikern zusammen, Barry mit den anderen Unsichtbaren, und Spook hängt dann mit den ganzen anderen *talentfreien Taschenspielern* ab.«

Die letzten Worte hatte er betont laut und deutlich ausgesprochen, damit Spook, der gerade an ihnen vorbeischlenderte, sie auch verstehen konnte. Er grinste Gideon über die Schulter hinweg an und sagte: »Schneckenfresser.«

Gideon schob Dex den Flur entlang. »Die ganzen Heiler und die Medien haben auch ihre speziellen Gruppen, genau wie die Wahrsager, die Hellseher, die Hellhörer und so weiter.«

»Donnerwetter«, murmelte Dex. »Das muss ja irre aufregend sein.«

»Vor allem ist es *laut*«, meinte Gideon. »Die ganzen Geister, die sich da zu Wort melden wollen: Trancezustände, Besessenheit, Klopfen … der reinste Jahrmarkt. Aber trotzdem, manchmal können sie ganz nützlich sein. Vor einem wichtigen Spiel versichern wir uns jedenfalls immer, dass wir nicht nassgeregnet werden. Und manchmal bekommt man auch so was hier.«

Er zog einen zerknüllten, rosafarbenen Papierschnipsel aus der Tasche und reichte ihn Dex. Es handelte sich um einen kleinen, vorgedruckten Zettel mit der Überschrift **BOTSCHAFT AUS DER GEISTERWELT – BENACHRICHTIGUNG.** Darunter stand:

AN: (hier war mit Bleistift der Name *Gideon Reader* eingetragen worden)
VON: Jessica Moorland

Die oben genannte medial / hellseherisch / hellhörig begabte Person wurde von einem Geist namens: Tante Pam **kontaktiert. Die Botschaft lautet wie folgt:** Du machst deine Sache wirklich gut. Bald wirst du deine Schnur finden.

DIESE BOTSCHAFT WURDE GENEHMIGT VON: Mr Eades.

Mr Eades hatte den Zettel persönlich unterschrieben. Dex sah ehrfürchtig zu Gideon auf. »Heißt das, dass diese Botschaft tatsächlich von deiner verstorbenen Tante Pam kommt?«

»Ja. Ist schon die dritte in diesem Trimester.«

»Und was ist mit deiner Schnur? Hast du sie schon gefunden? Das muss doch irgendwas Wichtiges zu bedeuten haben.«

»Ach was.« Gideon stieß die Tür zu einer schmalen Treppe auf, die Gideon bis jetzt noch nie aufgefallen war. »Ich hab keine Ahnung, was das soll. Die Gute ist ein bisschen verwirrt. Aber ich find's schön, dass sie mit mir in Kontakt bleiben will.«

Dann schickte er Dex die Treppe hinunter. »Durch die Tür und dann rechts ... Raum B12, schätze ich mal. Bis später.«

Der Fußboden des langgestreckten, hellgrün gestrichenen Kellerflurs war mit Teppichboden ausgelegt, das Licht stammte aus blassen Lichtkugeln. Dex registrierte die Nummerierung der Türen und sah, dass das Zimmer B12 sich am hinteren Ende auf der rechten Seite befand. Er klopfte an und trat ein. Was er sah, erinnerte ihn irgendwie an ein Tanzstudio. Eine Wand bestand aus einem einzigen, riesigen Spiegel, die anderen drei aus nackten Backsteinen, die, genau wie der Flur, hellgrün gestrichen waren. Auf dem Fußboden lag ein grüner Teppich, und die Wandleuchten in den Ecken des Raumes gaben ein weiches Licht ab. Abgesehen von einem kleinen Bücherregal voller Nachschlagewerke neben der Tür, einem ziemlich großen, an der Wand darüber befestigten Erste-Hilfe-Kasten sowie einem schmalen Tisch und zwei Stühlen an der einen Wand war das Zimmer leer. In der gegenüberliegenden Ecke befand sich noch eine zweite Tür. Es war unglaublich still.

Dex stellte sich vor den Spiegel und sah sich an. Er hatte sich verändert, fast so, als hätte ihm jemand neues Leben eingehaucht. Seine Haut hatte eine kräftige Farbe bekommen, und er sah unter seinem dichten, dunklen Haarschopf längst nicht mehr so blass aus wie sonst. Seine braunen Augen strahlten. Wahrscheinlich eine Folge des guten Essens und der Seeluft.

Als die Tür geöffnet wurde, zuckte er zusammen. Owen trat ein, zusammen mit einem anderen Mann, der ein Klemmbrett und etliche Papiere in der Hand hielt. Der Mann trug einen grauen Anzug und hatte dünnes, graues Haar. Er sah sehr müde aus. Dann musterte er Dex über den Rand seiner Hornbrille hinweg und zog die Augenbrauen in die Höhe.

»Ist er das?«, wandte er sich an Owen, als sei Dex irgendeine seltene Pflanze.

»Ja ... Dex, das ist Mr Eades«, sagte Owen und kam auf ihn zu. »Er wird bei unseren Sitzungen mit anwesend sein.«

»Tu einfach so, als wäre ich gar nicht da«, sagte Mr Eades ernsthaft. Seine Stimme klang wie raschelnde, dürre Blätter im Wind. Er setzte sich an den schmalen Tisch und legte einen Stapel Notizblätter, einen Stift sowie eine kleine, blaue Flasche darauf.

»Okay«, erwiderte Dex. Eine eigenartige Nervosität hatte ihn gepackt. Mr Eades nickte knapp und wandte sich dann seinen Notizen zu.

»Können Sie ihn dazu bringen?«, fragte er Owen, wieder so, als wäre Dex gar nicht im Raum.

»Bis jetzt nicht, nur unter Zuhilfenahme von Triple Eight«, erwiderte Owen. »Aber wir haben ja noch gar nicht richtig angefangen. Also gut, Dex! Dann wollen wir mal. Zunächst machen wir ein paar Atemübungen.«

Reichlich verwirrt befolgte Dex Owens Anweisungen. Er legte sich auf den weichen Teppich, schloss die Augen und fing an, immer tiefer zu atmen. Er sollte sich zunächst ganz darauf konzentrieren, seine Füße zu ballen und sie anschließend wieder zu entspannen, gefolgt von den Waden – anspannen, entspannen –, dann die Knie und so weiter und so fort. Als er schließlich bei der Kopfhaut angelangt war, fühlte er sich tatsächlich ausgesprochen entspannt.

Owen hatte sich ein wenig abseits im Schneidersitz auf den Boden gesetzt. Er hatte das Licht gedimmt und sagte jetzt mit sehr ruhiger, träger Stimme: »Dex, ich möchte, dass du dir einen Ort vorstellst, an dem du schon einmal gewesen bist, einen Ort, wo du dich sicher und geborgen gefühlt hast.« Dex musste an den Wald oberhalb des Internats denken. »Jetzt stell dir bitte vor, du wärst dort und legst dich hin, machst es dir gemütlich, genau wie hier. Ich zähle gleich bis fünf, und ich möchte, dass du dabei immer tiefer in den Schlaf sinkst, eingehüllt in die Sicherheit und Geborgenheit des Ortes.«

Während Owen gleichmäßig von eins bis fünf zählte, hatte Dex das Gefühl, langsam immer tiefer zu sinken. Eine ganze Weile lang blieb Owen stumm, und Dex war vollkommen zufrieden damit, einfach nur zu schweben. Er spürte die weiche, torfige Erde unter seinen Schulterblättern, roch den Duft der Pilze und der vermodernden Blätter. In den Bäumen über ihm sangen die Vögel ihr leises Lied, während wärmende Sonnenstrahlen durch das Laubdach auf seine Haut fielen. Sein Atem ging tief und ruhig, und obwohl er wusste, dass er sich nach wie vor im Zimmer B12 befand und jedes Geräusch dort hören konnte, erschien ihm der Wald irgendwie wirklicher.

»Also, Dex«, fuhr Owen mit sanfter Stimme fort. »Ich möchte, dass du dich an das erste Mal erinnerst, als du dich in einen Fuchs verwandelt hast. Ich möchte, dass du dich daran zurückerinnerst, wo du warst und was genau geschehen ist, unmittelbar bevor die Verwandlung stattgefunden hat.«

Immer noch in der Geborgenheit des Waldes stellte Dex fest, dass vor seinem geistigen Auge ein Bild vom Inneren des Schuppens im Garten seines Zuhauses auftauchte. Er blickte sich gleichmütig um, registrierte den Staub und die Spinnweben, die Torfsäcke und die Bastballen. Dann nahm er auch den Geruch wahr. Ein leises Beben lief durch seinen ganzen Körper, und er schauderte.

»Okay, Dex. Ich möchte, dass du dich ganz genau daran

erinnerst, wie du dich damals gefühlt hast«, sagte Owen irgendwo zu seiner Rechten. Mr Eades raschelte mit einem seiner Blätter. Und dann bewegte sich noch jemand. Dex konzentrierte sich wieder auf den Schuppen und die Hitze und den Geruch.

Er wollte dieses Gefühl nicht zulassen, aber gegen die plötzliche Panik, die ihn jetzt überfiel, schien er machtlos zu sein. Dazu kamen noch ein kräftiger Schwall Lackverdünnung und die stickige Hitze. Er merkte, wie sein Atem immer schneller und schneller ging ... dann spürte er, wie sich in seinem Kopf ein Riss auftat, und ein Energiestoß durchzuckte ihn wie ein Stromschlag, raste durch seinen gesamten Körper, so dass er laut aufschrie – *tatsächlich* aufschrie, dort in Zimmer B12. Rasselnd und hustend und schreiend sog er heiße Luft in seine Lungen ... bis er merkte, dass ihn jemand an den Schultern gepackt hatte.

»Dex! Dex!«, rief Owen. »Ich hole dich zurück! Hör mir zu! Hör mir zu! Ich zähle jetzt rückwärts: Fünf – vier – drei – zwei – eins. Dex! Wach auf!«

Dex riss die Augen auf und starrte verwirrt und benommen in Owens Gesicht. Dieser hielt seine Schultern immer noch fest und schien sehr besorgt zu sein. Dex setzte sich auf. Dabei merkte er, dass sein Kinn feucht geworden war, und wischte den Speichel mit einer verlegenen, hastigen Handbewegung ab.

Owen löste seinen Griff und ließ sich auf die Fersen sinken. Tiefe Betroffenheit sprach aus seiner Miene. »Mit dir«, sagte er, »wird es alles andere als einfach werden.«

Mr Eades hatte seine Notizen beiseitegeschoben und brachte Dex jetzt einen Becher Limonade, die offensichtlich aus der Flasche stammte, die er mitgebracht hatte. »Du brauchst Zucker«, erläuterte Owen, und Dex nahm den Becher mit immer noch zitternden Fingern dankbar entgegen. »Wir versuchen es beim nächsten Mal wieder«, fügte Owen hinzu.

»Muss das denn sein?« Dex war nicht unbedingt scharf darauf. Das Herumliegen im Wald, das hatte ihm sehr gut gefallen, aber am liebsten wäre er einfach dort geblieben. Er blickte sich um und nippte an der süßen, sprudelnden Flüssigkeit. Er war sich eigentlich sicher, dass während seiner Hypnose noch jemand den Raum betreten hatte, aber es war niemand zu sehen.

»Ich bin auf der Suche nach einem Auslöser für dich«, sagte Owen. »Wir brauchen etwas, womit wir arbeiten können, womit wir erreichen können, dass du willentlich eine Verwandlung herbeiführen kannst. Um sie dann, im Idealfall, auch wieder rückgängig zu machen, ohne dass du zuerst einschlafen musst. Aber noch ist es sehr früh. Auf die Hypnotherapie hast du sehr gut angesprochen. Es ist nur so, dass du selbst im hypnotisierten Zustand noch ein bisschen zu viel Kontrolle über dich behältst. Wenn du deine Reaktionen und Gefühle nicht ganz so gut im Griff hättest, dann hättest du wahrscheinlich denselben Weg eingeschlagen wie bei deiner ersten Verwandlung. Das heißt, du hättest dich erneut verwandelt.«

Dex wusste nicht, was er dazu sagen sollte. Er trank seine

Limonade und stellte fest, dass Mr Eades wieder an seinen Platz zurückgekehrt war und irgendetwas auf seine Papiere kritzelte. Nach einigen Minuten fühlte er sich wieder besser. Owen sagte, dass sein Schultag beendet sei. »Wir legen diese Sitzungen für gewöhnlich auf den Nachmittag, weil sie ziemlich anstrengend sein können. Da hat es wenig Sinn, sich anschließend noch mal in eine Mathestunde zu setzen«, erläuterte er. »Vielleicht gehst du ein bisschen an die frische Luft. Wir sehen uns dann morgen im Unterricht wieder.«

»Ach ... was unterrichtest du denn?« Dex versuchte, sich an seinen Stundenplan zu erinnern. Wahrscheinlich Physik oder Chemie.

»Holzarbeiten«, antwortete Owen.

»Holzarbeiten?«

»Ganz genau. Ich habe eine Schwäche für Schwalbenschwanzverbindungen.«

Verblüfft und immer noch ein wenig benommen verließ Dex das Zimmer B12. Doch kaum war er draußen an der frischen Seeluft, kehrten seine Lebensgeister zurück. Das Schulgelände lag ruhig und friedlich da. Es waren ja immer noch rund zwanzig Minuten bis zum Ende der letzten Schulstunde. Dex spazierte die gewundenen Pfade entlang, bis er sich am Rand des Sportplatzes wiederfand. Dort beugte er sich über den stabilen Zaun und starrte in die donnernden Wellen hinab. Er spürte die Gischt auf seinem Gesicht, obwohl das Wasser rund sieben Meter unter ihm war und sich verzweifelt um ein paar glitzernde Felsblöcke schlängelte, bevor es in einem endlosen Kreislauf wieder hinaus auf den Ozean gezogen wurde.

Zuerst dachte er, dass das andere Geräusch, das er noch wahrnahm, von einem einsamen Seevogel stammte, der nach seinem Gefährten rief. Aber dann wurde ihm klar, dass es die Stimme eines Menschen war. Eines Mädchens. Dex beugte sich weiter nach vorne und suchte aufmerksam den grasbewachsenen, steilen Abhang auf der anderen Seite des Zaunes ab. Da ... zwei hübsche, glitzernde, lilafarbene Turnschuhe mit passenden Socken. Die dazugehörigen Füße ragten, wie es aussah, ein winziges Stückchen aus einer kleinen, felsigen Höhle hervor. Dex kletterte über den Zaun und ließ sich vorsichtig auf die andere Seite sinken. Der schmale Grünstreifen ging schnell in Flechten und biegsames Sumpfgras über, das sich an die steil abfallende Felskante klammerte. Dex schob sich vorsichtig auf die Turnschuhe und das leise Wimmern zu. Dann ging er in die Knie und neigte den Kopf bis unter die Kante, um herauszufinden, wer das war.

Den Rücken an die Wand der engen Höhle gelehnt, die Beine angezogen, die Arme um die Knie geschlungen, so saß sie da. Lisa Hardman. Ihre schöne, neue Jeans und ihre dicke Fleecejacke waren voller Grasflecken und Erde. Sie war ganz eindeutig so schnell wie nur irgend möglich in ihr Versteck gekrochen. Jedenfalls hatte Dex sie bis jetzt noch nie anders als absolut perfekt gestylt zu Gesicht bekommen.

Als Lisa merkte, dass sie beobachtet wurde, starrte sie

ihn wütend an. »Was machst du denn da? Spionierst du mir nach? Verschwinde!«

Dex ließ sich behutsam in die Höhle gleiten und kniete sich neben sie. »Ich spioniere nicht. Ich hatte Entwicklung und bin früher fertig geworden. Und dann wollte ich eben ein bisschen Seeluft schnuppern. Ich habe gar nicht gewusst, dass du hier bist.«

»Na ja, dann weißt du es jetzt. Lass mich in Ruhe«, erwiderte sie. Ihre dunkelblauen Augen waren geschwollen und feucht, und jetzt rieb sie wie verrückt mit einem zerknüllten Taschentuch darin herum.

»Wieso bist du denn so traurig? Gefällt es dir hier nicht?«, wollte Dex wissen.

»Ist mir doch egal, wo ich bin«, erwiderte sie bitter. »Spielt sowieso keine Rolle.«

»*Was* spielt keine Rolle?«, wollte Dex wissen, ohne ihren wütenden Gesichtsausdruck zu beachten.

»Gar nichts! Gar nirgends! Es hört einfach nicht auf, ganz egal, wo ich bin. Nicht einmal, wenn ich schlafe. Es hört nie auf!«

Dex wollte sich neben sie setzen, aber sie wollte ihm keinen Platz machen, also kauerte er sich weiter an die Felskante und hielt sich an ein paar stabilen, ineinander verknoteten Felspflanzen fest, um nicht abzurutschen. »Was ist denn deine Begabung?«

»Oh, warum *verziehst* du dich nicht endlich!«, heulte sie los, aber Dex hatte das Gefühl, dass sie gleich weiterreden würde, darum rührte er sich nicht von der Stelle.

»Ich ... ich kann Dinge sehen. Und hören. Und spüren.« Ihre Unterlippe fing an zu zittern, und sie legte einen Augenblick lang die Finger darauf, damit das Zittern aufhörte. »Ich kann verlorene Gegenstände wiederfinden, und verlorene ...« Sie schluckte betrübt. »... verlorene *Menschen.* Und ich empfange *Warnungen* und Botschaften und so was. Und nichts daran, Dex Jones, absolut nichts daran ist schön. Ich will das alles nicht, aber es hört einfach nicht auf. So, jetzt weißt du Bescheid. Erwarte ja nicht, dass ich bloß wegen dir so wahnsinnig sensibel und entrückt werde wie die anderen. So was mache ich nicht. Ich spiele da nicht mit. Ich habe nicht darum gebeten, und ich will denen nicht helfen.« Sie verschränkte die Arme vor der Brust und starrte wütend aufs Meer hinaus.

Dex empfand Mitleid mit ihr. Das hörte sich wirklich ziemlich schlimm an. »Aber nützt es dir nichts, dass du hier bist?«, erkundigte er sich vorsichtig. »Können sie dir in Entwicklung nicht helfen?«

»Niemand kann mir helfen«, erwiderte sie düster. »Und ich helfe denen auch nicht. Ich habe nicht um diese bescheuerte Gabe gebeten, und ich wollte auch nie hierher. Tut mir leid. Danke, dass du nett zu mir sein wolltest, aber trotzdem: Tut mir leid. Das mache ich nicht.«

Dex nickte und wollte gerade wieder nach oben klettern, als er ihre Stimme hörte. »Dex ...?«

»Ja?«, rief er zurück.

»Ich sage dir das nur, weil du mich jetzt wirklich alleine

lässt ... geh in die Hocke, sobald du über den Zaun geklettert bist.«

Dex schüttelte den Kopf. Vermutlich war sie verrückt geworden. Doch als er dann über den Zaun geklettert war, ließ er sich trotzdem auf die Knie fallen. Im selben Augenblick ertönte nur wenige Zentimeter über seinem Kopf ein mörderischer Einschlag, als ein hart getretener Fußball gegen die Bretter krachte.

Er nahm den Ball und warf ihn den Jungen auf dem Sportplatz zu. »Danke, Lisa«, rief er über den Zaun hinweg. Sie gab keine Antwort.

Kapitel 13

Der Holzarbeitenkurs bei Owen machte Dex viel Spaß. Es war nur ein kleiner Kurs mit wenigen Teilnehmern. Anscheinend hätte man sich auch für Töpferarbeiten entscheiden können. Jedenfalls waren sie insgesamt nur zwölf Schülerinnen und Schüler. Dex hatte nichts dagegen. Überrascht stellte er fest, dass auch Mia und Lisa mit dabei waren. Barry nicht, aber dafür Gideon, und so beschlossen Dex und Gideon, sich zusammenzutun und eine Kiste zu bauen, und zwar ohne Klebstoff, nur mit Hilfe von sauber gearbeiteten Schwalbenschwanzverbindungen. Owen legte sehr viel Wert darauf, dass nur natürliche Materialien verwendet wurden. Die Regale in der Werkstatt waren dichtgefüllt mit den unterschiedlichsten Kisten und Körben und Werkzeugen, die alle aus Holz, Zweigen, feinen Rindestreifen und getrockneten, ineinander verschlungenen Wurzeln, die sehr belastbare Knoten bildeten, gefertigt worden waren.

Dex mochte den Duft nach Holzspänen und Harz genau so gerne wie das Gefühl der rauen Fasern unter seinen Fingerspitzen. Darüber hinaus stellte er schnell fest, dass er recht geschickt war, wenn es darum ging, die Kerben auszusägen, die sie brauchten, um die Einzelteile zu fertigen Kisten zusammensetzen zu können.

Die ganze Klasse arbeitete still und konzentriert und machte, zumindest für den Moment, einen ganz normalen

Eindruck. Das empfand Dex als sehr entspannend. Owen ging von einem zum anderen, gab Ratschläge und zeigte ihnen gelegentlich eine neue Säge- oder Stemmtechnik. Die zwei Stunden vergingen wie im Flug. Als sie am Ende des Nachmittags ihre Werkzeuge wieder verstauten, sagte Owen: »Ich biete ab nächster Woche ein Überlebenstraining in freier Natur an. Da bringe ich euch bei, wie man mit dem, was die Natur bietet, Werkzeuge und andere Hilfsmittel anfertigen kann. Dazu gehen wir in den Wald oberhalb der Schule. Wer mitmachen möchte, trägt sich einfach in die Liste neben der Tür ein.«

Dex steuerte ohne Umwege die Liste an. Verblüfft sah er, dass Lisa bereits da war und mit energischer Schrift ihren Namen auf das Papier setzte. Sie sah ihn an – etwas weniger abweisend als sonst – und verließ die Werkstatt. Dex schrieb seinen Namen auf die Liste, genau wie Mia und Gideon. Aber sie blieben die Einzigen. Wahrscheinlich waren die anderen nicht besonders scharf darauf, den Übergang vom Herbst in den Winter im Freien mitzuerleben. Er freute sich darüber, dass Mia mit von der Partie war, weil er ihre Gegenwart immer noch als unglaublich angenehm und beruhigend empfand, wenn auch nicht mehr ganz so betörend wie zu Anfang. Aber das hatte Gideon ihm ja schon prophezeit. Im Verlauf des Vormittags hatten sie gemeinsam in einem Klassenzimmer gesessen, und das hatte seine »Immunität« ein wenig gestärkt. Trotzdem … während der ersten beiden Stunden hatte er es kaum geschafft, den Blick von ihrem Hinterkopf zu lösen.

Mrs Dann hatte seinen Zustand sehr wohl bemerkt, aber nichts gesagt. Sie wusste ja, dass viele Schüler sich erst an Mias Gegenwart gewöhnen mussten, bevor sie sich auf den Lernstoff konzentrieren konnten. Zum Glück war Dex schon um die Mittagszeit so weit gewesen, dass er eine ganze Seite in der *Weltgeschichte des 20. Jahrhunderts* hatte lesen können, ohne aufzusehen. Anschließend hatten die Holzarbeiten ihn so sehr in Beschlag genommen, dass er nur gelegentlich einen warmen Luftzug gespürt hatte, immer dann, wenn Mia an ihm vorbeigegangen war. Er bekam sich langsam in den Griff.

Vor dem Abendessen schauten er und Gideon noch kurz in der Postkammer vorbei, wo Dex in seinem Postfach einen kleinen, weißen Briefumschlag mit einer Fünf-Pfund-Note vorfand. »Das ist dein COLA-Taschengeld«, sagte Gideon. »Es kommt ein bisschen zu spät, weil du noch ganz neu bist.« Außerdem fand er einen Brief vor, der vom Postamt im Dorf an die Schule weitergeleitet worden war. Er erkannte Clives ordentliche, nach links geneigte Schrift sofort, genau wie die Bark's-End-Briefmarke, die auf dem Umschlag klebte. Dex riss den Umschlag auf. Es kam ihm vor, als hätte er Clive schon seit einem Jahr nicht mehr gesehen und nicht erst seit ein paar Tagen. Jetzt fiel ihm wieder ein, dass er Gina gebeten hatte, Clive anzurufen und ihm die Adresse des College-Postfachs durchzugeben, und das hatte sie anscheinend tatsächlich gemacht. Dex war verblüfft.

»Lieber Dex«, hatte Clive geschrieben.

»Ich hoffe, es gefällt dir an deiner neuen Schule. Seitdem du weg bist, ist hier nichts mehr, wie es war, aber ich glaube, es wäre auch so gekommen, wenn du hiergeblieben wärst. Matthew hat sich noch immer nicht in der Schule blicken lassen, und Toby ist so still und nervös, dass wir alle nicht wissen, was wir mit ihm anfangen sollen. Manchmal lutscht er sogar an seinem Daumen. Ich habe mich schon so drauf gefreut, den beiden zu erzählen, dass ich einen Skinwalker heraufbeschworen habe, damit sie sich vor Angst in die Hosen machen, aber das war gar nicht nötig. Dex, dein Werk hier ist vollbracht!

Ich schreibe dir aber vor allem, weil ich dich warnen will. Diese Reporterin ist nämlich bei uns zu Hause aufgetaucht und hat alle möglichen Fragen gestellt. Anscheinend war sie auch schon bei Matthew und hat noch ein paar Einzelheiten erfahren, was sich im Schulkeller abgespielt hat. Ich habe natürlich kein Wort mit ihr geredet, und meine Mum hat gesagt, sie soll abhauen oder sie holt die Polizei. Dann ist die Reporterin wieder abgezischt, aber sie war immer noch total misstrauisch und hat sich vor dem Haus in ihr Auto gesetzt, uns noch eine Weile beobachtet und dann telefoniert.

Ich habe dir den Artikel beigelegt, den sie geschrieben hat, damit du weißt, was dich erwartet. Ich glaube kaum, dass sie rauskriegt, wo du jetzt bist, aber ich wollte dir trotzdem Bescheid sagen.

Viele Grüße von Clive

P.S. Ich habe noch eine Papieruhr gebastelt und zehn Hauspunkte dafür bekommen.«

Dex musste grinsen. Dann steckte er die Hand noch einmal in den Umschlag und stieß auf einen Zeitungsausschnitt. Neugierig und ein kleines bisschen nervös faltete er ihn auseinander.

WILDES TIER FÄLLT SCHÜLER AN, brüllte die Schlagzeile, und weiter hieß es: Zwei Schüler der Bark's End Junior School erlitten bei einer mysteriösen Attacke im Keller ihrer Schule Bissverletzungen und Kratzer und mussten im Anschluss medizinisch behandelt werden.

Matthew Spacey, 12, und Toby Rogers, 11, hielten sich gerade mit zwei anderen Schülern in der Hausmeisterwerkstatt auf, als sie, nach eigenen Angaben, von einer Art wildem Hund angegriffen wurden. Die Eltern anderer Schüler berichten, dass ihre Kinder entsetzt mitansehen mussten, wie die beiden Jungen schreiend und blutend durch die Schulflure rannten.

»Wir wissen nicht, was das war, aber es besorgt einen natürlich, dass so ein wildes, aggressives Tier frei in einer Schule herumspazieren kann«, sagt eine Mutter, Christine Broderick, wohnhaft im Anglesea Court in Bark's End. (Na ja, dachte Dex und schnaubte dabei leise, immerhin spazieren auch Matthew und Toby dort frei herum.)

»Wir sind alle ein bisschen verängstigt, aber die Schulverwaltung hat gesagt, dass die ganze Schule durchsucht worden ist und dass sie nirgendwo ein wildes Tier entdeckt haben.«

In einer schriftlichen Erklärung des Schulleiters Geoffrey Clegg an die Eltern heißt es: »Wir sind betroffen darüber, dass zwei unserer Schüler im Untergeschoss allem Anschein nach in eine Art Rauferei mit einem Hund verstrickt worden sind. Der Zugang zum Untergeschoss ist Schülern grundsätzlich nicht gestattet. Nichtsdestotrotz nehmen wir die Sicherheit unserer Schüler sehr ernst. Darum haben wir eine sorgfältige Durchsuchung aller in Frage kommenden Räume durchgeführt. Wir konnten jedoch nichts entdecken, was in irgendeiner Form eine Gefährdung für unsere Schüler darstellen könnte. Außerdem werden wir alles tun, was in unserer Macht steht, um sicherzustellen, dass Tiere sich keinen Zutritt zu unserer Schule und dem Schulgelände verschaffen können.«

Die Schule verweigert jedoch jeden Kommentar zu der Frage, weshalb die beiden anderen Jungen, die sich angeblich mit Matthew und Toby im Keller aufgehalten haben, nicht namentlich genannt werden, oder weshalb einer der beiden allem Anschein nach bereits am nächsten Tag an eine andere Schule versetzt wurde.

Die Eltern der verletzten Jungen wollten sich dazu ebenfalls nicht äußern, während die Eltern eines dritten Jungen, der den ganzen Vorfall möglicherweise beobachtet hat, jede Aussage verweigern.

Falls Sie irgendetwas über die BESTIE VON BARK'S END wissen, setzen Sie sich bitte mit uns in Verbindung ...

Dex brüllte laut los vor Lachen. Die Bestie von Bark's End! Gideon, der gerade ein Päckchen voller Schokolade von seinem Dad auspackte, hob den Kopf. Dex reichte ihm den

Zeitungsausschnitt, und Gideon las sich den Artikel staunend und grinsend durch.

»Die Bestie von Bark's End«, sagte er bewundernd. »Das ist der Hammer! Mein Mitbewohner ist eine Legende!

Dex wollte den Artikel auch Owen Hind zu lesen geben und klopfte an die Tür der kleinen, gewölbten Lehmhütte, die Gideon ihm gezeigt hatte. Rauch stieg aus dem kurzen Schornstein auf, und es duftete nach Holz und Beeren. Owen öffnete die Tür, und Dex war für einen Augenblick lang unsicher. Er hatte immer noch ein wenig Angst um Clives Sicherheit, doch dann gab er Owen den Brief.

Dieser warf einen schnellen Blick darauf, las die Schlagzeile, zog Dex ins Innere seiner Hütte und machte die Tür zu. Seine Reaktion fiel weit weniger überschwänglich aus als Gideons. Schnell und ohne eine Bemerkung zu machen, las er den Bericht durch. Anschließend stieß er einen tiefen Seufzer aus, rieb sich das Kinn und runzelte die Stirn. »Setz dich«, sagte er zu Dex, ließ sich auf einen abgewetzten Ledersessel vor der kleinen, gemauerten Feuerstelle sinken und starrte auf Clives Brief.

Dex saß auf der anderen Seite der Feuerstelle in einem Schaukelstuhl aus Holz und sah sich um. Unterhalb der niedrigen Decke verliefen dunkle Balken, und der Fußboden bestand aus Steinplatten, die rund um die glutrote Feuerstelle von einem großen, dunkelroten Teppich bedeckt wurden. Auf dem schmalen, aus Backsteinen gemauerten Kaminsims über dem knisternden Holzfeuer stand eine Sturmlaterne. Allerdings wurde das Zimmer jetzt, in der bereits einsetzenden Winterdämmerung, von einer elektrischen Lampe beleuchtet, die hinter Owens Sessel auf einem Hocker stand. Überall in den rundlichen Ecken des unregelmäßigen Raumes waren Bücherstapel, Holzkisten und Körbe zu sehen, und dann gab es noch einen groben, gemauerten Torbogen, der nach hinten ins Innere des Felsens führte. Dort befanden sich vermutlich Küche, Bade- und Schlafzimmer.

»Wem hast du alles von der Geschichte erzählt?«, wollte Owen jetzt wissen, während er Clives Brief zusammenfaltete und ihn zusammen mit dem Zeitungsausschnitt in den Umschlag zurücksteckte.

»Nur Gideon«, erwiderte Dex. »Er freut sich wahnsinnig, dass er sich das Zimmer mit der Bestie von Bark's End teilt.«

Owen verdrehte die Augen und gab Dex den Umschlag zurück. »Nur Gideon. Du meine Güte.«

»Sie wird mich doch hier nicht etwa finden, oder?«

»Das ist unwahrscheinlich, aber ich habe bei dieser ganzen Angelegenheit ein ziemlich ungutes Gefühl«, erwiderte Owen nachdenklich. »Im Moment hält sie sich noch an die Regeln und geht ziemlich diskret vor. Wahrscheinlich muss sie gewisse Beschränkungen beachten, weil du noch nicht sechzehn bist. Aber wenn sich die Presse dämliche Namen ausdenkt, wie zum Beispiel das *Ungeheuer von Loch Ness* oder die *Bestie von Gévaudan* … oder eben von Bark's End, dann wollen sie die Kuh in der Regel noch eine Weile melken, wollen so viel wie irgend möglich aus der Geschichte herausquetschen. Daher nehme ich an, dass sie noch ein bisschen tiefer bohren wird. Trotzdem glaube ich nicht, dass sie rauskriegt, wo du jetzt bist. Am besten antwortest du deinem Freund bald und bittest ihn, dir alles zu schicken, was in der Zeitung darüber geschrieben wird. Und, bitte, halte mich auf dem Laufenden.«

Anscheinend mussten sie sich wirklich keine großen Sorgen machen, denn drei Tage später schrieb Clive zurück, dass er nichts mehr über die Bestie von Bark's End gelesen hatte.

»Natürlich wird immer noch darüber geredet«, schrieb er. *»Aber Matthew kommt jetzt auch wieder zur Schule, obwohl er auf keinen Fall in Tobys oder in meiner Nähe sitzen will. Die beiden sind immer noch sehr zurückhaltend. Das reinste Paradies.«*

Dex hoffte, dass der Spuk damit beendet war. So langsam fand er sich hier im COLA-Club immer besser zurecht, und er und Gideon wurden immer unzertrennlicher. Nach und nach bekam er eine ungefähre Vorstellung davon, über welche Fähigkeiten seine Mitschüler verfügten. Abends und an den Wochenenden trafen sie sich oft entweder im Aufenthaltsraum ihrer Unterkunft oder in dem großen Gemeinschaftsraum, der zwischen dem Wohnhaus der Jungen und dem der Mädchen lag. Dort gab es zum Beispiel einen Fernseher und ein Spielezimmer, einen ruhigen Arbeitsbereich und eine Sitzgruppe mit weichen, blauen Sofas, wo man sich unterhalten konnte. Computer oder irgendwelche Videospiele suchte man hier jedoch vergeblich.

»Das hätte wenig Sinn«, erklärte ihm Gideon. »Hier ist so viel übersinnliche Energie im Raum, dass die Dinger sich ständig aufgehängt haben. Der Fernseher flimmert und rauscht ja auch wie blöd, aber den haben sie dagelassen. Die Computer haben sie, kurz nachdem ich hier angekommen bin, wieder abgebaut, vor ungefähr vier Monaten. Ich glaube ja, auch deshalb …« Er beugte sich verschwörerisch nach vorne, »… weil sie uns vom Rest der Welt abkapseln wollen.«

Dex blickte ihn skeptisch an. »Stimmt doch«, beharrte Gideon. »Die würden uns doch niemals ins Internet lassen, oder?«

»Wer braucht schon das Internet«, mischte sich Jessica Moorland ein, die gerade hinter dem Sofa vorbeiging, auf dem die beiden Jungen saßen. »Manche von uns sind auch ohne Steckdose und Telefonleitung perfekt vernetzt. Deine Tante Pam sagt, du sollst dich nicht so hinlümmeln.«

Gideon setzte sich sofort kerzengerade hin, bevor er Jessica einen misstrauischen Blick hinterherwarf. »Manchmal habe ich den Verdacht, dass sie mich auf den Arm nimmt«, murmelte er in Richtung ihres braungelockten Hinterkopfes.

»Und dein Muttermal sieht *nicht* aus wie die Umrisse von England, sondern eher wie ein Dreieck, hat sie gesagt«, rief Jessica über die Schulter zurück. Gideon wurde rot.

»Was denn für ein Muttermal?«, wollte Dex laut lachend wissen. »Kann ich es sehen?«

»Nein, kannst du nicht«, erwiderte Gideon.

Obwohl sie ihre besonderen Kräfte außerhalb der Entwicklungsstunden eigentlich nicht anwenden durften, ließen sich die übernatürlichen Fähigkeiten der Schülerinnen und Schüler in der Freizeit natürlich nicht so einfach bändigen. Jedenfalls reagierte niemand besonders überrascht, als drei zwölfjährige Mädchen plötzlich fünfzig Zentimeter über dem Boden des Fernsehzimmers schwebten. Allerdings wurden sie gebeten, den Raum zu verlassen, da sie mit ihrem Kunststück Bildstörungen verursachten.

Barry »blendete sich gelegentlich aus«, wie er es nannte, besonders gerne, wenn er mit Jennifer Troke zusammen war. Das war das schlanke, blonde Mädchen mit der Brille und der Unschuldsmiene, die Barry während Mrs Danns Unterricht so in Schwierigkeiten gebracht hatte. Barrys Problem war, abgesehen von seinen vergrößerten Polypen, die bei jedem Atemzug dieses Pfeifen hervorriefen, dass er auch dann nicht lange unentdeckt blieb, wenn er durch den Mund atmete. Denn bedauerlicherweise war er von Natur aus ein Tollpatsch. Früher oder später stieß er gegen eine Tischkante oder prallte mit jemandem zusammen und wurde dann sofort sichtbar. Und jedes Mal sah man ihm an, dass er vor Scham am liebsten im Erdboden versunken wäre. Jennifer kam hingegen sehr viel besser zurecht. Bei ihr war es nicht ungewöhnlich, dass sie plötzlich direkt neben einem auftauchte und eine Bemerkung über das Buch machte, das man gerade las. Das war bisweilen ziemlich unangenehm, um es vorsichtig auszudrücken.

Die Medien steckten in der Regel dicht zusammen, und wenn sie etwas sagten, konnte man sich nie sicher sein, ob sie einen Mitschüler meinten oder jemanden aus dem Jenseits – einen »Verschiedenen«, wie Jessica immer sagte.

Mia verbrachte auch viel Zeit mit den Medien, aber an diesem Abend saß sie zusammen mit Dex, Gideon und Barry auf dem Sofa beim Feuer. Dex hatte sich absichtlich ans andere Ende gesetzt – er wollte nicht, dass die anderen wieder anfingen zu kichern, weil er Mia ständig anstarrte, auch wenn er sich ziemlich sicher war, dass er das Schlimmste mittlerweile hinter sich hatte. Gideon ließ gerade hochkonzentriert ein Buch über ihrem Kopf schweben, und Mia bemühte sich, nicht zu lachen. Elegant balancierte der dicke Wälzer mit dem Ledereinband etliche Zentimeter über ihr, doch dann verlor er aus irgendeinem Grund das Gleichgewicht und landete schließlich auf ihrer Schulter. »Autsch!«, rief sie und verzog das Gesicht.

»Kannst du eigentlich auch deine eigenen Schmerzen verschwinden lassen?«, erkundigte sich Dex neugierig, während Mia sich die Schulter rieb und Gideon ziemlich bedröppelt aus der Wäsche schaute.

»Nein, natürlich nicht«, lachte Mia. »So funktioniert das nicht. Aber wir können die Kraft positiver Gedanken nutzen, um uns besser zu fühlen. Das muss man natürlich üben.«

Dex umschlang seine Knie und starrte auf die rotglühenden Kohlen und die schwärzlichen Holzscheite. »Was meint ihr, was soll das alles? Dass wir hier sind?«

»Frag mich was Leichteres.« Gideon zuckte mit den Schultern. »Ich finde, das ergibt überhaupt keinen Sinn. Vielleicht sind wir ja das schreckliche Ergebnis eines Experiments, das sie mit unseren Eltern angestellt haben.« Er stupste Barry an, der daraufhin auf der Lehne des Sofas sichtbar wurde. Er war gerade mit einem Taschentuch und seiner ewig verstopften Nase beschäftigt. »Ich meine ... Barry sieht doch sogar *aus* wie ein grausam schiefgegangener Laborversuch, oder nicht?«

»He, Mann, hör doch auf damit«, schniefte Barry und wurde wieder unsichtbar. Aber das ständige Schniefen und Schnauben verriet ihnen, dass er noch da war.

»Was meint ihr, was würde passieren, wenn jemand von hier weg möchte? Würden sie versuchen, das zu verhindern?«, fuhr Dex nachdenklich fort.

»Wieso? Hast du das vor?«, hakte Gideon nach.

»Niemals! Ich finde es phantastisch hier!«

Gideon lehnte sich zurück und überlegte. »Ich schätze mal, die Leute, die das alles hier aufgebaut haben, sind genauso ratlos wie wir. Und wahrscheinlich haben sie auch ein bisschen Angst. Aber jetzt haben sie uns schon mal hierhergebracht, da können wir auch in aller Ruhe abwarten, was als Nächstes passiert. Außerdem halte ich mich an die Mia-Regel.«

Dex blinzelte. »Die Mia-Regel?«

»Genau. Mia und ihre Kollegen sind doch ganz besonders sensibel, stimmt's? Falls also etwas wirklich Finsteres im Gang wäre, dann würden sie das bestimmt merken. Oder, Mia?«

Mia lächelte ihr gütiges Lächeln und nickte. »Ja. Ich denke schon. Und ich schätze, auch die Hellseher würden Warnungen empfangen. Aber bis jetzt scheint alles im Lot zu sein. Ich glaube, dass wir dazu bestimmt sind, zusammen zu sein, und dass es für das alles hier einen Grund gibt. Ich glaube nur, dass wir noch nicht bereit sind, diesen Grund zu erfahren. Aber ich fühle mich hier sehr, sehr wohl, und mehr brauche ich vorerst gar nicht zu wissen.«

»Siehst du?«, sagte Gideon. »Wenn Mia sich wohlfühlt, dann fühle ich mich auch wohl. Aber sobald sie nervös wird, mache ich mir in die Hose.«

Mia lachte, drehte sich um und gesellte sich zu den Hellsehern und Heilern, die ein Stück weiter entfernt zusammenstanden. Während Dex zusah, wie sie sich schweigend um eine große Kerze in der Mitte des Gemeinschaftsraums versammelten, dachte er, dass sie ihm vielleicht die eine oder andere Frage beantworten konnten. Etwas später sah er Jessica Moorland wieder hereinkommen und trat auf sie zu. Sie hatte ein paar Bücher unter dem Arm, wahrscheinlich *Die großen, unerklärten Mysterien* oder *Kraft aus dem Jenseits*, nahm Dex an. Doch bei genauerem Hinsehen stellte er fest, dass es sich um einen Bildband über eine Popgruppe, *Betty und ihre Schwestern* von Louisa M. Alcott sowie einen Skiurlaubsprospekt handelte.

»Ja?« Jennifer musterte ihn neugierig, mit erhobener Augenbraue. Sie war es gewöhnt, dass sie von irgendwelchen Leuten angesprochen wurde, die auf eine Nachricht von einem verstorbenen Angehörigen hofften.

»Bekommst du … bekommst du manchmal auch … Nachrichten von einer unserer Mums?« Dex starrte zunächst auf seine Zehenspitzen hinab, bevor er sie ansah. Er war mit einem Mal sehr verlegen.

Jessica ließ die Augenbraue wieder sinken. Mitleid zeigte sich auf ihrem sommersprossigen Gesicht. Sie legte Dex die Hand auf die Schulter. »Die Frage stellen alle«, sagte sie leise. »Jeder und jede Einzelne von uns. Aber die Antwort lautet: Nein. Wir bekommen keine Nachrichten von unseren Mums. Nicht von unseren eigenen und nicht von denen der anderen COLAs. Das ist zwar höchst merkwürdig, aber so ist es eben.«

Dex nickte niedergeschlagen. Er trauerte seiner Mutter keineswegs ununterbrochen hinterher, aber in diesem Augenblick hatte er das Gefühl, als würde in seinem Inneren etwas zusammenbrechen. »Aber dein Urgroßvater hat sich gerade gemeldet«, erklärte Jessica jetzt mit strahlendem Lächeln. »Er sagt, du sollst aufpassen, wo du stehst.«

»Ich soll aufpassen, wo ich stehe?«, wiederholte Dex. An seine Urgroßeltern konnte er sich überhaupt nicht erinnern.

»Ja. Das ist alles«, meinte Jessica. »Falls ich noch mehr empfange, schreibe ich dir einen Zettel. Ich hätte dir das eigentlich gar nicht verraten dürfen.« Und dann ließ sie ihn stehen.

Gideon schob sich neben ihn. »Keinen Erfolg gehabt, was deine Mum angeht?«, fragte er. Dex nickte betrübt, aber Gideon lächelte ihn mitfühlend an und klopfte ihm auf die Schulter. »Mach dir nichts draus.«

»Aber mein Urgroßvater sagt, dass ich aufpassen soll, wo ich stehe. Was meinst du, was hat das zu bedeuten?«

»Mann, wenn du bei jeder Botschaft, die du von einem Medium kriegst, überlegst, was sie zu bedeuten hat, dann drehst du irgendwann durch. Wahrscheinlich hat Barber irgendwohin gekackt. Ich an deiner Stelle würde in nächster Zeit keine guten Schuhe anziehen.«

Kapitel 14

Die Schulversammlungen am Tregarren College fanden immer freitagnachmittags statt, bevor der Freitagsbraten serviert wurde. Es war die einzige Mahlzeit in der ganzen Woche, wo sich das gesamte Internat einschließlich der Lehrkräfte zum Essen traf. Am oberen Ende des Speisesaals wurde ein langer Tisch aufgestellt. Darauf kamen dann eine weiße Damasttischdecke, Kerzenständer sowie edles, nur zu besonderen Anlässen benutztes Geschirr, Besteck und edle Gläser.

Die runden Schülertische erfuhren eine ähnliche Verwandlung, und dann saß das ganze College bei einem herrlichen Mahl beisammen. Es gab perfekt gebratenes Fleisch, knusprige Bratkartoffeln und Pastinaken, Karotten, Rosenkohl und eine würzige, braune Soße. Zum Dessert wurden köstliche heiße oder kalte Puddings serviert, und am Schluss saßen wirklich alle da und stöhnten genüsslich vor sich hin. Auch die Vegetarier – die meisten Medien und Heiler lebten vegetarisch oder vegan – hatten sich an Tomaten und würzigem Nussauflauf oder Pilzen in Estragon satt gegessen.

Doch vor jedem Freitagabendbraten fand die große Versammlung statt. Sie fing mit einem gemeinsamen Lied an. Manchmal las ein Lehrer auch etwas vor. Anschließend erhob sich Schuldirektor Wood von seinem Platz und hielt eine Ansprache. Manchmal dauerte sie eine halbe Stunde oder noch länger, und das Besondere daran war, dachte Dex während seiner allerersten Versammlung, dass alle wie gebannt zuhörten. Was der Schuldirektor sagte, war eigentlich nicht besonders spannend – manchmal waren es Ankündigungen von bevorstehenden Ereignissen oder er bat die Telekinetiker, ein paar verirrte Bälle vom Dach der Turnhalle zu holen. Manchmal erzählte er auch eine kleine Geschichte, die etwas verdeutlichen sollte, was ihm wichtig war, oder er versuchte, die Schülerinnen und Schüler zu engagierterem und konzentrierterem Lernen zu motivieren. Aber anscheinend war es vollkommen egal, was er sagte. Die Zuhörerschaft war stets hochkonzentriert, sogar die Lehrer, obwohl sich manche wenigstens ab und zu einmal leicht bewegten oder gelegentlich den Blick abwandten.

Dex blickte sich um und sah in ein Meer aus hypnotisierten Gesichtern. Er stieß Gideon an, doch sein Freund ließ nur ein leises »Pschscht« hören, ohne den Blick von Direktor Wood zu nehmen. Verblüfft wandte Dex sich wieder dem Mann auf dem kleinen Podest zu. Er bewegte sich mit der Anmut einer Katze, ging auf und ab und setzte sich sogar gelegentlich auf eine Tischkante. Und dann merkte Dex, wie der funkelnde Blick des Schuldirektors an ihm hängen blieb. Er kniff die Augen zusammen, wollte herausfinden, was an diesem Mann so *eigenartig* war, und spürte erneut, wie eine Woge aus wohlwollendem, betörendem Charme ihn umhüllte. Seine Umgebung begann zu vibrieren, und ein sanfter Schimmer hing in der Luft. So war es auch auf dem Sportplatz gewesen, als Spook die Torpfosten verschoben hatte. Moment mal!, dachte Dex, und dann wusste er Bescheid. Patrick Wood setzte seine Illusionskräfte ein. Das war sicherlich reine Eitelkeit, aber wer würde sich nicht auch gerne ein perfektes Publikum erschaffen, wenn er das könnte? Dex musste plötzlich grinsen. Ob wohl noch jemand hinter das Geheimnis des Schuldirektors gekommen war? Jetzt unterbrach Mr Wood seine Ausführungen für einen kurzen Moment und schien Dex ebenfalls sehr aufmerksam zu mustern. Dex riss sich zusammen und machte ein aufrichtig interessiertes Gesicht. Daraufhin fuhr der Direktor mit seinen Ermahnungen fort. Es ging um den Dorfbesuch am morgigen Samstag.

»Sollte irgendjemand – *irgendjemand* – auf die Idee kommen, dort ein übersinnliches Kunststück zum Besten zu geben, bedeutet das einen ganzen Monat Ausgangssperre, und zwar *für die gesamte Schule*. Habe ich mich klar ausgedrückt?«

»Jawohl, Mr Wood«, murmelte der ganze Saal.

Er nickte und verlieh seiner Stimme einen andächtigen Tonfall. »Das Tregarren College ist etwas ganz Besonderes«, sagte er. »Ich betrachte es als den Höhepunkt meiner persönlichen Laufbahn, die Verantwortung für eine solch unglaubliche Ansammlung junger Menschen zu tragen, und ich würde *alles* tun, um Tregarren zu beschützen. Habt ihr das verstanden?«

»Jawohl, Mr Wood.«

»Gut!« Er strahlte über das ganze Gesicht. »Dann lasst uns jetzt essen. Es riecht ja schon ausgesprochen verheißungsvoll!« Begeistert klatschte er in die Hände, und Dex meinte zu spüren, wie auf einen Schlag alle aus ihrer höflichen, aufmerksamen Trance erwachten. Jedenfalls drängte sich die ganze Versammlung fröhlich plappernd aus dem Foyer in den Speisesaal, ihrem Freitagsbraten entgegen. Niemand schien bemerkt zu haben, dass sie einem Illusionisten auf den Leim gegangen waren.

Was würde der gute alte Mr Clegg in Bark's End wohl *dafür* geben. Dex setzte sich an seinen Platz und ließ sich das Essen schmecken, wobei ... ein leichtes, ungutes Gefühl blieb ihm bis lange nach dem Pudding noch erhalten.

* * *

Polgammon war ein Dorf wie aus dem Bilderbuch. Es schmiegte sich in eine tiefe, bewaldete Senke inmitten der Hügel Cornwalls. Die weißverputzten Steinhäuser lagen an einer gewundenen Kopfsteinpflasterstraße und waren mit dichtem, altem Stroh gedeckt. Die dicken Glasfenster wurden von Pflanzkästen oder Hängekörben voller später Fuchsien geschmückt. Es gab einen Gemischtwarenladen, einen Zeitungskiosk, ein Postamt, etliche Souvenirgeschäfte, die laut Gideon »den schlimmsten Ramsch, den man sich vorstellen kann, an die blödesten Touristen, die man sich vorstellen kann«, verkauften, dazu die legendäre Schokoladenboutique und den Imbiss, wo es hervorragende Fish'n'Chips gab.

An Dex' zweitem Samstag bekamen er und Gideon Ausgang und machten sich auf den Weg, um sich eine neue Ration Schokolade zu besorgen und eine Kleinigkeit zu essen. Die halbe Schule war da. Buchstäblich. Man bekam nur jedes zweite Wochenende Ausgang, weil das kleine Dörfchen schlicht und einfach keinen Platz für über hundert Schulkinder hatte. Mit etwa fünfzig Schülern kam es gerade so noch zurecht.

Die Einheimischen waren freundlich zu den Kindern, aber eindeutig auch *vorsichtig*, wie Dex feststellte. Sie ließen sich auf keine allzu langen Plaudereien ein, und niemand erkundigte sich, wie es in der Schule lief oder was genau sie dort eigentlich machten. Und auch die Schüler waren vorsichtig im Umgang mit den Einheimischen. Sie hatten die unentwegten Ermahnungen des Schuldirektors nicht vergessen.

Die Schokoladenboutique entsprach bis ins Detail Gideons Beschreibungen. Kiloweise stapelte sich die Schokolade dort, in jeder Geschmacksrichtung und jeder Kombination, die die Menschheit sich jemals ausgedacht hatte. Gideon war augenblicklich im siebten Himmel und gab sein gesamtes Taschengeld für Knuspermandelschokolade, dunkle Minzblätter, eine schwere, mit Silberfolie umwickelte Kugel aus Vollmilchschokolade sowie drei perfekt geformte Eier aus. Von außen sahen sie wirklich genau aus wie echte Hühnereier, aber in Wirklichkeit bestanden sie aus reinem, massivem Zucker und waren mit einer sahnigen Schicht Schweizer Schokolade überzogen.

Dex beschränkte sich auf eine einzige, dünne Schokoladentafel und sagte bewundernd zu Gideon: »Wie schaffst du es nur, das alles in dich hineinzustopfen? Mir wird nach einer Tafel immer schon total schlecht.«

»Keine Ahnung, bin wohl abgehärtet«, grinste Gideon fröhlich. Zufrieden gingen die beiden die Straße entlang. Gideons Taschen waren zum Platzen mit Süßigkeiten gefüllt. Unterwegs spielte er mit der großen Schokoladenkugel, warf sie immer wieder in die Luft und fing sie auf.

»Pass bloß auf, Reader«, ließ sich da eine hohe, höhnische Stimme vernehmen, und als sie sich umdrehten, sahen sie Spook Williams vor sich stehen, zusammen mit zweien seiner Freunde. »Du weißt doch, dass du deine übernatürlichen Fähigkeiten nicht in der Öffentlichkeit zur Schau stellen sollst.«

Gideon fing die Kugel auf und wandte sich an Spook, während er rückwärts weiterging. »Mache ich doch gar nicht, und das weißt du auch!«, sagte er.

»Ach ja?« Unvermittelt sprang Spook auf Gideon zu und nahm ihm die Schokoladenkugel aus der Hand. »Stimmt. Offensichtlich nicht! Das Ding hier ist ja viel zu schwer für dich. Im Schrank in der Turnhalle liegen noch ein paar Tischtennisbälle.«

Gideon, der immer noch rückwärtsging, sah Spook mit zusammengekniffenen Augen an. Dann wischte er sich wütend mit dem Handrücken über den Mund. Dex legte ihm die Hand auf die Schulter.

»Lass gut sein, Gid. Der will dich bloß provozieren. Spook, gib ihm die Kugel zurück«, sagte er dann mit ruhiger Stimme, doch der größere Junge grinste nur höhnisch.

»Sonst ... was?«, entgegnete der. »Verwandelst du dich in einen Fuchs und jagst mir ganz schreckliche Angst ein?« Seine Freunde wieherten laut vor Lachen, und Spook sagte: »Keine Sorge, Skinwalker. Dein Kumpel kann sein Spielzeug wiederhaben. Da, Reader, FANG!«

Dann warf er die Schokoladenkugel in hohem Bogen weg. Sie zischte davon wie ein kleines UFO, viel zu weit, als dass Gideon sie hätte fangen können. Gideon stieß einen lauten Schrei aus, und dann sah Dex, wie seine Miene mit einem Mal hochkonzentriert wurde, bereit, die Kontrolle über die zu Boden stürzende Kugel zu erlangen. Doch schon einen Sekundenbruchteil später kam er zur Vernunft und senkte grimmig den Blick. Die Schokoladenkugel landete krachend auf der Straße, silberne und braune Splitter sprangen in alle Richtungen davon. Gideon blickte Spook wutentbrannt an, während dieser sich laut prustend zwischen seinen Freunden hindurchschlängelte und die Dorfstraße entlangrannte. Gideon nahm die Verfolgung auf. Spook begann unterdessen, laut »Hilfe, Hilfe! Sommersprosse und Füchslein sind sauer auf mich!« zu rufen.

»Gideon. Kümmer dich nicht drum! Lass den Idioten doch einfach in Ruhe«, rief Dex Gideon nach und rannte ihm dann hinterher.

»Niemand hat gesagt, dass ich Spook nicht die Zähne ausschlagen darf!«, rief Gideon zurück.

Gid war schnell, und Spooks Vorsprung schmolz rasch zusammen. Dex sah den Verfolgten an den beiden letzten Geschäften in der Dorfstraße vorbeirennen. Auf der Hügelkuppe – Gideon war ihm dicht auf den Fersen – brach Spook urplötzlich zusammen. Ein lang gezogener Schmerzensschrei hallte die Straße entlang. Im nächsten Augenblick war Gideon bei ihm, blieb jedoch aufrecht neben ihm stehen, ohne eine Prügelei anzufangen, womit Dex eigentlich fest gerechnet hatte. Wenige Sekunden später war auch er bei Spook angelangt, der sich neben einem lockeren Bordstein auf dem Boden wälzte und ganz offensichtlich große Schmerzen hatte. Mehrere COLAs hatten sich bereits um Spook geschart.

»Mein Knöchel! Ich hab mir den Knöchel gebrochen!«, stieß Spook hervor. Und tatsächlich, als Gideon sein Bein anheben und auf den Bürgersteig legen wollte, da wurde Spook kreidebleich im Gesicht und schrie erneut auf vor Schmerz. »Finger weg!«, zischte er, stöhnte und versuchte, sich seinen Knöchel anzuschauen.

»Stellt euch alle in einem engen Kreis um ihn herum, sonst kann uns womöglich jemand sehen«, sagte jetzt eine ruhige, liebevolle Stimme. Die anderen Schüler machten Platz und ließen Mia durch. Sie ging neben Spook in die Hocke. Mittlerweile war das Blut sogar aus seinen Lippen gewichen. Niemand bezweifelte, dass sein Knöchel tatsächlich gebrochen war. Jetzt bildeten etwa acht COLAs einen dichten Kreis um ihn, während andere etwas weiter entfernt die Umgebung im Auge behielten. »Sind wir so weit?«, erkundigte Mia sich nüchtern, wie eine Chirurgin.

»Ja«, kam die mehrfache Antwort.

»Also gut. Sieh mich an, Spook.« Spook hatte die Augen fest zusammengekniffen, doch jetzt zwang er sich, sie aufzuschlagen, und erwiderte Mias Blick. Sie lächelte ihr unglaubliches Lächeln und legte ihre Hände um Spooks Knöchel.

Fasziniert sah Dex zu, wie ihre Augenlider ein klein wenig nach unten klappten. Sie schien etwas zu sehen, was allen anderen verborgen war. Spooks qualvolles Stöhnen verstummte allmählich, und sein Atem wurde ruhiger. Eine Minute verging. Mia hatte ihren schläfrigen, leicht lächelnden Gesichtsausdruck unverändert beibehalten. Jetzt ließ sie Spooks Knöchel los und kniete sich aufrecht hin. »Alles klar?«, fragte sie ihn.

Spook starrte sie an, während die Farbe langsam in sein Gesicht zurückkehrte. Vorsichtig bewegte er sein Bein und schüttelte anschließend verwundert den Kopf. »Prima«, sagte er und kam auf die Füße. »Absolut prima!« Er lächelte, zur Abwechslung ohne jede Spur von Spott, und bedankte sich überschwänglich bei seiner Mitschülerin.

»Los! Weg hier!«, sagte jemand drängend. Als Dex sich umschaute, sah er zwei Dorfbewohner die Straße heraufkommen. Sie warfen dem Schülergrüppchen nervöse Blicke zu. Sofort löste sich die Gruppe auf und verteilte sich in unterschiedliche Richtungen.

»Meinst du nicht, dass sie Schwierigkeiten bekommt?«, fragte Dex Gideon, während er Mia und Jennifer nachsah, die zurück in Richtung Dorf gingen.

»Bloß wenn es jemand ausplaudert, und das wird nicht passieren«, erwiderte Gideon. »Alle lieben Mia, sogar Spook, und das, obwohl er normalerweise bloß sich selbst liebt. Hast du gesehen, wie er sie angestarrt hat?«

Doch Dex hatte schon wieder nur Augen für Mia. Ein paar Schritte den Hügel hinab war sie stehen geblieben und lehnte jetzt an einer der niedrigen, weißgetünchten Steinmauern am Straßenrand. Sie lächelte und streckte Jennifer abwehrend die Hand entgegen. Dann machte sie sich wieder auf den Weg, doch Dex sah, dass sie ein klein wenig, beinahe unsichtbar, hinkte.

* * *

Die Tage vergingen, und Dex lebte sich im COLA-Club immer besser ein. Eigentlich gab es nur eine Sache, die ihm ernsthaft Kopfzerbrechen bereitete, und das war seine komplette Unfähigkeit, sich in einen Fuchs zu verwandeln. Er kam sich vor wie ein Betrüger. Alle anderen brachten beinahe täglich irgendwelche spektakulären Kunststücke zustande: Gideon ließ immer schwerere Gegenstände schweben und konnte jetzt ein Kissen schon fast drei Minuten lang regungslos in der Luft halten. Barry arbeitete an seinen Atemgeräuschen, damit er unsichtbar sein konnte, ohne entdeckt zu werden. Jessica Moorland und die anderen Medien verteilten unentwegt rosafarbene Geisternachrichten. Nur Lisa schlich immer noch genau so wütend und erschöpft durch die Gänge wie von Anfang an. Es war völlig offensichtlich, dass ihre hellseherischen Fähigkeiten nicht im Geringsten nachgelassen hatten, auch wenn sie sich das noch so sehr wünschte.

Und Dex war immer noch, nun ja, Dex eben. Sicher, er war immun gegen Illusionen aller Art, was sich mehr und mehr bestätigte, aber das fühlte sich eigentlich nicht wie eine richtige Gabe an. Er kam sich dadurch eher wie ein Außenseiter vor, der bei einem lustigen Spiel zum Zuschauen verurteilt war. Am Mittwoch hatten Spook Williams und Fred Chaucer den gesamten Speisesaal mit einer Fata Morgana zum Lachen gebracht. Sie hatten einen vollständig gedeckten Tisch kreuz und quer durch den Saal spazieren lassen, der dabei anscheinend sogar gepfiffen und gelegentlich gerülpst hatte. Alle – sogar die Damen an der Essensausgabe – hatten gebrüllt vor Lachen, aber Dex hatte nichts weiter gesehen als Spook und Fred, die sich auf den betreffenden Tisch konzentriert hatten, und dazu ein leichtes Flirren in der Luft. Er hatte trotzdem gelacht und immer versucht, den Blicken der anderen zu folgen, weil er nicht wollte, dass außer ihm selbst, Gideon und Barry noch jemand von seiner Illusions-Immunität erfuhr. Ihm war klar, dass es sich dabei durchaus um eine *Gabe* handelte, die ihn davor schützte, von irgendwelchen Illusionen in den Bann gezogen zu werden. Und trotzdem verstärkte es sein Gefühl, im Vergleich zu seinen Mitschülern ein Versager zu sein.

Er hatte noch zwei weitere Entwicklungsstunden gehabt. Die erste, bei Owen Hind, war ziemlich ähnlich gelaufen wie die Stunde zuvor und hatte mit einem überstürzten Rückwärts-Countdown geendet, der ihn keuchend und schreiend zurück in die Gegenwart geholt hatte. Die zweite Stunde hatte er bei Mr Eades gehabt, dem langweiligen, humorlosen kleinen Mann, der ihm fast nie in die Augen sah. Paulina Sartre hatte die Aufsicht übernommen, während Mr Eades sich in Zimmer B12 ihm gegenüber an den Tisch gesetzt und seine hellseherischen Fähigkeiten getestet hatte. Er hatte ihm die Rückseiten verschiedener Karten gezeigt und Dex gebeten, ihm zu sagen, welches Bild auf der Vorderseite zu sehen war. Dex' Antworten hatten ihn nicht besonders beeindruckt, das war eindeutig gewesen. Seine Trefferquote lag bei zweiunddreißig Prozent.

Je mehr Zeit ins Land ging, desto mehr fragte sich Dex, ob das Ganze vielleicht nur ein Missverständnis war. Owen schien seine Zweifel zu spüren. »Keine Sorge, Dex«, sagte er nach der zweiten Hypnosestunde, nachdem sie Mr Eades in Zimmer B12 zurückgelassen hatten und durch den unterirdischen Flur gingen. »Das wird schon werden. Du wirst lernen, die Verwandlung selbst herbeizuführen. Es dauert einfach seine Zeit.«

»Vielleicht war es ja nur was Vorübergehendes«, murmelte Dex bekümmert.

»Nein.« Owens Stimme klang fest und bestimmt. »Es ist immer noch da, tief in deinem Inneren. Und zwar aus einem ganz bestimmten Grund.«

Dex verfiel in brütendes Schweigen. Dass seine seltsame Fähigkeit einen bestimmten Grund haben könnte, dieser Gedanke war ihm neu.

»Aber ... aber wenn es bloß aus Versehen war? Vielleicht ... vielleicht war die Gabe ja für irgendein anderes Kind gedacht«, sagte er und musste dabei an den anderen Gestaltwandler denken, den Owen während ihres ersten Gesprächs im Lastwagen erwähnt hatte. Den Gestaltwandler, der gestorben war. »Was ... was ist eigentlich mit dem anderen passiert?«

Owen verharrte am Fuß der Treppe und sah Dex schwermütig an. »Es war oben in Schottland«, sagte er dann. »Ein Junge, der sich in einen Wolf verwandeln konnte. Das ist jetzt ungefähr ein Jahr her.« Er schüttelte seufzend den Kopf. »Wir haben zu lange gebraucht, um ihn zu finden.« Sein Blick offenbarte, dass er immer noch Bilder vor Augen hatte, die er lieber nicht gesehen hätte.

»Patrick Wood und ich wollten ihn abholen, aber dann ist irgendetwas schiefgelaufen. Wir haben mit ihm gesprochen und alles genau geplant, aber als Patrick ihn dann abgeholt hat und mit ihm durch die Stadt gegangen ist, da hat er sich aus irgendeinem Grund verwandelt, inmitten einer Menschenmenge. Es war der reinste Wahnsinn. Patrick hat erzählt, dass die Leute ihn unter lautem Geschrei vor sich her gejagt haben, dass er sich beinahe vorgekommen sei wie im Mittelalter. Und bevor wir ihn aufhalten konnten, ist er auf die Hauptstraße gerannt.«

Dex schluckte. »Wie ist er gestorben?«

»Wir glauben, dass er von einem Lastwagen überfahren worden ist. Aber leider haben wir keine Gewissheit. Als Patrick ihn am Straßenrand gefunden hat, da war er immer noch ein Wolf. Und wilde Tiere werden nicht obduziert, auch nicht, wenn es sich um entflohene, exotische Haustiere handelt. Und als solches haben die Behörden ihn letztendlich erfasst.«

Dex starrte auf den Fußboden und stellte sich die schreckliche Szene bildlich vor. »Und was war mit seiner Familie? Was wurde denen gesagt?«

»Er hatte keine Familie«, erwiderte Owen. »Er ist in einem Kinderheim aufgewachsen. Was hätten wir denn sagen sollen? Wir hatten ja keine Beweise. Nur einen toten Wolf.«

»Dann hat er sich also nicht zurückverwandelt?«

»Nein. Er hatte keine Zeit dafür. Wenn ein Gestaltwandler in seiner anderen Gestalt einen schnellen Tod erleidet, durch eine Kugel oder einen Schlag gegen den Kopf zum Beispiel, dann behält er diese andere Gestalt bei, sagt man. Nur wenn man im Sterben noch bei Bewusstsein ist, verwandelt man sich zurück. So habe ich es jedenfalls gelesen.« Owen ging die Treppe hinauf. »Er gilt immer noch als vermisst, was bei Heimkindern nichts Ungewöhnliches ist. Aber jetzt genug davon, Dex. Das ist die Geschichte dieses anderen Jungen, nicht deine. Du bist in Sicherheit, und, dem Himmel sei Dank, du bist kein Wolf.«

Owens Worte waren nicht unbedingt beruhigend. Dex war sich immer noch nicht sicher, ob seine Verwandlungskräfte jemals zurückkehren würden. Vielleicht wurde er ja am Ende des Trimesters wieder nach Hause geschickt? Und genau über diese trübe Aussicht grübelte er am Sonntagabend nach Spooks Knöchelbruch nach, während er im Bett lag und zusah, wie Regentropfen gegen das schräge Fenster über ihm prasselten und dann am Glas entlang langsam nach unten rutschten. Gideon und Barry schliefen fest, und Dex stieß einen tiefen Seufzer aus. Er musste endlich eine Lösung für dieses Problem finden – aber wie sollte die aussehen? Er konnte sich schließlich nicht jedes Mal, wenn er sich verwandeln wollte, künstlich in Todesangst versetzen, und ganz bestimmt wollte er nicht an Triple Eight ersticken. Owen hatte dieses Zeug einmal erwähnt, und Dex nahm an, dass das der Dampf war, den er im Inneren des Lastwagens eingeatmet hatte. Aber es musste doch noch eine andere Möglichkeit geben.

Dex beschloss, es mit Selbst-Hypnose zu versuchen. Er fing an, tiefer und tiefer zu atmen, spannte die Muskeln an und entspannte sie wieder, genau wie Owen es ihm gezeigt hatte. Es funktionierte, und bald schon hatte er die erste Ebene des Schlafs erreicht. Sein Atem ging ruhig und tief, doch sein Geist war immer noch hellwach. Er versetzte sich zurück in den sonnenbeschienenen, warmen Wald oberhalb des Internats und lag eine ganze Weile da, überlegte krampfhaft, wie er jetzt weitermachen sollte. Er wollte sich nicht schon wieder den überhitzten Schuppen vorstellen, davon hatte er endgültig genug, doch dann erinnerte er sich an einen bestimmten Geruch. Nicht diese scheußliche Lackverdünnung, sondern ein Geruch, den er schon vorher wahrgenommen hatte, bevor das alles passiert war.

Es war der durchdringende, beißende Fuchsgestank, den er ganz zu Anfang gerochen hatte, abstoßend und anziehend zugleich. Ein Geruch, der von Erde erzählte. Von tiefer, tiefer Erde. Ein Geruch, der einen glauben machte, man könne das Gesicht in die Erde stecken und mit der Augenbraue fühlen, wie die Welt sich drehte, man könne die Hand in die Erde stecken und den heißen, brodelnden Kern des Planeten berühren, man könne sich in die warme Erde einsinken lassen wie in ein warmes Bad und sich als Teil des Ganzen fühlen, anstatt nur auf der Erdkruste umherzuspazieren, abgehoben, ohne wirkliche Verbindung.

Nach einem tiefen Atemzug, der ihm einen Schauer über den Rücken jagte, umfing wohlige Wärme seine Arme und seine Hüften, seine Beine und seine Stirn. Ihm war, als würde ein kühler Luftzug ihn sanft umströmen, angefangen bei seiner Schädeldecke, über seinen ganzen Körper hinweg bis hinunter zu den Spitzen seiner Pfoten. Dex kuschelte sich unter seine Decke und spürte, wie die Baumwolle sich an ihn schmiegte, jeder seiner Bewegungen folgte. Als er dann seine Gliedmaßen streckte und seine geschmeidigen Fuchsmuskeln zu neuem Leben erweckte, spannte ein riesiges, zufriedenes Gähnen seine Kiefer. Der Atem aus seiner Schnauze hob die Bettdecke ein kleines Stückchen an, fast wie ein Zelt. Die Decke hüllte ihn vollkommen ein, aber als er sich langsam nach draußen zu seinem Kissen schob und sich leichtfüßig auf die Bettkante stellte, die Lunte erhoben und die Ohren gespitzt, da wurde er von einer tiefen Freude ergriffen. Er hatte es geschafft! Er hatte es ganz alleine geschafft!

Kapitel 15

Vom leisen Klicken seiner Krallen auf dem Schlafraumboden begleitet, trottete Dex zur Tür. Er musste sich auf die Hinterläufe stellen, um die Klinke herunterzudrücken, und brauchte mehrere Versuche, bevor er sie so zu fassen bekam, dass die Tür aufschwang. Seine scharfen Ohren nahmen jedes noch so kleine Geräusch wahr, auch dass der Regen langsam nachzulassen schien. Gut. Es war an der Zeit, nach draußen zu gehen.

Lautlos schlich er den Flur entlang und huschte mühelos die Wendeltreppe hinunter. Im Aufenthaltsraum war es dunkel, und außer ihm war niemand da, wie er erleichtert feststellte. Es war zwar schon nach Mitternacht, aber es war nicht ungewöhnlich, dass das eine oder andere COLA um diese Zeit noch ein bisschen herumspazierte oder allein sein wollte, um auf andere Gedanken zu kommen.

Draußen lichteten sich die Regenwolken allmählich, während der Vollmond die schmalen Steinpfade rund um das College beschien. Dex blieb stehen und wusste nicht so recht, wohin er sich wenden sollte. Er blickte nach oben zur Klippenkante. Darüber war gerade noch der Wald zu erkennen, in dem er mit Gideon gewesen war. Dort wollte er hin, unbedingt. (Aber *keine* Spinnen!, sagte er sich, obwohl er jetzt schon Hunger hatte.) Er starrte die Felswand an. Für einen Menschen war sie viel zu steil, das war klar …

aber für einen Fuchs? Von seinem Standort aus meinte er, bereits eine Route zu erkennen ... vielleicht war es ja möglich. Dex umrundete die Wohnhäuser und fand den Einstieg gleich hinter dem Mädchenblock. Mit geschickten Pfoten kletterte er los, arbeitete sich mit kleinen Sprüngen und wühlenden Krallen höher und höher. Unterwegs befiel ihn immer wieder die Angst, dass er womöglich gleich nicht mehr weiterkam und umkehren musste, doch dann stellte er hocherfreut fest, dass er die Spitze der Klippe erreicht hatte. Seine Pfoten stützten sich auf die knubbeligen Wurzeln an der Kante. Wie schnell das gegangen war!

Dex schlug sich in den Wald, wo sein Gehirn sofort von einer Fülle an Informationen überflutet wurde. Mäuse und andere Nagetiere ließen den Erdboden erzittern, Regenwürmer kringelten sich an die Oberfläche, um sich an den letzten Überbleibseln des Schauers zu laben, ein Dachs – er hatte zwar keine Ahnung, woher er das wusste, aber der Geruch war unverkennbar – grub irgendwo zu seiner Linken Insekten aus, und dann gab es noch mindestens drei Eulen, die gerade auf der Jagd waren. Er konnte das leise »Hu-huuu« des Käuzchens und die Antwort seines Gefährten hören und fühlte, wie eine Schleiereule auf der Suche nach Futter fast gespenstisch leise über ihn hinwegstrich. Außerdem spürte er die Reaktionen der Geschöpfe rings um ihn herum, während er durch den dunklen Wald streifte. Sie waren nervös. Manchmal verharrten sie, manchmal huschten sie weg. Nur die Eulen und der Dachs ließen sich von seiner Gegenwart nicht stören, auch wenn die Nachtvögel ein gewisses Misstrauen an den Tag legten.

Dex schnellte hoch. Er sprang tatsächlich in die Luft vor überbordender Freude. Er sprang und sprang immer weiter, bis er sich auf einer kleinen Lichtung wiederfand und ein plötzlicher Impuls durch seinen Kopf jagte. *Warnung*. Das war die Bedeutung dieses Impulses. Er machte ihm keine Angst. Vielmehr war es ein hilfreiches und sehr eindeutiges Signal. Dex drehte sich um und erblickte in etwa zehn Metern Entfernung einen anderen Fuchs. Wie angewurzelt blieb er stehen. Das war ja phantastisch! Ob er mit dem anderen reden konnte? Ob der andere ihm antworten würde? Der Fuchs – es war ein Rüde – betrachtete ihn von einem umgestürzten Baumstamm aus, sprang dann mit elegantem Satz nach unten, verharrte und kam schließlich auf Dex zu. Dabei schnüffelte er ununterbrochen und beäugte ihn misstrauisch. Jetzt hob er seinen Hinterlauf und markierte den Baumstamm. Sofort lag ein durchdringender Geruch in der Luft, und Dex wusste, was das zu bedeuten hatte: »Das hier ist mein Revier«, sagte der andere Fuchs damit. Er spürte, dass der andere nicht scharf darauf war, mit ihm zu kämpfen, aber er würde es garantiert tun, falls Dex noch weiter vordrang. Dex wich ein kleines Stück zurück, zum Zeichen, dass er die Rechte des Fuchsrüden respektierte, aber trotzdem wollte er noch ein Weilchen bleiben. Er wollte unbedingt wissen, ob er mit dem anderen irgendwie kommunizieren konnte.

»Kannst du mich verstehen?«, fragte er in Gedanken.

Der Fuchs blieb lediglich regungslos stehen und starrte Dex an. Dex versuchte, die Worte, die er eben gedacht hatte, laut auszusprechen. Heraus kamen Gebell und einige leise, unbedrohliche Knurrlaute. Der Fuchsrüde zuckte zusammen und kam mit gespitzten Ohren und hocherhobener, schwarzer Schnauze zwei, drei Schritte näher. Er schien überrascht, wirkte aber kein bisschen ängstlich. Wieder blitzte ein *Warnung!* durch Dex' Gehirnwindungen. Da wurde ihm klar, dass das hier kein Plauderstündchen mehr werden würde. Und was er bei seiner allerersten selbst herbeigeführten Verwandlung am wenigsten gebrauchen konnte, war eine Rauferei mit einem anderen Fuchs. Er nickte also und wandte sich ab. Während er mit schnellen Schritten den Weg, den er gekommen war, entlanglief, spürte er die Erleichterung und auch den leisen Triumph des anderen. Und als er sich das nächste Mal umschaute, war der Fuchsrüde nicht mehr zu sehen.

An der Klippenkante angekommen, starrte er hinunter auf das College. Er fühlte sich dort unglaublich wohl. Und jetzt, wo er *selbst* zum Fuchs geworden war, hatte er endlich auch das Gefühl, wirklich hierherzugehören. Allerdings meldete sich mit einem Mal ein beißender Hunger zu Wort. Wieso wurde er eigentlich jedes Mal, wenn er ein Fuchs war, so unglaublich hungrig? Ein verführerisches Rascheln unter einer Baumrinde und den am Boden liegenden Blättern erregte seine Aufmerksamkeit. Hmmmm … wie wär's mit ein paar leckeren Regenwürmern? NEIN!, wehrte sich Dex, der Junge, sofort. Keine Würmer, keine

Spinnen und keine … sein Blick blieb an einem saftigen, schwarzen Käfer hängen, der gerade direkt vor seiner Nase über einen Zweig krabbelte. Noch bevor er irgendetwas dagegen unternehmen konnte, hatten seine Fuchsinstinkte die Oberhand gewonnen. Er schnappte nach dem Käfer und knackte den Panzer mit seinen scharfen Zähnen. Er schmeckte warm und ein bisschen süß, und schon eine Sekunde später hatte er ihn verschluckt. Hör *auf*!, dachte Dex, der Junge, angewidert. Du gehst jetzt sofort zurück zum College! Er beäugte den Pfad, der die Klippe hinunterführte. Abwärts sah er nicht annähernd so einladend aus wie aufwärts, aber trotzdem machte er sich, vorsichtig eine Pfote vor die andere setzend, auf den Rückweg.

Als er bei der ersten Felsnase angelangt war, nahm er in der Ferne eine Bewegung wahr. Da, auf dem Sportplatz, den er durch eine Lücke zwischen den Wohnhäusern und dem Gemeinschaftsraum gerade noch erkennen konnte, war ein Läufer zu sehen. Da lief jemand, ganz alleine im Mondschein. Dex starrte hinab. Es sah nicht so aus, als wäre der Läufer auf der Flucht. Da drehte vielmehr jemand ruhig und gleichmäßig, mit lockeren, geübten Schritten, seine Runden um den Sportplatz. Voller Neugier lief Dex jetzt die gefährlich steile Klippenwand hinunter, sprang, ohne nachzudenken, von Vorsprung zu Vorsprung und gelangte schließlich mit hocherhobener Lunte auf den gewundenen Pfad zum Sportplatz. Wer mochte der Mitternachtsläufer wohl sein?

Die Meeresbrise zerzauste ihm das Fell, während er auf

die Landzunge und zum Rand des Sportplatzes lief. Tief geduckt im Schatten des hohen Zaunes hielt Dex inne und betrachtete die Gestalt, die gerade an der hinteren Ecke des Rasenplatzes angelangt war. Sie trug eine Läuferhose und ein elegantes Trikot mit Reißverschluss. Ihre Schuhe sahen sehr teuer aus. Die Gestalt war Lisa Hardman. Sie schwebte mit geschmeidigen, schnellen Bewegungen über den Platz und wirkte dabei entspannter und zufriedener, als Dex sie jemals erlebt hatte.

Als sie sich seiner Ecke näherte, kam Dex auf die Pfoten und kreuzte mit wenigen Schritten ihre Bahn. Verdutzt blieb sie stehen. Verwunderung machte sich auf ihrem Gesicht breit, und zum allerersten Mal sah Dex sie lächeln. Sie ging in die Knie und streckte ihm die Hand entgegen, immer noch schweratmend nach dem anstrengenden Lauf. Dex trottete auf sie zu. Er war genauso neugierig wie sie. Vorsichtig berührte er mit der Nase ihre Handfläche, und sie hielt erfreut den Atem an, bevor sie seinen pelzigen Kopf streichelte. Dann ließ sie sich auf die Hacken sinken, neigte den Kopf und sah ihn durchdringend an. »Dex?«, stieß sie atemlos hervor. »Bist du das?«

Er musste daran denken, was Gideon gesagt hatte ... dass ihre Geheimnisse alle früher oder später ans Tageslicht kamen. Natürlich wussten mittlerweile alle Bescheid. Dex kicherte, was sich anhörte wie ein leises, heiseres Bellen, und dann nickte er. Es war ein phantastisches Gefühl, erkannt zu werden, hier, wo ihm keine Gefahr drohte.

»Wow!«, sagte Lisa. Sie hatte die blonden Haare zu einem

Pferdeschwanz gebunden. »Das ist ja Wahnsinn! Kannst du sprechen?« Dex schüttelte den Kopf. »Probier's mal nur mit denken«, forderte sie ihn auf. »Vielleicht kann ich dich ja verstehen.«

Natürlich, dachte Dex. Sie war ja hellhörig und hellsichtig und so weiter. Gut möglich, dass sie auch seine Gedanken lesen konnte.

»Ein bisschen was bekomme ich mit«, sagte sie dann. »Aber es ist noch ziemlich durcheinander. Konzentrier dich auf eine Sache, die du mir mitteilen willst, und zwar möglichst einfach. Sag mir, was du zum Abendessen gehabt hast.«

Dex stellte sich einen Teller Tomatensuppe mit einem knusprigen Brötchen und Butter vor.

»Suppe und ein Brötchen?«, fragte Lisa nach, und er nickte und sprang vor Begeisterung in die Höhe. »Phantastisch!« Lisa klatschte in die Hände. Es war schön, sie so begeistert zu erleben.

»Und warum rennst du mitten in der Nacht hier auf dem Sportplatz rum?«, wollte Dex als Nächstes wissen.

Lisa erhob sich und blickte sich angespannt um. »Komm mit. Ich erzähl's dir unterwegs«, sagte sie und lief los. Dex hielt mühelos mit ihr Schritt. »Ich bin schon immer wahnsinnig gerne gelaufen«, sagte Lisa dann. »Dabei kriege ich den Kopf frei und fühle mich ganz lebendig. Zu Hause an meiner Schule war ich im Läuferteam.« Für einen kurzen Moment presste sie die Lippen aufeinander. Die beiden liefen schweigend weiter, bis sie ihr Heimweh wieder in den

Griff bekommen hatte. »Jedenfalls tut es mir gut. Es hilft mir, sie fernzuhalten. Sie haben mich nicht schlafen lassen, darum bin ich hier rausgekommen. Das mache ich öfter, mindestens zweimal pro Woche. Ich weiß nicht, woran das liegt, aber wenn ich laufe, dringt viel weniger Zeug zu mir durch, und das, was trotzdem durchkommt, ist dann nicht ganz so schlimm. Manchmal ist es sogar ganz schön.«

Wieder liefen sie ein paar Sekunden lang schweigend nebeneinander her, dann fragte Dex: »Was ist denn eigentlich los mit dir? Warum bist du immer so gereizt?«

»Wie würde es dir denn gehen?«, erwiderte sie trotzig. »Stell dir doch mal vor, du setzt dich entspannt vor den Fernseher, um dir irgendwas Schönes anzuschauen, und dann, mit einem Mal, schaltet der Fernseher ganz von selbst um und du musst dir irgendwas Scheußliches oder Verrücktes oder Horrormäßiges oder auch nur was total Bescheuertes anschauen, und du hast keine Ahnung, was das bedeuten soll.«

Lisa beschleunigte ihre Schritte, fing an zu keuchen und blickte sich immer wieder um, als würde sie verfolgt. Zum Glück konnte Dex ohne Probleme mit ihr Schritt halten. Er hätte auch dreimal schneller laufen können, wenn es nötig gewesen wäre. Aber er wollte ja hören, was Lisa noch zu sagen hatte.

»Vor ungefähr einem Jahr habe ich zum ersten Mal so einen dämlichen Programmwechsel erlebt – irgendwelche Botschaften und Visionen und so Zeug eben. Ich habe gedacht, ich werde wahnsinnig. Und wenn einer meiner

Mitschüler oder jemand aus meiner Familie etwas verloren hat, dann habe ich immer – *immer* – gewusst, wo es ist. Irgendwann habe ich gar nichts mehr gesagt, weil die Leute gedacht haben, dass ich ihnen die Sachen klaue und verstecke. Ich meine, woher hätte ich das sonst wissen können? Meine Mitschüler haben sich immer mehr von mir zurückgezogen, und dann …« Sie schluckte und presste erneut die Lippen aufeinander, als die Gefühle sie zu überwältigen drohten. »Dann ist eines Tages dieses Mädchen in unsere Klasse gekommen. Und sie hat in so einer komischen grauen Wolke gesteckt. Die konnte natürlich außer mir niemand sehen, und ich war nicht so doof, dass ich was gesagt hätte, aber das hat mich so ängstlich und so … so traurig gemacht. Ich habe gewusst, was passieren würde, verstehst du? Ich hab's gewusst, aber ich konnte nichts dagegen tun. Also wozu dann das Ganze? Wozu?«

Ein wenig unsicher blieb sie stehen und drehte sich um, blickte forschend zu Dex hinunter. Er blieb auch stehen, setzte sich auf die Hinterläufe, schlang die Lunte um seine Pfoten und wartete. Er wollte sie nicht drängen, ihm zu sagen, was mit dem Mädchen passiert war. Er sah ihr an, dass das Ganze sie furchtbar aufwühlte. Aber Lisa ließ sich im Schneidersitz auf den Rasen sinken, stützte die Ellbogen auf die Knie und das Gesicht in beide Hände. Einen Augenblick später hob sie den Kopf und fuhr mit dumpfer Stimme fort.

»Zuerst habe ich ein Geräusch gehört, so ein dröhnendes, metallisches Kreischen, dann einen lauten Knall, wie wenn etwas zusammengequetscht wird, dann hat es nach heißem Öl und kaltem Teer gerochen und dann kleine, funkelnde Diamanten geregnet. Sie waren wunderschön.« Jetzt liefen ihr die Tränen übers Gesicht. »Wirklich wunder-, wunderschön. Ich ... ich stelle mir immer vor, dass das das Letzte war ... ich stelle mir vor ...« Sie verstummte, zog ein Taschentuch hervor und schnäuzte sich die Nase. Anschließend ließ sie das Gesicht wieder in ihre Handflächen sinken.

Dex war vollkommen entsetzt. Er ging zu ihr und legte ihr eine Pfote aufs Knie.

»Sie ist gestorben«, sagte Lisa mit kraftloser, leiser Stimme. »Bei einem Verkehrsunfall, in derselben Woche noch. Sie ist von einem Auto überfahren worden. Bei dem Zusammenprall ist die Windschutzscheibe des Autos zersplittert, und überall waren winzige Glassplitter.«

Dex wusste nicht, was er dazu sagen sollte. Wie schrecklich. Wie unfassbar grauenhaft. Wer konnte bloß behaupten, dass eine solche Fähigkeit eine *Gabe* war?

»Tja, jedenfalls«, sagte Lisa schniefend und kam wieder auf die Beine, »hat es seither nicht wieder aufgehört. Ich kriege ständig Visionen und Botschaften und irgendwelches Zeug von Leuten, die ich nicht einmal *kenne*. Ganz egal, was ich sage oder mache, es hört einfach nie auf. Und jetzt frage ich dich: Was soll ich tun? Ich habe schon ein-, zweimal Leute gewarnt oder ihnen einen Tipp gegeben. Leuten, die ich überhaupt nicht gekannt habe. Und die haben mich angeglotzt, als wäre ich verrückt geworden.

Keine Ahnung, ob ich damit jemandem geholfen habe. Vielleicht haben sie ja etwas wiedergefunden, was sie ganz dringend gesucht haben, oder sie waren beim Arzt und sind von ihrer lebensgefährlichen Krankheit geheilt worden, aber das weiß ich nicht. Und es interessiert mich auch nicht. Ich will bloß, dass es endlich aufhört. Darum mache ich jetzt normalerweise gar nichts mehr. Ich schätze mal, irgendwann werden sie schon aufhören und sich jemanden suchen, der diese Gabe auch tatsächlich haben will.«

»Aber vielleicht«, sagte Dex in Gedanken und hielt sich neben ihr, als sie wieder anfing zu joggen, »vielleicht könntest du auch anfangen, zumindest den Leuten hier an der Schule Bescheid zu sagen oder solche rosafarbenen Geisterzettel zu verteilen. Vielleicht würden sie dich dann ja auch für eine Weile in Ruhe lassen.«

Lisa lief mit skeptischer Miene weiter. An der Abzweigung zu dem Pfad, der zurück zu den Wohnhäusern führte, blieb sie stehen und sah ihn nachdenklich an.

»Die Sache ist die: Ich glaube, es dauert nicht mehr lange, bis die Leute hier am College mich für nutzlos halten«, sagte sie. »Wenn ich weiterhin so tue, als wäre da nichts, dann schicken sie mich vielleicht nach Hause.«

»Aber es geht doch nicht darum, dass du *nützlich* sein sollst«, erwiderte Dex. »Es geht darum, dass du in einer geschützten Umgebung leben kannst und dass jemand für dich da ist.«

Lisa betrachtete ihn mit mitleidigem Gesichtsausdruck. »Ja, klar«, sagte sie. »Und wenn wir achtzehn sind, drücken sie uns eine Tüte Gummibärchen in die Hand und lassen uns einfach laufen!«

»Es spielt doch gar keine Rolle, ob du hier bist oder nicht, kapierst du das denn nicht?«, beharrte Dex. »Die Botschaften und Visionen hören deshalb ja nicht auf. Aber *hier* kannst du vielleicht wenigstens lernen, wie du sie in den Griff kriegen kannst. Mr Hind kann dir bestimmt helfen. Warum redest du nicht mal mit ihm?«

»Nein«, entgegnete sie dickköpfig. »Das mache ich nicht. Ich bin ja überhaupt nur deswegen hier gelandet, weil ich mit so einem bescheuerten Psychotherapeuten geredet habe. Mein Dad hat mich dazu *gezwungen*, und jetzt hänge ich hier fest!«

»Aber hier ist es doch *super*!«, widersprach Dex.

»Für *dich* vielleicht. Hör zu, Dex ... vielleicht könnte ich dir ja ab und zu was von meinen Visionen erzählen, und du könntest es dann weitergeben? Dann hätte ich wenigstens ein bisschen geholfen, falls das überhaupt geht. Aber ich werd's bestimmt nicht übertreiben.«

»Hast du nicht gerade gesagt, dass du genau das nicht willst?« Dex war verwirrt.

»Ich *weiß*, was ich gesagt habe«, fauchte sie zurück. »Aber manchmal wird es so schlimm ...«

»Okay«, sagte Dex. »Schieß los. Hast du vielleicht jetzt schon eine Nachricht für mich?«

Lisa seufzte und lehnte sich gegen die Tür des Mädchen-Wohnhauses. Sie verzog das Gesicht, und Dex sah, wie sich Misstrauen und Missmut in Wellen darauf spiegelten.

»Also gut, also *gut*!«, stieß sie zwischen zusammengebissenen Zähnen hervor. »Hau *ab*! Ich muss das nicht noch einmal sehen. Ich sag's ihm ja!« Dex merkte, wie sich seine Nackenhaare sträubten. Es war wirklich mehr als unheimlich, sie bei ihrem Zwiegespräch mit einem Geist zu beobachten. Jetzt schlug sie die Augen auf und sagte mit tonloser Stimme: »Er heißt Stephen Seabright. Er liegt auf einem Felsvorsprung unterhalb des Roche Rocks in der Nähe des Bodmin-Moors. Er sagt, dass seine Angehörigen schon ganz verzweifelt sind und sie ihn unbedingt finden müssen.«

»Und das hast du die ganze Zeit für dich behalten?« Dex war entrüstet.

Lisa fixierte ihn mit kaltem Blick. »Es würde ja gar nichts nützen, irgendwas zu überstürzen«, sagte sie. »Er ist tot.«

Kapitel 16

Gideon hockte im Schneidersitz und mit verschränkten Armen auf seinem Bett und strahlte Dex übers ganze Gesicht hinweg an. Dex setzte sich benommen auf.

»Was denn?«, wollte er wissen.

»Du warst draußen. Du hast es getan, stimmt's?«, sagte Gideon. »Mann, wieso hast du mich nicht geweckt? Du hättest mich echt mitnehmen können.«

Dex war verwirrt. Als er gestern Abend heimlich, still und leise in den Schlafraum geschlüpft war und sich unter seiner Decke zusammengerollt hatte, war er sich ziemlich sicher gewesen, dass Gideon und Barry noch schliefen.

»Wie hast du es denn gemacht?«, drängelte Gideon und beugte sich fasziniert nach vorne. Er wusste ja, dass Dex Probleme gehabt hatte, sich zu verwandeln.

»Woher weißt du das überhaupt?«, gähnte Dex, setzte sich auf und rieb sich die Augen. »Ihr habt doch beide fest geschlafen.«

Gideon deutete auf den Fußboden, und jetzt sah auch Dex die deutliche Spur zu seinem Bett, die eindeutig von vier matschigen Fuchspfoten stammte. Und auch auf seiner Bettwäsche waren, wie er mit einem schnellen Blick feststellte, etliche Erinnerungen an den regennassen Sportplatz zurückgeblieben. Au weia. Die Wäscherei würde sich wohl kaum darüber freuen. Dann erinnerte er sich an seine

Verwandlung gestern Nacht, und ein riesiges, hocherfreutes Grinsen legte sich auf sein Gesicht.

»Tut mir leid, Gideon«, sagte er. »Nächstes Mal wecke ich dich auf. Aber ich war so ... geflasht. Und ich wollte mich zuerst alleine ein bisschen daran gewöhnen.«

Auf dem Weg in den Speisesaal berichtete Dex Gideon von seiner Kletterpartie in den Wald und seiner Begegnung mit dem Fuchsrüden. Er verschwieg auch nicht, dass er einen Käfer gegessen hatte, was Gideon dazu veranlasste, vor Vergnügen laut zu juchzen und auf und ab zu hüpfen, sich auf die Fingerknöchel zu beißen und angeekelte Grimassen zu ziehen. Die Begegnung mit Lisa behielt Dex jedoch für sich. Sie hatte ihn zwar nicht direkt darum gebeten, aber er hatte das Gefühl, dass das, was sie ihm erzählt hatte, nicht für andere Ohren bestimmt gewesen war. Vielleicht irgendwann später. Gideon war mittlerweile sein bester Freund geworden, und Dex fühlte sich nicht wohl bei dem Gedanken, dass er ihm etwas vorenthielt.

»Aber wie hast du das hingekriegt?«, wollte Gideon mit gedämpfter Stimme wissen, während sie sich dem Speisesaal näherten.

»Ich weiß es auch nicht so genau, aber ich habe dieses Hypnose-Ding ausprobiert, das Owen mir beigebracht hat. Ich glaube, es war gut, dass ich dabei alleine war. Weil, also ... die letzten beiden Male, als ich es in der Entwicklungsstunde versucht habe, war Mr Eades dabei, und ... und noch jemand anderes.« Für einen kurzen Moment musste Dex an dieses seltsame Gefühl denken, als ob da noch ein unsichtbarer Beobachter mit in Zimmer B12 gesessen hätte. »Vielleicht hätte ich es ja geschafft, wenn bloß Owen da gewesen wäre, aber Mr Eades ist mir richtig unheimlich.«

»Mir auch«, meinte Gideon. »Er macht immer ein Gesicht, als hätte er sich gerade einen Teller kalten Haferschleim in die Hose gekippt.« Die beiden prusteten los vor Lachen und betraten den Speisesaal.

Es war einer der Vormittage, an denen auch der Schuldirektor sich sehen ließ. Von Zeit zu Zeit gesellte Mr Wood sich zum Frühstück zu seinen Schülern. Dann löffelte er an einem Tisch seine Frühstücksflocken, an einem zweiten aß er seinen Toast, um schließlich an einem dritten seinen Kaffee auszutrinken. Und er war immer ein gern gesehener Gast. Die Kinder fanden ihn interessant und geheimnisvoll und freuten sich, wenn sie ein paar Worte mit ihm wechseln konnten.

Dex sah, wie der Schulleiter sich am Nebentisch mit Barry und Jennifer unterhielt, seinen Toast mit Butter bestrich und Barry bat, ihm die Marmelade zu reichen. »Gideon«, sagte er. »Magst du eigentlich Mr Wood?«

»Ja, klar. Er ist cool«, erwiderte Gideon und fiel mit großem Appetit über seine Würstchen her. Er sah nicht einmal auf.

»Wieso?«

»Wie meinst du das?«

»Was genau an ihm ist cool? Warum magst du ihn?«

Gideon blickte zu Mr Wood hinüber und dann wieder zurück zu Dex. Er war verwirrt. »Na ja«, sagte er, »er … er ist … ich weiß auch nicht. Er ist irgendwie …«

»Charmant?«, schlug Dex vor.

»Ja, genau. Das ist es«, erwiderte Gideon und wandte sich wieder seinen Würstchen zu. »Wieso? Magst du ihn denn nicht?«

»Doch, schon«, antwortete Dex.

Was er jedoch nicht sagte, war, dass er dem Schuldirektor nicht voll und ganz traute. Allerdings wusste er selbst nicht genau, wie weit sein Misstrauen eigentlich ging. Lag es vielleicht nur daran, dass er als vermutlich Einziger hier an der Schule wusste, dass Mr Wood sich mit Hilfe des einen oder anderen Illusionstricks ein wenig beliebter machte? Dagegen war doch bestimmt nichts einzuwenden. Obwohl Dex schon fand, dass das nicht hundertprozentig *ehrlich* war. Die Leute sollten einen doch mögen für das, was man war, und nicht für das, was man zu sein schien. Andererseits … versuchten nicht *alle* Menschen, auch die ganz normalen, von Zeit zu Zeit ein kleines bisschen schlauer oder interessanter zu wirken, als sie eigentlich waren? Dex schüttelte das leise Unwohlsein, das sich in seinem Inneren regen wollte, ab. Höchstwahrscheinlich tat er dem Schuldirektor unrecht. Gideon und die anderen jedenfalls brachten ihm große Sympathie entgegen. Und genau das würde er ab sofort auch tun. Basta.

In diesem Augenblick steckte der Direktor sich das letzte Stück Marmeladentoast in den Mund, verabschiedete sich von Barry und Jennifer, schnappte sich sein Tablett und setzte sich zu Gideon und Dex. »Morgen, Jungs«, sagte er freundlich lächelnd, griff mit beiden Händen nach seinem Kaffeebecher und nahm einen tiefen Schluck. »Na, wie gefällt es dir am Tregarren College, Dex? Kümmert Gideon sich auch anständig um dich?«

»Phantastisch«, erwiderte Dex freudestrahlend. »Ich bin sehr, sehr gerne hier. Und Gideon macht seine Sache absolut großartig.«

»Freut mich, dass ihr euch so gut versteht«, sagte Mr Wood und leerte mit einem weiteren tiefen Schluck seinen Kaffeebecher. Wahrscheinlich steht er jetzt auf und verabschiedet sich, dachte Dex, doch Mr Wood blieb sitzen und hielt Gideon seinen leeren Becher entgegen. »Würdest du mir vielleicht noch einen Schluck besorgen?«

»Aber gerne, Sir«, erwiderte Gideon, und Dex fand, dass seine Stimme sich irgendwie merkwürdig anhörte, als wollte er krampfhaft Eindruck schinden. Das sah ihm eigentlich gar nicht ähnlich. Normalerweise versuchte Gideon doch, möglichst cool zu wirken.

Der Schuldirektor legte die Fingerspitzen zusammen, stützte die Ellbogen auf den Tisch und betrachtete Dex mit seinen seltsam glitzernden Augen. Plötzlich fiel es Dex sehr schwer, sein gekochtes Ei und die Toastscheiben hinunterzuschlucken. Er erwiderte den Blick des Schuldirektors und spürte erneut dieses seltsame *Pulsieren*. Da wurde ihm klar, dass Mr Wood versuchte, ihn mit seinem Charme zu betören. Aber was sollte er tun? Wie sollte er reagieren?

Er wollte ja nicht, dass sein Gegenüber merkte, dass er dagegen immun war. Dex sah, wie Gideon mit dem frisch gefüllten Kaffeebecher näher kam, und registrierte auch seinen etwas dümmlichen, eifrigen Gesichtsausdruck. *Das war's!* Dex legte seinen Löffel beiseite und glotzte Mr Wood mit demselben Gesichtsausdruck an. Schon im nächsten Augenblick ließ der Schuldirektor sich gegen seine Stuhllehne sinken und nahm Gideon gutgelaunt seinen Kaffeebecher ab. Er versuchte nicht mehr, Dex zu bezaubern, und sie unterhielten sich noch eine Weile über die Tregarren Tigers und ihre Chancen gegen die Terrors oder darüber, welches Gewicht Gideon mittlerweile mit der Kraft seines Geistes anheben konnte. Dex entspannte sich ebenfalls. Vielleicht hatte er den Schuldirektor ja überzeugt. Aber er musste besser aufpassen und sich mehr an den anderen orientieren, wenn er nicht erneut dessen Misstrauen wecken wollte.

Nach dem Frühstück, während der wenigen Minuten vor Beginn des Unterrichts, machte Dex sich auf den Weg zu Owen. Er kam gerade aus seiner kleinen Hütte an der Klippe und ging den steinernen Zickzackpfad entlang.

»Hallo, Dex«, sagte Owen freundlich. »Na, wie geht's?«

Dex musste sich zusammenreißen, um sich seine Aufregung nicht anmerken zu lassen, während er ihm die Neuigkeiten berichtete. »Ich glaube, ich weiß jetzt, wie ich es schaffen kann«, sagte er und grinste über das ganze Gesicht. Das unerwartete Glück der vergangenen Nacht umschwebte ihn immer noch und machte ihn ganz aufgekratzt.

Owen blieb auf der Treppe stehen und betrachtete ihn aufmerksam. »Du hast dich absichtlich verwandelt?« Dex nickte und wippte aufgeregt auf den Fußballen auf und ab.

»Dex, das ist ja phantastisch. Ausgezeichnet! Wie hast du das geschafft? Was hast du dieses Mal anders gemacht?«

Dex erzählte, wie er sich selbst hypnotisiert hatte und was danach alles passiert war, bis zu der Stelle, wo er Lisa auf dem Sportplatz angetroffen hatte. Das verschwieg er, weil er ihr versprochen hatte, ihren Namen aus dem allem herauszuhalten. Doch nachdem er mit seinem Bericht fertig geworden war und Owens entzückte Miene gesehen hatte, wusste er, dass er noch eine Botschaft loswerden musste.

»Also, ich muss dir *noch* etwas sagen«, fuhr er fort. »Ich habe von jemand anderem etwas erfahren, was dieser Jemand nicht selber weitergeben kann.« Das Entzücken auf Owens Gesicht verwandelte sich in Neugier und leise Besorgnis. »Eine Botschaft.«

»Etwa eine Geisternachricht?«, wollte Owen ohne Umschweife wissen.

»Ja. Es geht um einen Mann, einen gewissen Stephen Seabright. Er ... er ist tot, glaube ich.« Owen nickte. »Er liegt auf einer Felskante unterhalb einer Stelle, die Roche Rock genannt wird. In der Nähe des Bodmin-Moors?« Owen nickte erneut. »Seine Angehörigen müssen erfahren, wo er ist«, sagte Dex. »Das ist alles. Sie müssen es erfahren.«

»Okay«, erwiderte Owen. »Ich gebe deine Nachricht weiter. Danke, Dex. Das ist, so fürchte ich, eine der weniger erfreulichen Pflichten unserer Hellseher und Medien.« Dex drehte sich um und wollte sich auf den Weg in den Unterricht machen. »Dex«, rief Owen ihm hinterher. Er blieb auf der Treppe stehen und blinzelte ihn im Schein der frühmorgendlichen Sonne an. »Vielleicht kannst du der betreffenden Person ausrichten, dass sie jederzeit zu mir kommen und mit mir sprechen kann? Dass ich ihr wahrscheinlich helfen kann?«

»Hab ich schon.« Dex nickte. »Aber ich kann es gerne noch mal machen.«

* * *

Er begegnete Lisa erst in Owens Überlebenstraining wieder, das nach der Schule um 15.00 Uhr anfing. Sie trafen sich am Pförtnerturm: Dex, Gideon, Mia und Lisa. Verwundert und erfreut zugleich nahm Dex zur Kenntnis, dass niemand sonst auf Owens Angebot eingegangen war. Mit leiser Stimme sprach er Lisa an, aber sie wandte sich ab, als hätte sie ihn nicht gehört, und ignorierte ihn völlig. Als hätte es die Begegnung der gestrigen Nacht nie gegeben.

Von mir aus!, dachte Dex verärgert. Lisa blieb immer in Mias Nähe, so dass es keine Möglichkeit für ein Vier-Augen-Gespräch gab, darum gesellte Dex sich zu Gideon und beschloss, es später noch einmal zu versuchen. Aber nur einmal. Wenn sie nicht wollte, dann würde er sich deswegen auch nicht verbiegen.

Das Überlebenstraining hatte nicht das Geringste mit Schule zu tun, es war viel eher eine Art Expedition. Sie hatten Jeans und dicke Pullover angezogen und stapften mit ihren Stiefeln und Turnschuhen durch den runden Pförtnerturm, bis Mr Pengalleon sie nach einer kurzen Plauderei mit Owen ins Freie entließ.

»Passt gut auf«, gab er ihnen mit, während er die Haustür entriegelte und aufstieß. »Es gibt nämlich kaum jemanden, der euch mehr beibringen kann als Mr Hind.« Dabei versetzte er Owen einen freundschaftlichen Klaps auf die Schulter, während Barber zwischen ihren Beinen umherstrich und dabei aufgeregt mit dem Schwanz wedelte.

Dex musste ein wenig lächeln, als sie in den Wald eindrangen. Schließlich war er erst heute Morgen mit sehr viel leichteren Schritten genau durch diesen Wald gehuscht. Owen grinste ihn an, wahrscheinlich, weil er gerade genau dasselbe gedacht hatte.

»Also gut, alle miteinander.« Owen ließ die kleine Gruppe unter ein paar Bäumen in der Nähe eines dichten Gebüschs anhalten. »Fangen wir mal mit den ganz einfachen Dingen an. Mit das Wichtigste, das man in einem Wald lernen kann, ist, wie man sich einen Unterstand baut.«

Sie sahen einander verdutzt an. Sie hatten eher damit gerechnet, dass er ihnen Schnitzen beibrachte oder sie eine Stunde lang Bäume bestimmen ließ. Owen zog ein Messer aus der Scheide an seinem dicken Ledergürtel und reckte es in die Höhe, so dass es im Schein der wenigen

Sonnenstrahlen, die durch das Blätterdach fielen, auf blitzte.

»Dazu braucht ihr ein Messer, und das hier ist eines der besten, die es gibt, auch wenn ihr euch das vermutlich erst kaufen könnt, wenn ihr ein bisschen älter seid.« Das Messer bestand aus einem stabilen Holzgriff und einer geschwungenen Edelstahlklinge, die in einer fein geschliffenen Spitze endete. Owen drückte es Gideon in die Hand und sagte: »Gib es weiter, aber sehr vorsichtig. Es ist unglaublich scharf.« Sie nahmen das Messer der Reihe nach in die Hand und legten zögerlich den Finger auf die Spitze. Mia gab es schließlich Owen zurück.

»Ich habe ein Schweizer Armeemesser dabei«, sagte Gideon und holte das klobige, rote Universalwerkzeug aus seiner Tasche. Stolz klappte er Schere und Nagelfeile aus.

»Diese Dinger können wirklich sehr praktisch sein«, meinte Owen. »Aber für Holzarbeiten sind sie nicht besonders gut geeignet. Manchmal verhakt sich die Klinge und klappt versehentlich ein. Dabei kann man sich ziemlich übel in den Finger schneiden.« Gideon steckte das Taschenmesser wieder ein.

»Mit einem guten, stabilen Messer und ein klein wenig Anleitung und Geduld könnt ihr in einer Umgebung wie dieser hier einen hervorragenden Wetterschutz bauen«, fuhr Owen fort. »Aber auch, wenn ihr gerade kein Messer zur Verfügung habt, gibt es hier genügend Möglichkeiten, wie man sich behelfen kann. Vorausgesetzt, man weiß, wo man suchen muss. Wir beginnen mit der Art von Schutzhütte, die in einem Wald wie diesem am sinnvollsten ist. Eine Laubhütte. Also gut, zunächst stellt ihr euch einfach hin, hebt den Blick und lauscht. Seht euch nach abgestorbenen Ästen um, die euch womöglich auf den Kopf fallen könnten. Oft geben sie ein verräterisches Knacken von sich. Es ist tatsächlich schon vorgekommen, dass Menschen im Schlaf von so einem Ast erschlagen worden sind.«

Sie starrten nach oben in das Laubdach, aber es rauschte und knisterte nur leise im Wind, und nirgendwo war eine Gefahr zu erkennen.

»Hier dürfte es keine Probleme geben«, sagte Owen schließlich. »Und jetzt geht bitte los und sammelt lange Stöcke und Äste. Sucht den Waldboden ab, aber wenn ihr an einem Baum einen niedrigen Ast seht, den wir gut gebrauchen könnten, dann gebt mir Bescheid. Die Stöcke sollten so lang sein, dass sie euch mindestens bis zur Brust reichen. Besonders geeignet ist das Holz der Haselbäume.«

Die vier teilten sich auf und fingen an, das Unterholz nach geeigneten Ästen zu durchsuchen. Nach einer halben Stunde hatten sie einen ganzen Stapel zusammengetragen. Die meisten hatten sie auf dem Boden gefunden, aber manche stammten auch von Bäumen. Owen hatte sie abgeschnitten und ihnen dabei gezeigt, wie man mit dem Messer umging: klare, kräftige Schläge, und zwar immer vom Körper weg. Anschließend demonstrierte er ihnen, wie man die Äste von überflüssigen Trieben und Zweigen befreite.

»Auch hier zeigt die scharfe Seite der Klinge immer vom Körper weg zur Seite«, sagte er, als Lisa das Messer in die Hand nahm. »Und legt das Holz auf keinen Fall über eure Beine. Wenn ihr dann mit dem Messer abrutscht, lauft ihr Gefahr, die Hauptschlagader zu verletzen, und dann verblutet ihr. Der Daumen sollte immer hinter dem Schutzblech am Griff liegen. Legt ihn auf keinen Fall irgendwo auf die Klinge.«

Dann suchte Owen die drei kräftigsten Äste aus und rammte sie mit Dex' und Lisas Hilfe in den Boden, so dass die gegabelten Enden sich zueinanderneigten und sich in der Mitte trafen. Sie bildeten das Gerüst für die Schutzhütte. Owen legte sich unter die Äste auf den Boden und konnte sich tatsächlich ganz ausstrecken. Er erhob sich wieder, und dann lehnten sie kleinere Äste und Zweige gegen das Gerüst. Schließlich waren zwei von drei Seiten von einer dichten Wand umgeben, und der Unterstand nahm allmählich Gestalt an. Er sah jetzt aus wie eine kleine Waldhütte oder wie eine Hälfte eines schmalen Wigwams.

»Okay, jetzt die Blätter«, sagte Owen, und sie machten sich an die Arbeit, sammelten Laub und Humus und andere Pflanzenreste vom Waldboden, bis die Wände und das Dach vollkommen geschlossen waren. Die Mühe hatte sich wirklich gelohnt. Von hinten wirkte der Unterstand wie ein ganz natürlicher kleiner Hügel aus Blättern und Zweigen. Von vorne jedoch bot er eine Öffnung in einen kleinen, abgerundeten Schutzraum. Sogar Lisa konnte sich ein Grinsen nicht verkneifen. Ihre teure Jeans und ihr Pullover waren zwar voller Erde und Laub, aber das bekam sie überhaupt nicht mit.

»Können wir uns jetzt reinsetzen?«, fragte sie begeistert, während sie gemeinsam auf die Öffnung zugingen.

»Moment noch«, mahnte Owen und wischte sich die schmutzigen Hände an einem Taschentuch ab. »Besorgt euch erst noch was hiervon.«

Er zeigte auf ein üppiges Feld voller Farnkraut ganz in der Nähe, und sofort rannten sie alle los und stießen kleine Jubelschreie aus. Sie sammelten so viele der hübsch anzusehenden, großen Blätter, wie sie tragen konnten, und kamen wieder zurück, um im Inneren des Unterstandes ein kühles, grünes Bett auszubreiten. Dann drängten sie hinein, drängten sich dicht aneinander und kicherten ununterbrochen. Owen zog sich ein paar Farnkrautblätter ins Freie und machte es sich dort bequem, betrachtete seine Schüler und genoss es sichtlich, dass sie so viel Spaß hatten.

»Farnkraut eignet sich gut, wenn man sich kurz ein wenig hinsetzen möchte«, sagte er. »Aber zum Schlafen sollte man es nur verwenden, wenn es braun und abgestorben ist. Solange es noch grün ist, isoliert es nicht richtig und entzieht dem Körper Wärme. Stattdessen solltet ihr, falls verfügbar, lieber trockene Fichtenzweige oder Heidekraut nehmen.«

Er durchwühlte seinen Rucksack und brachte eine Thermosflasche und einen Stapel Plastikbecher zum Vorschein. Dann goss er ein wenig heißen Kakao in jeden der Becher und reichte sie an seine kleine, hochzufriedene Klasse, die sich mit leisem Seufzen dafür bedankte. Anschließend setzte Owen sich wieder auf seine Blätter und ließ sich das heiße Getränk ebenfalls schmecken. Dex spürte, wie sich eine innere Wärme in ihm ausbreitete, die nicht nur auf den Kakao zurückzuführen war, sondern auch darauf, dass er hier mit so wunderbaren Menschen zusammensaß.

»So, jetzt wird es langsam Zeit, die Zelte abzubrechen und uns auf den Heimweg zu machen«, sagte Owen schließlich. Erst jetzt merkten sie, dass es schnell dunkler wurde. »Ihr habt eure Sache gut gemacht. Habt ihr euch auch jeden Schritt gut eingeprägt?« Sie waren sich alle sicher. Owen nickte, so, als sei ihm das sehr wichtig. »Gut. Und jetzt ... reißen wir die Laubhütte wieder ab.«

Sie starrten ihn entsetzt an. »Abreißen?«, jammerte Gideon. »Aber wir haben sie doch gerade erst gebaut!«

»Können wir sie nicht für jemand anderen stehen lassen?«, bettelte Mia, aber Owen schüttelte bestimmt den Kopf.

»Nein. Die erste Regel im Buch der Buschmänner lautet: Hinterlasse, wenn irgend möglich, keine Spuren. Also auf geht's, helft mir mal.«

Unter Stöhnen und leisen Protesten folgten sie seinen Anweisungen, zerrten und traten den Unterstand kurz und klein, so lange, bis er flach am Boden lag. Anschließend warfen sie die Äste und Zweige zwischen die Bäume. Innerhalb weniger Minuten war von ihrer zweistündigen Arbeit nichts mehr zu sehen.

Owen warf gerade einen der letzten längeren Stöcke ins

Unterholz, als er plötzlich einen lauten Fluch ausstieß und sich bückte, um eines seiner Hosenbeine hochzuziehen. Er war in ein stacheliges Brombeergebüsch getreten und hatte sich die Haut am Schienbein aufgerissen. Mit schnellen Schritten war Mia bei ihm und wollte sich schon neben ihn knien und ihre Hand auf die Wunde legen, da hielt Owen sie zurück. »Nein«, sagte er leise, aber bestimmt. Mia richtete sich wieder auf und sah ihn verdutzt und ein kleines bisschen gekränkt an. Die anderen standen nicht ganz in der Nähe, auch Dex nicht, aber seine Ohren wurden anscheinend von Tag zu Tag besser, und so bekam er den kurzen Wortwechsel mit.

»Ich kann es heil machen«, sagte Mia nur.

Owen richtete sich auf, ohne seinen blutverschmierten Knöchel zu beachten, und sagte mit noch mehr Nachdruck als zuvor: »Nein. Das sind *meine* Schmerzen, Mia. Du musst sie mir nicht nehmen. Das musst du nicht. Begreifst du das?«

Mia lächelte ihn mit einem seltsam verunsicherten Gesichtsausdruck an und gesellte sich dann zu den anderen. Kein Wort wurde mehr darüber gesprochen, aber auf dem Rückweg zum College war sie sehr schweigsam. In Gedanken versunken spazierte sie vor Lisa her, so dass Dex endlich eine Chance witterte, sie auf die Botschaft anzusprechen, die sie ihm mitgegeben hatte.

»Ich habe es weitergegeben«, sagte er leise, als er sie eingeholt hatte. Sie verlangsamte ihre Schritte nicht und sah ihn auch nicht an.

»Ich weiß«, entgegnete sie nur.

»Woher denn?«

»Weil Stephen Seabright mir endlich nicht mehr die Ohren volljammert.«

Schweigend gingen sie weiter, obwohl Dex kurz davor war, sie darauf hinzuweisen, dass sie sich durchaus bei ihm bedanken könnte. Dann blieb sie plötzlich wie angewurzelt stehen und stieß ein atemloses »Oh!« hervor. Die anderen waren schon weiter vorne und schienen es nicht zu bemerken. Kopfschüttelnd setzte Lisa sich wieder in Bewegung. »Das hatte ich bis jetzt noch nie«, hörte Dex sie leise murmeln.

»Was denn?«, erkundigte er sich und vergaß seine Verärgerung.

»Ein Tiergeist! Das kann doch wohl nicht wahr sein!« Sie verzog das Gesicht zu einem sarkastischen Lächeln. »Als hätte ich nicht schon genug mit den ganzen Menschen zu tun, die mir die Ohren vollheulen. Und jetzt soll ich auch noch einen Zoo eröffnen? Nicht mit mir.«

»Was denn für ein Tier?«, wollte er wissen.

»Spielt keine Rolle«, sagte sie und schleuderte achtlos ihre Haare nach hinten. »Ich höre sowieso nicht hin.«

»Ach, komm, nun sag schon. Was für eins?«

Lisa seufzte. »Du weißt doch, dass ich nicht darüber reden will. Es war ein Wolf. Und jetzt halt die Klappe, okay?«

Sie lief zu Mia, aber Dex blieb stehen. Die Härchen auf seinen Armen und in seinem Nacken stellten sich senkrecht, und gleichzeitig rieselte ein kalter Schauer durch seinen Körper. Er musste an den anderen Gestaltwandler denken, und wie er tot am Straßenrand gelegen hatte, wie Patrick Wood neben ihm kniete, während Owen noch ein ganzes Stück entfernt war. Und dann wurde er von einem Gefühl gepackt, das ihm nicht gefiel. Ganz und gar nicht.

Weiter vorne drehte Gideon sich um und rief: »Nicht trödeln, Dexy-Boy!«

Dex schüttelte seinen beunruhigenden Tagtraum ab und rannte zu seinem Freund. Er nahm sich fest vor, das Ganze zu vergessen. Wie hatte Gideon gesagt? Wenn er alles ernst nahm, was irgendein Medium im Vorbeigehen fallen ließ, dann würde er ziemlich schnell durchdrehen.

Kapitel 17

Allmählich begann Dex sich zu fragen, wie er jemals ohne den COLA-Club hatte leben können. Jetzt, wo er wusste, wie er sich verwandeln konnte, fühlte er sich mehr und mehr als vollwertiges Mitglied der Schule. Er war Teil einer Gemeinschaft mit anderen Menschen, denen er etwas bedeutete, lernte eifrig und gehörte zum ersten Mal überhaupt zu den besten Schülern in seiner Klasse.

Er konnte es noch immer nicht fassen, dass sie ihr ganz normales Lernpensum durchziehen konnten, während sie gleichzeitig ständig an ihre unglaublichen Fähigkeiten erinnert wurden. Sie durften diese Fähigkeiten zwar während des Unterrichts nicht benutzen, aber man konnte den anderen erzählen, wie hoch man gestern über dem Fußboden geschwebt war, dass man sich während der montäglichen Séance mit dem Komponisten Frédéric Chopin ausgetauscht hatte oder dass man ziemlich erschöpft war, weil man nur durch die Kraft der Gedanken die Gallensteine einer Kantinendame pulverisiert hatte.

Und dann war da natürlich noch der niemals versiegende Strom an rosafarbenen Geisternachrichten. Gideon erhielt mindestens einmal pro Woche einen Zettel von seiner Tante Pam, obwohl sie eigentlich nie etwas von Bedeutung zu sagen hatte. Letzte Woche hatte die geheimnisvolle Botschaft aus dem Jenseits »Iss mehr Bohnen« gelautet. In Kinofilmen war das irgendwie anders ...

Einmal hatte Dex geglaubt, er würde eine Geisternachricht bekommen, weil nämlich Jessica Moorland im Flur geradewegs auf ihn zugekommen war. Sie hatte ihn bedeutungsvoll angelächelt und ein roasfarbenes Flatterding in der Hand gehalten, doch genau in dem Augenblick hatte der Schuldirektor sie zu sich gerufen und Dex hatte wieder mit leeren Händen dagestanden.

Der Unterricht ging unverdrossen weiter, ganz egal, was die Schüler in Bezug auf ihre Kräfte gerade erlebten. Und mittlerweile wusste Dex auch, dass es dafür einen ganz einfachen Grund gab.

»Das ist ein Anker«, hatte Mrs Dann ihm am Ende einer Erdkundestunde einmal erklärt.

Sie hatten alle mitbekommen, was für einen grauenhaften Vormittag Craig Hansen erlebt hatte, als sein Geistführer – also gewissermaßen sein Begleiter und Lehrmeister aus der Geisterwelt – einem ganz besonders hartnäckigen Geist Zutritt zu seinem Inneren gestattet hatte. Dieser hatte dann die Persönlichkeit des Jungen vollständig in Besitz genommen. Während der ganzen Mathestunde hatte der arme Kerl zu kämpfen gehabt und keineswegs nur mit Algebra. »RUM!«, hatte er immer und immer wieder gebrüllt, und zwar mit einer kräftigen, wahnsinnigen Stimme, die garantiert nicht Craig gehört hatte. Durch die vielen Falten und die Hängebacken hatte er ausgesehen wie ein ältlicher Trunkenbold. Letztendlich war ihnen nichts anderes übrig geblieben, als Mrs Sartre zu holen. Die hatte Craig dann mitgenommen und ihm geholfen, den ungebetenen Gast wieder loszuwerden.

Doch schon in der nächsten Stunde war er, zu Dex' großer Verwunderung, wieder da gewesen, wenn auch ziemlich blass und reichlich verwirrt.

»Die Sache ist die«, hatte Mrs Dann Dex erklärt, während die anderen schon nach draußen geströmt waren. »Wenn wir bei jedem Zwischenfall unsere normalen Tätigkeiten unterbrechen, dann wird dadurch nicht nur unsere schulische Arbeit behindert. Darüber hinaus erhalten die merkwürdigen Dinge, die wir hier erleben, eine noch größere Bedeutung. Und seien wir doch ehrlich, Dex: Du und deine Mitschüler, ihr müsst euch rasch daran gewöhnen, dass euch regelmäßig die merkwürdigsten Dinge widerfahren. Wenn Craig den ganzen Nachmittag lang auf der Couch gelegen hätte, dann hätte er nur noch länger über seine Erfahrung nachgedacht. Aber hier im Unterricht haben wir ihn dazu gebracht, sich mit der Problematik der Überschwemmungsgebiete rund um Chichester zu befassen. Und wie du feststellen kannst, sieht er jetzt schon sehr viel besser aus als zuvor.«

Das stimmte. Craig wirkte beim Verlassen des Klassenzimmers absolut entspannt. Allerdings verschlang er beim Mittagessen drei Schokoladenriegel. Davon hatte das Tregarren College immer einen ausreichenden Vorrat auf Lager.

Halloween verging ohne nennenswerte Ereignisse, und das trotz der engen Verbindung der Schule zur Geisterwelt.

»Das ist doch total übertrieben«, entgegnete Jessica Moorland mit spitzer Zunge auf Dex' Frage, ob vielleicht etwas Besonderes geplant sei. Sicher standen hier und da ein paar ausgehöhlte Kürbisse herum, flackerten Kerzen in ihren gezackten Mund- und Augenhöhlen, aber irgendwelche Veranstaltungen waren nicht vorgesehen. Mr Wood richtete sein Augenmerk viel eher auf den Jahrestag der sogenannten Pulververschwörung von 1605 am 5. November. Zum Gedenken an das Sprengstoffattentat auf den englischen König sollte am Rand des Sportplatzes ein riesiges Lagerfeuer entfacht werden.

Aus diesem Anlass hatte der Schuldirektor den Illusionisten der Schule eine Sondergenehmigung erteilt, ihre eigene Feuerwerksshow zu präsentieren. (»Dadurch sparen sie ein Vermögen«, hatte Gideon trocken gesagt.) Die Proben hatten sich über mehrere Wochen hingezogen. Auch Spook war unter den insgesamt etwa zehn Schülern, die sich allabendlich im Speisesaal getroffen hatten, um das Ereignis vorzubereiten und ihre Zaubertricks zu üben. Die Erwartungen der anderen Schülerinnen und Schüler waren hoch, und die Vorfreude sorgte für eine große Euphorie an der ganzen Schule.

Es gab nur eines, wodurch Dex' Laune in diesen Tagen ein klein wenig getrübt wurde, und das war die Tatsache, dass er es immer noch nicht geschafft hatte, in einer seiner Entwicklungsstunden mit Owen zum Fuchs zu werden. Dabei war er sich ziemlich sicher, dass er es alleine mühelos hinbekommen hätte, und freute sich daher umso mehr auf den nächsten Vollmond. Dann wollte er sich wieder nach draußen wagen, dieses Mal zusammen mit Gideon. Aber wenn Owen und der allgegenwärtige, stumm vor sich hin kritzelnde Mr Eades in der Nähe waren, wollte ihm einfach keine Verwandlung gelingen, so sehr er sich auch bemühte.

Einmal hatte Dex sich sogar vor dem Beginn der Hypnoseübungen zu Owen hinübergebeugt und ihm zugeflüstert: »Also ... muss *der* eigentlich dabei sein? Vielleicht würde ich es ja ohne ihn besser hinkriegen.«

»In Paragraph 15, Absatz A, Unterpunkt 3.8 deiner Vereinbarung mit dem Tregarren College ist eindeutig festgelegt«, hatte Mr Eades mit lauter, eiskalter Stimme erwidert, »dass die Entwicklung eines Kindes mit Grenzenlosen Fähigkeiten immer in Gegenwart von mindestens zwei ausgebildeten Zeugen zu erfolgen hat. *ZWEI.*«

Owen schenkte Dex ein mitfühlendes Lächeln und zuckte nur leicht mit der Schulter.

Dex warf einen Blick auf die verspiegelte Wand und erwiderte Owens Lächeln. Im Lauf seiner ersten Sitzung hatte er das Gefühl gehabt, als sei da noch eine dritte Person im Raum, auch wenn er niemanden gesehen hatte. Mittlerweile war ihm klargeworden, was die Ursache für dieses Gefühl war. Es handelte sich um einen Einwegspiegel. Sie wurden beobachtet. Das störte ihn zwar nicht weiter, aber er wollte auch nicht, dass Owen ihn für dämlich hielt. »*Drei* Zeugen, würde ich sagen.« Fast lautlos drangen die Worte über seine Lippen.

Owens Grinsen verblasste. Er warf einen Blick auf den Spiegel und dann wieder zurück zu Dex. Dann nickte er beinahe unmerklich. »Cleveres Bürschchen«, sagte er.

Sie probierten verschiedene Übungen und andere Techniken aus, um einen Teil der erkalteten, aufgestauten Wut zu lösen, die Mrs Sartre solche Sorge bereitet hatte. Neben Atem- und Entspannungsübungen musste Dex sich zum Beispiel auch bildlich vorstellen, wie seine größten Feinde ihm gegenüber auf einem Stuhl saßen, und dann sollte er ihnen schonungslos ins Gesicht sagen, was er von ihnen hielt. Das machte ihm zwar Spaß, war aber irgendwie auch ziemlich lächerlich.

Außerdem durfte er mehrfach einen großen Sitzsack mit einem Baseballschläger bearbeiten und dabei an eben diese Feinde denken. Also stellte er sich Matthew und Toby und natürlich auch Gina vor, blieb aber die ganze Zeit über fröhlich und vergnügt. Und das war das Problem. Anscheinend hätte er an irgendeinem Punkt dieser Übung zusammenklappen und in Tränen ausbrechen müssen. Doch so weit kam es nie.

»Mach dir keine Gedanken«, sagte er anschließend zu Owen. »Ich weine nie. Schon seit meinem vierten Lebensjahr nicht mehr.«

»Genau das ist es ja, was uns solche Sorgen macht«, lautete Owens Antwort. »Du solltest es wenigstens gelegentlich mal probieren. Vielleicht nicht gerade im Französischunterricht, wobei … bei den Ausspracheregeln, die die haben, könnte sogar *ich* manchmal anfangen zu weinen. Aber ab und zu, wenn du spürst, wie sich ein Kloß in deiner Kehle bildet und dir die Tränen in die Augen steigen – lass es raus. Danach geht es dir garantiert besser.«

Aber Dex spürte so gut wie nichts mehr von der kalten Wut in seinem Inneren, nicht einmal dann, als er einen Brief von zu Hause bekam, von Alice, die ihm ein Foto von seinem alten Zimmer beigelegt hatte. Dieses Mal hatte Gina wirklich den Vogel abgeschossen. Sie hatte das Zimmer in einem grellen, violetten Farbton gestrichen und dazu Spitzengardinen und Vorhänge angebracht, die aussahen wie eine Hochzeitstorte an einem Seil. Sie hatten es den »Puppen-Trakt« genannt, und tatsächlich hockten Alices kleine, pinkfarbene Plastikfreundinnen vollzählig in Reih und Glied über seinem Bett, das einen neuen, pinkfarbenen Überwurf bekommen hatte. »Aber wenn du nach Hause kommst, holen wir die Puppen raus«, versprach Alice in ihrem kurzen Brief. Sie fragte nicht, wie es Dex ging, aber das machte ihm nichts aus. Er wollte sein neues Leben auf keinen Fall mit Alice und Gina teilen. Nur seinen Dad hätte er schon gerne einmal wiedergesehen. Bis jetzt hatte Rob Jones ihm jedoch lediglich eine Postkarte geschickt, mit einem Poststempel aus Aberdeen. »*Freue mich sehr zu hören, dass du dich auf dem Weg zum Genie befindest! Offensichtlich hast du den Grips deiner Mutter geerbt*«, hatte er geschrieben. »*Ich hoffe, dass ich dich noch vor Weihnachten besuchen kann. Mach mich stolz. In Liebe, dein Dad.*«

Der 5. November brach an. Es war ein vielversprechend frischer, kalter Tag mit klarem, blauem Himmel und einer gleichmäßigen, nicht zu böigen Meeresbrise. Dex und Gideon waren bei der Vorbereitung des Lagerfeuers behilflich. Da die Regeln anscheinend ein klein wenig gelockert worden waren, hockte Gideon auf einem Zaun in der Nähe und ließ einen Stock nach dem anderen mit Hilfe seiner Gedankenkraft durch die Luft schweben, um ihn ganz oben auf den großen Holzstapel zu legen, während seine weniger begabten Mitschüler Äste und Zweige mit der Hand aufschichteten.

Dex stieß einen anerkennenden Pfiff aus. »Du bist ja echt gut geworden.«

Gideon vollführte ein paar elegante, hübsch anzusehende Pirouetten mit einem dicken Eschenzweig und ließ ihn schließlich sanft auf die Spitze des Holzhaufens sinken. »Es ist eine Gabe«, sagte er bescheiden.

»Obwohl«, meinte er dann, nachdem er vom Zaun gesprungen war und neben Dex über den Sportplatz ging. »So weit ist es mit meiner Gabe nun auch wieder nicht her. Ich glaube, in Entwicklung sind sie gar nicht so zufrieden mit mir. Christina Tope kann mittlerweile einen Fernseher durch die Luft schweben lassen. Sie kriegt sogar schon Einzelunterricht. Ich wünschte, ich wäre besser. Ich übe ständig – na ja, außer wir haben Unterricht bei Mrs Dann, klar –, aber ich mache immer noch nur diesen Kinderkram. Mrs Sartre sagt, dass ich es einfach mehr *wollen* muss. Was, um alles in der Welt, soll das denn heißen?«

»Keine Ahnung.« Dex zuckte mit den Schultern. »Aber ich muss anscheinend weinen lernen.«

Sie prusteten beide los vor Lachen. »Das hilft bestimmt«, sagte Gideon. Jetzt kam ihnen mit eleganten Schritten Spook entgegen, gefolgt von etlichen anderen Zauberkünstlern. Sie hatten Generalprobe. Spook trug einen langen, fließenden schwarzen Umhang, dazu eine schwarze Hose und ein schwarzes Hemd. Jetzt beschrieb er mit beiden Armen einen anmutigen Bogen, dann erfüllte ein Glitzerregen die Luft. Das Glitzerzeug war echt, doch dann bebte die Luft ringsumher und Gideon murmelte: »Also, das ist aber wirklich beeindruckend, das muss ich zugeben.«

»Was denn? Was?«, sagte Dex und bedauerte es wieder einmal sehr, dass er keine dieser Illusionen sehen konnte.

»Er hat gerade ungefähr fünfzehn Knallfrösche losgelassen«, sagte Gideon und wich tatsächlich zurück, als würden echte Feuerwerkskörper vor seinen Füßen herumhüpfen. »Oha! Jetzt fangen die anderen auch noch an!«

Für Dex sah das Ganze eher aus wie ein etwas stumpfsinniger Gruppentanz. Jeder einzelne Illusionist hob die Arme, so wie Spook es gemacht hatte, und ging dann weiter.

»Ich würde das so gerne sehen«, sagte Dex. »Ich schätze mal, dass mir ein ziemlich langweiliger Abend bevorsteht.«

»Aber wieso denn, Dex?«, erwiderte Gideon ernsthaft. »Du machst einfach das nach, was ich auch mache. Ich wünschte, ich wäre so immun wie du. Das ist nämlich sehr selten, musst du wissen. Du hast es doch niemandem erzählt, oder?«

»Nein. Niemand weiß es, nur du und Barry.« Allerdings musste Dex bei diesen Worten an den langen, forschenden Blick denken, den Schuldirektor Wood ihm vor ein paar Tagen über den Rand seiner Kaffeetasse hinweg zugeworfen hatte, und war sich seiner Sache nicht mehr ganz so sicher.

Es war zwar Freitag, aber der Nachmittagsunterricht fiel aus, damit die Illusionisten für ihren großen Auftritt proben und sich noch ein wenig ausruhen konnten, während alle anderen beim Aufbau des großen Feuers behilflich waren. Jetzt saßen Dex und Gideon im Gemeinschaftsraum beieinander. Verblüfft bemerkte Dex, dass Lisa Hardman direkt auf ihn zukam und dabei mit einer ruckartigen Kopfbewegung in Richtung Tür wies. Es war das erste Mal seit dem Bau der Laubhütte, dass sie mit ihm Kontakt aufnahm. Während der vergangenen Tage war sie, falls das überhaupt möglich war, *noch* zurückgezogener gewesen als zuvor. Neugierig ging Dex ihr hinterher, und sie führte ihn in eine stille Ecke hinter den Häusern.

»Ich habe noch eine Nachricht für dich«, sagte sie düster.

Sie sieht total erschöpft aus, dachte Dex. Ihre mitternächtlichen Laufübungen schienen wohl nicht den erhofften Effekt zu haben.

»Hör zu, Lisa. Als ich mit Owen gesprochen habe, da hat er gesagt, dass du dich jederzeit an ihn wenden kannst und dass er dir ganz bestimmt helfen würde«, sagte Dex.

Lisa starrte ihn wütend an. »Du hast ihm doch nicht etwa verraten, dass du das von *mir* erfahren hast, oder?«, fauchte sie.

»Nein! Nein, natürlich nicht. Aber er hat es sich vermutlich gedacht. Ich meine, schließlich bist du ja das einzige COLA, das die Entwicklungsstunde schlichtweg verweigert, stimmt's?« Das hatte Dex schon mehrfach gehört.

Lisa senkte den Blick und zuckte mit den Schultern. »Ist sowieso egal«, sagte sie. »Ich gehe da nicht hin. Aber es würde mich ein bisschen erleichtern, wenn du diese eine Meldung weitergeben würdest. Kannst du das machen?«

Dex nahm ihre Sturheit achselzuckend zur Kenntnis, dann nickte er.

»Also gut.« Lisa holte einmal tief Luft, als wollte sie einen mächtigen Faustschlag landen. »Sie heißt Georgia Felstein – Georgia Felstein. Und sie ist eine sehr hartnäckige Dame«, fügte sie müde hinzu. »Sie sagt, dass es *nicht* Michael gewesen ist. Er hat es nicht getan. Sie sollen unbedingt den Matrosen suchen. Bitte, Dex, sag ihnen, dass sie den Matrosen suchen müssen ...« Ihre Stimme ging in ihrer unaussprechlichen Ermattung unter.

»Was soll das bedeuten?«, wollte Dex fasziniert wissen.

»Weiß *ich* doch nicht. Wahrscheinlich hat er ihr eine Flasche Rum über den Schädel gezogen oder so. Sie ist schließlich tot, oder etwa nicht? Und mit ihrer Stimme könnte man Glas schneiden, also bitte, bitte, gib das weiter. Vielleicht kommt ja dieses Mal wenigstens etwas Gutes dabei raus. Vielleicht wird irgendwo jemand zu Unrecht eines Verbrechens beschuldigt. Es wäre schön, wenn das Ganze wenigstens *ein Mal* zu etwas nütze wäre.«

Dann ließ sie Dex stehen und blickte sich nicht einmal mehr um. »Gern geschehen!«, rief Dex ihr spöttisch hinterher. Auch wenn diese ganzen Geister ihr wirklich schwer zu schaffen machten, aber sie war und blieb eine Zicke, fand er.

Die Feuerwerksdarbietung war ein Riesenerfolg. Spook und seine Freunde zogen das Publikum ab der ersten Sekunde in ihren Bann, und zwar wortwörtlich. Bis auf Dex, natürlich. Obwohl er feststellte, dass er, wenn er sich sehr stark konzentrierte und sich mit den Ellbogen auf Gideons und Barrys Schultern stützte, während er auf dem Zaun in ihrem Rücken hockte, gelegentlich zumindest eine ungefähre Vorstellung davon bekam, was die anderen alles sehen und hören konnten. Dann sah er ein paar besonders schöne, grünsilberne Funkenregen am Himmel und hörte, wie der laute Knall über die ruhige See hinwegschallte. Er genoss die Atmosphäre und die knisternde Hitze des Feuers und war sehr darauf bedacht, immer Barrys und Gideons Blicken zu folgen und die gleichen bewundernden oder ehrfürchtigen Laute auszustoßen, die er von seinen Mitschülern vernahm. Aber besonders freute er sich darüber, dass die Wunderkerzen, die jetzt verteilt wurden, echt waren.

Spook stand auf einem kleinen Podest ein ganzes Stück von dem gewaltigen, brodelnden Feuer entfernt und war voll und ganz in seinem Element. Selbstbewusst schritt er auf dem Podest auf und ab und dirigierte die ganze Vorführung, unterstützt von seinen Kollegen, als würde er das

Königliche Philharmonieorchester leiten. Während des letzten Jubelsturms verbeugte er sich mit großer Geste und schritt, zusammen mit den anderen Illusionisten, durch die wie wild Beifall klatschende Menge. Als er an Dex vorbeikam, konnte er sich nicht beherrschen und sagte: »Na, war das beeindruckend genug für deinen Geschmack, Füchslein?«

»Ich muss zugeben«, erwiderte Dex, »dass ich noch nie etwas Ähnliches gesehen habe.«

Gideon und Barry fingen in seinem Rücken an zu prusten, und Spooks triumphierendes Grinsen wurde ein klein wenig unsicher, dann ging er weiter. Die Jungen kicherten so lange, bis Dex merkte, dass sie beobachtet wurden. Schuldirektor Wood war den Illusionisten gefolgt und sah Dex trotz seines strahlenden Lächelns forschend ins Gesicht. Dex hatte sich schnell wieder im Griff und tauchte in der Menge unter.

»Kommt«, sagte er zu den anderen. »Wir besorgen uns einen Hotdog.«

Die großen Glastüren des Speisesaals waren weitgeöffnet. Der köstliche Duft nach gebratenen Zwiebeln, Würstchen und heißer Tomatensuppe drang ins Freie. Die ganze Schule drängte sich auf der Treppe, die nach oben führte, und rieb sich in der abendlichen Novemberkälte die Hände.

Barry, Dex und Gideon hielten ihre Schalen mit der dampfenden, rötlichen Suppe in der einen und ihren mit einer Serviette umwickelten Hotdog in der anderen Hand. So suchten sie sich einen Platz im Speisesaal.

»Es war *wirklich* gut«, sagte Gideon. »Auch, wenn es Spooks Show war. Obwohl ... ohne die Hilfe der anderen hätte er die ganzen Raketen niemals hingekriegt. Er alleine hätte wahrscheinlich bloß ein einziges Sonnenrad zustande bekommen, und das wäre gleich am Anfang explodiert, kaum dass es zweimal gezuckt hat.«

»Aber hast du den Zug gesehen?«, machte Barry weiter, während er in seinen Hotdog biss. Dabei landete ein dicker Klecks Ketchup auf seiner Nasenspitze, die daraufhin ein erfreutes Pfeifen von sich gab. »Der Zug war absolut genial. Sie haben ihn einmal quer über den Himmel fahren lassen«, fügte er für Dex hinzu.

»Na, Jungs, hat euch das Feuerwerk gefallen?«, ließ sich jetzt eine wohltönende Stimme in ihrem Rücken vernehmen. Dex zuckte zusammen. Sie drehten sich um und sahen Schuldirektor Wood vor sich stehen. Er hielt eine Suppenschale in der Hand und strahlte sie freundlich an. Sofort sprudelten Gideon und Barry los und erzählten mit großer Begeisterung von der Vorführung.

Dex lächelte und nickte und bemühte sich nach Kräften, mitzumachen. »Der grünsilberne Funkenregen hat mir besonders gut gefallen«, stieß er ein wenig nervös hervor.

»Und was sagst du zum Finale, Dex?«, fragte ihn der Schuldirektor mit seinem warmen Lächeln, ohne Dex auch nur eine Sekunde lang aus dem Blick zu lassen. Dex begann zu stammeln. Er hatte nicht einmal den Hauch einer Ahnung, wie das Finale ausgesehen hatte. Er konnte natürlich den Zug irgendwie erwähnen, aber was, wenn das gar nicht stimmte? »Es war … es war toll«, sagte er.

»Aber du hast doch bestimmt erkannt, was es darstellen sollte, nicht wahr?«, bohrte Mr Wood weiter, und Dex merkte, wie er erneut versuchte, in Dex' Gedankenwelt einzudringen. Aber dieses Mal nicht, um ihm mit irgendwelchen Zaubertricks die Sinne zu vernebeln, sondern um zu erfahren, wie Dex sich seinem Einfluss entziehen konnte.

»Du hast doch gesagt, es hätte für dich ausgesehen wie ein Hund«, sprang Gideon ihm von rechts zu Hilfe. Dex blinzelte.

»Na ja, ein bisschen schon, fand ich.« Er wurde von einer leichten Panik ergriffen.

»Aber das war doch kein Hund, Dex.« Der Schuldirektor versetzte ihm einen freundschaftlichen Klaps auf die Schulter. »Das war ein Fuchs! Ein Fuchs! Zu Ehren unseres ersten und vermutlich auch letzten Gestaltwandlers!« Seine Stimme klang freundlich, aber seine Augen funkelten, und jetzt war Dex sich zum ersten Mal absolut sicher, dass er Patrick Wood nicht trauen konnte. *Überhaupt* nicht.

»Uff, das war knapp«, kicherte Gideon, nachdem der Schuldirektor endlich wieder verschwunden war. »Aber ich glaube, wir haben dich einigermaßen gerettet.«

Doch Dex beachtete ihn nicht. Er hatte über Gideons Schulter hinweg Lisa entdeckt, die regungslos inmitten einer ganzen Gruppe von Schülerinnen und Schülern stand. Sie hatte ein Tablett voller Porzellanschalen mit heißer

Suppe in den Händen und starrte Schuldirektor Wood, der gerade mit Spook plauderte, durchdringend an. Jetzt wich sämtliche Farbe aus ihrem Gesicht, und sie richtete ihre dunklen Augen von Mr Wood auf Dex und wieder zurück. Dann ließ sie das Tablett mit den Schalen zu Boden fallen.

Kapitel 18

Während die Küchendamen mit feuchten Lappen und Kehrschaufeln um sie herumwuselten, hob Lisa langsam die Porzellanscherben vom Boden auf. Ein, zwei andere Schüler waren ihr dabei behilflich. Sie wirkte wie benommen und sagte keinen Ton. Wenige Augenblicke später wandte sie sich zum Gehen, ohne die Tomatensuppenflecken auf ihrer teuren, blass-cremefarbenen Jacke überhaupt zu bemerken. Nicht einmal die Spritzer auf ihrer Wange schienen sie zu interessieren, als sie an Dex und Barry und Gideon vorbeiging. Mittlerweile tönte schon wieder munteres Geplapper durch den Speisesaal, aber Dex machte sich große Sorgen. Allerdings nicht nur um Lisa.

Auch Mia war ihm in den letzten Tagen immer wieder aufgefallen, obwohl er gar nicht genau sagen konnte, weshalb eigentlich. Doch als Lisa jetzt mit blasser, verschlossener Miene durch die Doppeltür trat und den Pfad ansteuerte, der zurück zu den Unterkünften führte, da kam Mia ihr entgegen. Lisa rempelte sie an, unabsichtlich zwar, aber trotzdem … doch mehr als ein winzig kleines, entschuldigendes Kopfnicken brachte sie nicht zustande, bevor sie in der dunklen Nacht verschwand. Mia lächelte nachsichtig, so wie sie es immer tat, doch als sie sich eine verirrte Haarsträhne aus dem Gesicht wischte, bemerkte

Dex, wie ihre Hand zitterte. Sie hatte schwarze Ringe unter den Augen und bewegte sich, als wäre sie sechzig Jahre älter.

»Hallo, Mia.« Dex ging zu ihr, doch dann trat er unsicher von einem Bein auf das andere. Er hätte ihr gern seinen Arm angeboten, um sie ein wenig zu stützen, aber das kam ihm irgendwie seltsam vor. Schließlich war Mia ein zwölfjähriges Mädchen.

»Dex.« Sie sah ihn mit ihrem wundervoll warmen Lächeln an, und er spürte sofort, wie ihn die vertraute Verbundenheit einhüllte, die sie alle bei Mia empfanden. »Wie ich höre, machst du große Fortschritte.« Hier bleibt wirklich gar nichts geheim, dachte Dex mit einem ziemlich mulmigen Gefühl in der Magengegend.

»Ja ... na ja ... ich gewöhne mich so langsam dran, der komische Gestaltwandlerkauz zu sein«, antwortete er. »Wie geht es dir denn? Bringen sie dir ständig irgendwelche Leute, die du dann heilen musst?«

Mia lachte und schüttelte den Kopf. »Nein. Wir machen viel Gruppenarbeit. Energieströme konzentrieren und vereinen und solche Dinge. Wir können ja schlecht rumlaufen und ständig irgendjemanden vors Schienbein treten, nur um zu üben, wie man den Leuten die Schmerzen nimmt. Aber ein paarmal in der Woche kommt es schon vor, dass ich jemandem helfe, der sich verletzt hat oder so.«

»Ich frage mich, wozu sie überhaupt die Krankenstation brauchen«, sagte Dex. Wie oft wurde Mia wohl zu einem Mitschüler gerufen? Dabei fiel ihm ein, wie Owen sich vor einigen Tagen im Wald geweigert hatte, sich von Mia heilen zu lassen. Vielleicht ja bloß, weil er ein Lehrer ist, dachte er. Vielleicht mussten laut Vorschrift auch bei allen anderen immer zwei ausgebildete Zeugen anwesend sein. Die Schule versuchte wirklich, auch die verrücktesten Dinge noch in ein bürokratisches Schema zu pressen. Sogar die kleinen, rosafarbenen Zettel mit den Geisternachrichten mussten von Mr Eades überprüft und unterzeichnet werden, bevor sie an ihre Empfänger ausgegeben werden durften.

»Hast du Mr Hind irgendwo gesehen?«, wollte Mia wissen und ließ den Blick durch den Saal schweifen.«

»Nein. Vielleicht ist er ja noch unten beim Feuer«, erwiderte Dex.

Mia blickte die Steinstufen hinunter bis zu den dunklen Gestalten, die um die rötliche Glut des Feuers standen, das jetzt immer mehr in sich zusammenfiel. Sie überlegte kurz, dann schüttelte sie den Kopf. »Nein. Ich warte lieber bis morgen früh. Jetzt muss ich dringend ins Bett.« Sie machte auf dem Absatz kehrt, was eine ungeheure Konzentration zu erfordern schien, und ging dann mit langsamen Schritten zurück zu der Doppeltür. »Gute Nacht, Dex«, rief sie ihm über die Schulter hinweg zu.

Als sie schließlich alle – deutlich später als sonst und mit nach Rauch riechenden Haaren – im Bett lagen, zog Dex sich die Decke über den Kopf und versuchte, das immer größer werdende Unbehagen, das ihm die Ruhe raubte, zu verdrängen. Mr Wood, Lisa, Mia ... der Wolf. Er konnte gar nicht verstehen, weshalb er so unruhig war, aber er hätte auf dieses Gefühl sehr gerne verzichtet. Mit einem Hauch von Mitleid dachte er an Lisa und hoffte noch einmal, dass sie sich endlich an Owen wandte.

Dieser hatte gar nicht erst so getan, als wüsste er nicht, von wem Dex die zweite Warnung erhalten hatte. »Du meine Güte, Dex. Richte ihr aus, dass sie *unbedingt* zu mir kommen soll. Oder zu Mrs Sartre, das spielt keine Rolle. Sie *muss* lernen, mit diesen Dingen umzugehen.«

Dex hatte mit den Schultern gezuckt: »Ich sage es ihr.«

Dann hatte Owen ihm auf die Schulter geklopft. »Aber wenigstens hat sie dich. Das ist schon mal was.«

Wozu immer das gut sein mag, dachte Dex beim Einschlafen.

* * *

Am nächsten Morgen kam ihm alles heller vor. Es war wieder ein sonniger Tag, auch wenn der nächtliche Frost den Rasen rings um die Unterkünfte vereist und den Dächern einen sanften, silbernen Schimmer verliehen hatte. Es war ein Polgammon-Samstag, so dass Gideon und Dex am späteren Vormittag – nach der Feuerparty waren sie etwas länger liegen geblieben als sonst – ihr Taschengeld einsteckten und den Pförtnerturm ansteuerten. Gideon hatte vorgeschlagen, heute einmal den langen Weg durch den Wald rund um das Sumpfgebiet zu nehmen und sich anschließend im Dorf eine Portion Fish'n'Chips zu gönnen.

Er hoffte nämlich, dass Dex sich, sobald sie im Wald waren, in einen Fuchs verwandelte.

»Überleg doch mal«, sagte er. »Wenn du dir nur vorzustellen brauchst, dass du auf dem Waldboden liegst, um ein Fuchs zu werden, dann müsste es doch ein Kinderspiel sein, wenn du *tatsächlich* da liegst!«

Auch Dex fand, dass es einen Versuch wert war. Kaum waren sie draußen, trennten sie sich von den anderen Schülern, die den direkten Weg ins Dorf nehmen wollten, und liefen hinauf in den Wald.

Das Problem ist, dachte Dex, dass der Waldboden in seiner Phantasie so viel bequemer war als in Wirklichkeit. Er rutschte ein wenig hin und her und holte einen scharfen Stein unter seinem Rücken hervor, den er unter der Laubdecke nicht gesehen hatte. Er warf ihn ins Unterholz. Gideon saß auf den Zweigen eines Baumes ganz in der Nähe und blickte aufgeregt auf ihn herab. »Nun mach schon!«, sagte er. »Los geht's! Beeilung! Entspann dich!« Dex lachte. Wie, um alles in der Welt, sollte er sich entspannen, wenn Gideon aufgeregt wie ein Flummi in einer Eiche hockte und vor Vorfreude beinahe platzte?

»Ich glaube nicht, dass es heute funktioniert«, sagte er. »Und außerdem wird mein Hintern nass.«

»Konzentrier dich!«, befahl Gideon. »Hör zu, ich bin ganz ruhig! Ich sage keinen Ton, fünf Minuten lang. Pschscht. Mach jetzt!«

Dex versuchte es, so gut er nur konnte, und nach vielleicht drei Minuten ging sein Atem zumindest ein klein wenig langsamer. Dann flog eine Biene, die sich offensichtlich in der Jahreszeit geirrt hatte, in sein Ohr. Schon im nächsten Augenblick war er auf den Beinen, schüttelte wie wild den Kopf, brüllte und zerrte in heller Panik an seinen Haaren.

Gideon heulte auf vor Enttäuschung. »Wenn ich es nicht besser wüsste, dann würde ich glauben, dass du dir das alles bloß ausgedacht hast!«, maulte er und ließ sich von seinem Ast zu Boden gleiten.

Dex hatte es jetzt satt. »Vielen Dank auch«, sagte er. Er hätte es Gideon wirklich total gerne gezeigt. Er hätte sich nur zu gerne jederzeit verwandelt. Aber im Moment schaffte er das eben einfach noch nicht. Vielleicht ja später irgendwann.

Er stapfte durch den Wald davon, und Gideon folgte ihm in wenigen Metern Entfernung, trat gegen herumliegende Blätter und hatte kein einziges Wort des Trostes für Dex übrig. Es war ihr allererster Streit, und Dex hatte das Gefühl, als würde sich eine finstere Wolke über ihm zusammenbrauen. Das war so ungerecht! Alle anderen brauchten anscheinend nur irgendwohin zu starren oder mit dem Finger zu schnipsen, um irgendwelche Wunderdinge zu vollbringen, und er? Warum musste ausgerechnet *er* so hart dafür arbeiten? Dex merkte, wie sich in seinem Inneren das altbekannte, wütende Brodeln der Lava bemerkbar machte, wenn auch nur sehr schwach. Er unterdrückte es sofort wieder. Jetzt sei nicht so wehleidig, sagte er sich. Denk an Lisa. Überleg dir genau, was du dir wünschst.

Ein kleines, silbernes Quadrat landete auf seinem Kopf und rutschte über seine Nase nach unten. Dex musste lachen und fing das Schokoladenstück – Gideons Markenzeichen – mit der Hand auf. Er drehte sich um und wartete auf seinen Freund.

»Tut mir leid«, sagte Gideon. »Ich weiß ja, dass dich das selber belastet. Aber du schaffst es bestimmt bald. Das weiß ich hundertprozentig.«

Sie setzten ihren Weg in kameradschaftlichem Schweigen fort und aßen dabei Schokolade. Das Knacken der abgestorbenen Zweige und der federnde Waldboden unter ihren Füßen fühlten sich gut an. Dex konnte den Fuchsrüden riechen, der wahrscheinlich zusammengerollt ganz in der Nähe in seinem Bau unter einem Baumstamm lag, und musste lächeln. Am Waldrand, nicht weit vom Sumpf entfernt, brach ein grüner Specht, begleitet von lautem *Kiiieee-kiiieee-kiiieee,* aus dem Unterholz hervor und ließ sich ein ganzes Stück entfernt in einer Esche nieder, bevor er anfing, ein wenig zu trommeln. Das Meer in der Ferne schwoll an und schwoll ab, schwoll an und schwoll ab.

Der Sumpf machte heute, wo er mit einer harten Frostschicht überzogen war, einen sehr festen Eindruck. Gideon führte Dex auf den Schotterpfad, der sich am Rand entlangschlängelte. »Wir gehen da rüber, überqueren die Brücke und dann umrunden wir den kleinen Hügel dort, bis der Weg auf die Straße trifft. Die führt dann direkt ins Dorf, allerdings aus der anderen Richtung, als wenn wir den direkten Weg genommen hätten«, sagte er. Sie marschierten den Pfad entlang und blieben auf der Holzbrücke stehen. Fasziniert betrachteten sie die unter ihnen liegende grüne Masse.

»Das sieht doch aus wie Moos oder Flechten oder so was«, sagte Dex und streckte den Fuß unter dem Brückengeländer hindurch. Er tippte die Sumpfoberfläche mit der Zehenspitze an. Sie machte einen ziemlich festen Eindruck. »Siehst du?«, sagte er zu Gideon.

Gideon grinste ihn an. »Drück mal ein bisschen fester.«

Dex setzte den Fuß etwas fester auf, und dann ertönte eine Art Seufzer, als würde irgendwo Gas entweichen. Die grüne Masse rund um seine Fußspitze zerbrach in viele kleine Bröckchen und brachte darunter eine dunkelbraune schleimige Masse zum Vorschein. Als Dex seinen Fuß zurückziehen wollte, gab der Schleim ein schmatzendes Geräusch von sich und hielt Dex eine Sekunde lang fest. Der Schreck fuhr ihm durch Mark und Bein, und Gideon lachte laut.

»Siehst *du*?«, sagte er. »Willst du dich da etwa immer noch raufwagen?«

»Nein, danke«, erwiderte Dex. Er sah zu, wie sich die grüne Masse wieder über den Schleim schob. Es sah aus wie eine schnell heilende Wunde.

»Na, komm schon«, meinte Gideon dann. »Ich bin am Verhungern.«

Sie folgten dem Sumpfpfad, vorbei an den Schildern, auf denen die Hundehalter ermahnt wurden, ihre Tiere nur an der Leine und auf den vorgeschriebenen Wegen laufen zu lassen, und gingen dann den Hügel hinauf. Auf der Straße angekommen, mussten sie nur noch den Hügel umrunden und waren dann rechtzeitig zum Mittagessen im Dorf. Schon fünf Minuten, bevor sie sich an den Tisch mit dem rotweiß karierten Tischtuch setzten, konnten sie den vielversprechenden Fish'n'Chips-Duft riechen.

»Hier gibt es die besten Fish'n'Chips in ganz England«, sagte Gideon voller Überzeugung. »Der Fisch kommt morgens in aller Frühe in Penzance an und wird dann in einer Eiskiste hierhergeliefert, so schnell, dass der letzte bedauernswerte Schellfisch hier immer noch um sein Leben schnauft und zappelt. Besser geht es gar nicht! Und ihr Tod ist wirklich nicht umsonst«, fügte er noch hinzu, den Mund voller Fisch und Ausbackteig.

Dex lachte: »Sag das mal lieber nicht den Heilern. Die sind ja fast alle Vegetarier.«

»Krrrhh!«, schnaubte Gideon und verteilte einen roten Ketchupstreifen auf seinen Pommes. »Die würden von reiner Luft leben, wenn ihnen jemand sagen würde, dass Karotten den Stich der Gabel fühlen können. Man kann bloß hoffen, dass die sich nie gegen irgendwas wehren müssen.«

Die Mahlzeit hielt alles, was Gideon versprochen hatte. Serviert wurde das Essen von einer dicken, jungen Engländerin in gestreifter Schürze, die ihnen jetzt eine zweite Portion Pommes frites anbot. Gideon winkte grinsend ab. »Danke, Mrs Wilson, aber ich muss noch ein bisschen Platz lassen.«

Sie pikste ihn freundschaftlich in die Schulter. »Ich weiß schon, was du noch vorhast. Keine Ahnung, wo du das alles unterbringst, Gideon!« Gideon strahlte sie an und wischte sich mit seiner rotweiß karierten Serviette den Mund ab, bevor er sein Limonadenglas in einem Zug leerte. Dann warf er einen Blick auf seine Armbanduhr.

»Ich will nur noch mal schnell rüber in die Schokoladen-Boutique, bevor die Knuspermandel alle ist«, sagte er. »Kannst du hier vielleicht schon mal bezahlen? Ich gebe dir meine Hälfte, sobald ich ein bisschen Kleingeld habe.« Dex, der immer noch mit seiner riesigen Fischportion beschäftigt war, nickte.

»Ich komme dann nach«, sagte er, weil er wusste, wie gerne Gideon in der Schokoladenboutique herumstöberte, um sich in aller Ruhe zu überlegen, wie er sich seine Ration für die nächsten vierzehn Tage aufteilen wollte. Dex beendete seine Mahlzeit, ohne zu hetzen, und genoss den Ausblick, die Düfte und die Geräusche in seiner Umgebung. Die Tische in dem kleinen Restaurant standen dichtgedrängt beisammen und waren meist voll besetzt, so dass die neuen Gäste sich auf der Suche nach einem freien Platz seitlich dazwischen hindurchquetschen mussten. In der offenen Küche blubberte eine mächtige Friteuse ununterbrochen vor sich hin. Jedes Mal, wenn frische Pommes oder ein Stück Fisch im Ausbackteig in das kochende Fett geworfen wurden, ertönte ein bösartiges Zischen. Die Leute plauderten zufrieden, und auf mindestens zwanzig Tellern wurde lautstark mit Besteck hantiert.

Als Dex fertig war, schob er mit zufriedenem Seufzen seinen Stuhl zurück. Die Vorstellung, alle vierzehn Tage in diesen Genuss zu kommen, war eine sehr erfreuliche Aussicht. Er schob die Hand in seine Tasche, um sein COLA-Taschengeld herauszufischen, schob sie noch tiefer hinein, suchte herum, aber nirgendwo stießen seine Finger gegen knisternde Geldscheine. Besorgt richtete er sich auf und durchsuchte seine Taschen noch gründlicher, legte ihren gesamten Inhalt vor sich auf den Tisch. Wo war sein Geld geblieben? Mist! Es war ihm bestimmt aus der Tasche gerutscht, als er auf dem Waldboden gelegen und versucht hatte, sich in einen Fuchs zu verwandeln.

»Alles in Ordnung, Schätzchen?«, rief Mrs Wilson ihm von der Theke aus zu.

Dex wurde knallrot im Gesicht. »Es … es tut mir leid … aber … ich glaube, ich habe mein Geld verloren.«

Mrs Wilson verschränkte ihre nach Essig duftenden Arme vor der Brust und blickte ihn skeptisch an. In diesem Augenblick wurde Dex klar, dass sie diesen Satz bestimmt nicht zum ersten Mal zu hören bekam. Bloß dass es dieses Mal *stimmte*. »Kann ich vielleicht schnell meinen Freund …?«, begann er, als eine kühle, weibliche Stimme ihm ins Wort fiel.

»Ist schon okay«, sagte die Frau, klappte ihre Handtasche auf und reichte Mrs Wilson einen Geldschein. »Ich übernehme die Rechnung für Dex und seinen Freund.«

Von blankem Entsetzen gepackt ließ Dex sich auf seinen Stuhl sinken. Die Frau war Caroline Fisher.

Kapitel 19

Schick sah sie aus in ihrem schön geschnittenen Hosenanzug aus Tweed und den hochhackigen, braunen Lederstiefeln, die gut zu ihrer Handtasche passten. Caroline Fisher setzte sich auf den freien Platz Dex gegenüber, lächelte ihn an und schickte ihm ein wissendes, kleines Zwinkern.

»Na, wie ist es dir ergangen, Dex?«, erkundigte sie sich, als wären sie die besten Freunde.

Er brachte keinen Ton heraus. Starrte sie an und fragte sich, was, um alles in der Welt, er jetzt machen sollte. Sie sammelte die leeren Teller und Gläser ein und stellte sie auf den Nachbartisch, wischte mit Dex' Serviette ein paar Brosamen von dem karierten Tischtuch und stemmte die Ellbogen auf den Tisch, schob sich die kurzen, blonden Haare hinter die Ohren und sah Dex mit einem gewinnenden Lächeln an.

»Es hat eine halbe Ewigkeit gedauert, bis ich dich gefunden habe«, sagte sie. »Aber ich habe immer gewusst, dass ich es irgendwann schaffen würde. Die Geschichte ist einfach zu gut, Dex«, fügte sie kopfschüttelnd hinzu. Dabei breitete sie fast entschuldigend die Arme aus.

»Was denn für eine Geschichte?«, stieß Dex ärgerlich, aber so leise wie nur möglich hervor. »Die Jagd nach der Bestie von Bark's End?«

»Oh, das hast du also gelesen?« Sie kicherte und besaß immerhin den Anstand, eine leicht betretene Miene aufzusetzen. »Ja, nun ja, das war vielleicht ein *bisschen* übertrieben, das gebe ich zu. Aber ich war so begeistert. Es ist lange her, dass wir in Bark's End über etwas anderes als eine Parkkralle für einen Falschparker berichten konnten. Das kannst du mir nun wirklich nicht übelnehmen.«

»Oh, doch, das kann ich«, zischte Dex sie an. »Und wenn Sie glauben, dass ich mit Ihnen rede, dann haben Sie sich aber gewaltig geschnitten!«

Er wollte schon aufstehen, da legte sie ihm die langen Finger auf den Arm und sagte in warnendem Tonfall: »Dex, bleib sitzen. Du willst doch ganz bestimmt keine Szene machen, oder?«

Er starrte sie unschlüssig an. Was würde sie wohl tun? Was *konnte* sie tun? »Ich könnte zum Beispiel die Beherrschung verlieren, verstehst du?« Hatte sie seine Gedanken gelesen? »Ich könnte anfangen zu schreien, denn immerhin bist du der Junge, der vollkommen ausgerastet ist und zwei Kinder schwer misshandelt hat. Das jagt mir eine furchtbare, grässliche Angst ein.«

Entsetzt blickte Dex sich um. Hoffentlich hatte niemand gehört, was sie gesagt hatte. Dann ließ er sich unsicher wieder auf seinen Stuhl sinken. Seine Gedanken schlugen Purzelbäume, und er suchte verzweifelt nach einem Ausweg aus dieser Situation. Was wusste sie … oder besser: Was *glaubte* sie zu wissen?

»Hören Sie«, sagte er und versuchte sich an einem unsicheren, leisen Lachen. »Sie glauben doch selbst nicht, dass da ein wildes Tier oder so was war, oder? Ich meine ... das ist doch absolut lächerlich, finden Sie nicht?«

»Nun ja ...« Sie beugte sich über den Tisch und sprach mit verschwörerischer Stimme weiter. »Genau das habe ich zu Anfang auch gedacht. Ich meine, mir war klar, dass in diesem Keller irgendetwas vorgefallen sein muss. Wo Rauch ist, ist auch Feuer. Aber ich dachte, es geht vielleicht um ein paar junge Bürschchen, die den Whiskyvorrat des Hausmeisters entdeckt und dann irgendwelchen Blödsinn angestellt haben.

Und, um ehrlich zu sein, habe ich sogar nach meinem Gespräch mit Matthew und später dann mit seinen Eltern noch in diese Richtung gedacht. Ich meine, er ist ja nicht gerade die hellste Glühbirne im Karton, nicht wahr? Und Toby hat mir ohnehin den Eindruck gemacht, als wollte er nur um jeden Preis Aufmerksamkeit erregen. Manche Leute *wollen* geradezu in die Zeitung, vor allem, wenn sie glauben, dass sie aus ihrer Schule ein bisschen Schadenersatz herauspressen können.

Wenn ich ehrlich sein soll, dann war es die kurze Begegnung mit *dir*, die mich zum Umdenken bewogen hat. So, wie du auf mich reagiert hast ... das hat mich nachdenklich gemacht. Ich habe angefangen, ein bisschen nachzuforschen. Und dann noch dein Freund Clive, der Gute. Netter Kerl, wirklich, aber schreckliche Klamotten. Er hat sich so *dermaßen* vor dich gestellt. Wollte kein Wort sagen, nicht einmal, wie alt du bist. Na ja, lange Rede, kurzer

Sinn, ich habe mir einmal die Webseiten unserer Partnerzeitungen und der Konkurrenzblätter überall im Land angeschaut, und was soll ich sagen? Überall sind im Lauf der vergangenen Monate Berichte über irgendwelche Kinder erschienen, die angeblich sehr seltsame Dinge gemacht haben. Manche haben Besteck durch die Luft schweben lassen oder das umgeknickte Sprunggelenk einer Freundin durch Berührung geheilt, andere sind einfach unsichtbar geworden oder haben irgendwelche Botschaften aus dem Totenreich von sich gegeben.

Und weißt du, was? Alle diese Kinder waren ziemlich genau in deinem Alter. Und soweit ich es beurteilen kann, sind sie alle innerhalb weniger Wochen oder sogar Tage, nachdem die Öffentlichkeit von ihren Taten erfahren hat, aus ihren bisherigen Wohnorten verschwunden. Aber wohin? Das war genau die Frage, die ich mir dann gestellt habe: Wo sind die denn alle hin? Und wo ist Dex Jones? Natürlich habe ich mit deiner Mutter gesprochen, wobei … sie ist deine Stiefmutter, nicht wahr? Die leiblichen Mütter sind ja alle gestorben, stimmt's?« Dex schauderte, als ihm klar wurde, wie viel sie schon herausgefunden hatte.

»Sie hat mir jedenfalls erzählt, dass du ein Genie seist und jetzt auf eine Schule für Genies gehst. Sie scheint darüber ganz glücklich zu sein.« Dex nickte finster, ohne es zu wollen.

»Dex, hör zu.« Caroline berührte mit den Fingerspitzen seinen Arm und schlug einen sehr versöhnlichen Tonfall an. »Ich bin nicht hierhergekommen, um dich in Schwierigkeiten zu bringen, und es tut mir leid, dass ich diese Dummheit mit der Bestie von Bark's End begangen habe, aber ich habe hier in der Gegend ein paar diskrete Erkundigungen eingezogen. Ich weiß, dass in diesem Internat auf der anderen Seite des Hügels sehr verblüffende Dinge geschehen. Natürlich sind die Einheimischen sehr verschlossen und beharren darauf, dass es sich einfach nur um eine Eliteschule handelt, aber ein, zwei Leute, mit denen ich sprechen konnte, haben mir trotzdem ein paar Gerüchte erzählt, die hier im Umlauf sind. Und außerdem, Dex, ich *bitte* dich! Ich habe mir deine Zeugnisse aus den vergangenen Jahren angeschaut.« Er starrte sie aufgebracht an, aber sie hob nur die Hände und zuckte mit den Schultern. »Kann man alles bei der Schulbehörde einsehen. Ist völlig legal. Und klar ist auch, dass du ein schlaues Bürschchen bist, aber sicherlich kein Genie. Das weißt du so gut wie ich.«

Dex behielt seinen ungerührten Blick bei. Sie erwiderte ihn mit großen, grauen Augen und sagte leise: »Wenn mit unseren Kindern etwas Außergewöhnliches geschieht, dann, finde ich, hat die Öffentlichkeit ein Recht, davon zu erfahren. Und findest du es nicht auch ein bisschen unheimlich, dass man euch alle irgendwo an den äußersten Rand des Landes verfrachtet und hinter einem Granitklumpen versteckt? Woher weißt du denn, dass das zu eurem Besten ist? Woher weißt du, dass sie nicht einfach bloß verhindern wollen, dass ihr etwas tut, was dem Staat nicht passt? Na?«

Daran hatte Dex noch gar nicht gedacht. Und er wollte auch jetzt nicht daran denken. Entschlossen stand er auf und ging zur Tür. Caroline Fisher erhob sich seufzend und folgte ihm nach draußen.

»Ich werde nicht lockerlassen, Dex«, sagte sie mit warnender Stimme, während sie ihm auf der Kopfsteinpflasterstraße hinterherging und zum Schutz vor der kühlen Novemberluft ihre Jacke zuknöpfte. »Vielleicht solltest du deinem Klassenlehrer Bescheid sagen. Vielleicht solltest du dem Oberlehrer eine Nachricht von mir überbringen.«

»Schuldirektor«, verbesserte Dex sie giftig.

»Von mir aus eben Schuldirektor«, meinte sie. Sie packte ihn am Arm und zog ihn in einen Hauseingang. »Richte deinem Schuldirektor aus, dass ich ihm, falls er bereit ist, mir ein Interview zu geben, das Recht zur Autorisierung einräume. Das bedeutet, dass kein Wort gedruckt wird, solange er es nicht genehmigt hat.«

»Ich weiß, was das bedeutet«, grummelte Dex.

»Aber wenn er sich meinen Fragen nicht stellen will«, fuhr sie fort, »dann schreibe ich die Geschichte genau nach meinen Vorstellungen. Und dann erfährt er erst in dem Moment davon, in dem die internationale Presse vor dem Haupteingang des Tregarren College ihre Zelte aufschlägt. Hast du das kapiert?« Sie starrte ihn durchdringend an. Dex hätte ihr am liebsten eine Ohrfeige verpasst, so sehr fühlte er sich in die Ecke gedrängt.

»Ich sag's ihm«, murmelte er. Caroline Fisher lächelte, aber nur kurz. Dann holte sie eine Visitenkarte mit ihrem

Namen und ihrer Handynummer aus der Handtasche und kritzelte die Adresse ihres Hotels auf die Rückseite.

»Das gibst du ihm. Und, Dex …?«, fügte sie hinzu, während er die Visitenkarte bereits in seine Tasche stopfte und losgehen wollte. »Bitte betrachte mich nicht als deinen Feind. Ich könnte auch deine Rettung sein.«

* * *

»Heiliger Strohsack! Du siehst ja aus, als wäre dir ein Geist begegnet«, sagte Gideon, als Dex, immer noch benommen, in die Schokoladenboutique wankte. Er war gerade dabei, eine große Tüte mit Naschkram vom Tresen zu nehmen und sich unter den Arm zu klemmen.

Dex starrte ihn an, öffnete den Mund und klappte ihn wieder zu. Er zitterte am ganzen Körper, und ihm war schwindelig. In den vergangenen Wochen hatte er die verrücktesten Dinge gesehen und erlebt, aber eine zierliche Frau mit einem Notizblock hatte ihm mehr Angst eingejagt als alles andere. Die Vorstellung, den COLA-Club in ein solches Chaos und Durcheinander zu stürzen, war grässlich, und er wusste einfach nicht, was er machen sollte. Wenn er sie doch nur nie getroffen hätte! Wenn er ihr doch nur nie gesagt hätte, dass er weggehen würde. Idiot! *Idiot!* Er würde alles zerstören!

Gideons Neugier wandelte sich in Besorgnis. »Komm mit«, drängte er. »Wir müssen so schnell wie möglich zurück an die Schule.« Er scheuchte Dex aus dem Laden und die Straße entlang in Richtung College. »Erzähl mal. Was ist denn passiert?«, sagte er, als sie schon ein Stück hügelaufwärts gegangen und keine anderen Schüler in der Nähe waren.

»Caroline Fisher ist hier. Sie will die Bestie von Bark's End zur Strecke bringen.« Dex schluckte. »Nur, dass ihr das nicht mehr reicht. Sie ist nicht nur hinter mir her, sondern hinter uns allen!«

* * *

Zuerst gingen sie zu Owen. Gideon klopfte an die Tür seiner Hütte und schob Dex entschlossen ins Innere, kaum dass Owen ihnen geöffnet hatte. Verblüfft wich Owen einen Schritt zurück. »Und wem oder was habe ich diese Ehre zu verdanken?«, wandte er sich an Gideon, nachdem Dex niedergeschlagen auf den Ledersessel neben der Feuerstelle gesunken war.

»Wir haben ein Problem«, sagte Gideon. »Ein großes Problem. Dex hat in Polgammon seine Reporterin wiedergetroffen.«

Owen holte einmal tief und scharf Luft. Dann trat er vor die Feuerstelle, stützte sich mit den Handflächen an den schmalen Kaminsims und legte die Stirn auf die rauen Backsteine darüber. »Setz dich, Gideon«, sagte er mit geschlossenen Augen. Gideon sank auf den anderen Sessel, und dann drehte Owen sich um und ließ sich im Schneidersitz auf den roten Teppich zwischen den beiden Jungen gleiten. Er stützte das Kinn in eine Hand und betrachtete Dex mit großem Ernst. »Erzähl mir alles. Auf der Stelle«, sagte er. Sein ganzes Verhalten erinnerte Dex sehr an den zweiten Tag ihrer Bekanntschaft und ihre grausame Begegnung im Laderaum des Lastwagens.

Dex schilderte sein Gespräch mit Caroline Fisher in allen Einzelheiten und beendete seinen Bericht mit ihrer Drohung, dass sie, falls der Schuldirektor ihr kein Interview gewähren wollte, ihre eigene Geschichte schreiben und die Weltpresse vor die Pforten der Schule holen wollte. Dabei reichte er Owen ihre Visitenkarte. Dieser betrachtete sie schweigend und drehte sie zwischen seinen Fingern hin und her. Nachdem er lange und, ohne ein Wort zu sagen, nachgedacht hatte, erhob er sich und ging mit entschlossenen Schritten durch den Backsteintorbogen tiefer ins Innere seiner Höhlenhütte.

Dex und Gideon sahen einander an und richteten den Blick dann auf den Torbogen. Sie sagten kein Wort, bis Owen zwei Minuten später mit zwei Bechern wiederkam und sie den beiden Jungen in die Hand drückte. »Der blaue ist für Dex«, sagte er. »Mit extra viel Zucker.« Hastig stürzten sie den starken, süßen Tee hinunter, während Owen in seine warme Jacke schlüpfte und die Visitenkarte der Reporterin in seine Tasche steckte.

»Komm mit, Dex«, sagte er schließlich. »Wir müssen zum Direktor.«

Er schickte Gideon in seine Unterkunft und verbot ihm, mit irgendjemandem über das, was er gehört hatte, zu sprechen. Dann machte er sich zusammen mit Dex über die steilen Steintreppen und gewundenen Pfade auf den Weg zum Haupthaus der Schule, wo sich auch Patrick Woods Büro befand. Dex fühlte sich nach dem süßen Tee ein bisschen erfrischt, aber die Aussicht auf eine Begegnung mit dem Schuldirektor war alles andere als erfreulich. Er konnte das tiefe Misstrauen, das ihn gestern Abend am Lagerfeuer gepackt hatte, nicht einfach abschütteln und war sich nicht sicher, ob er das in seinem momentanen Zustand verbergen konnte.

»Herein«, sagte Mr Wood, nachdem sie angeklopft hatten. Er saß hinter einem großen Papierstapel an seinem Schreibtisch. Sie traten ein. Der Direktor nahm seine Lesebrille ab und sah ihnen neugierig entgegen. Doch schon im nächsten Augenblick hatte er erfasst, dass irgendetwas nicht stimmte.

»Dex hatte in Polgammon eine Begegnung mit einer Reporterin«, sagte Owen, ohne um den heißen Brei herumzureden. Der Schuldirektor kaute nachdenklich, aber nicht besonders beunruhigt auf einem seiner Brillenbügel herum und nickte Owen zu, zum Zeichen, dass er weitersprechen sollte. »Das ist noch schlimmer, als es sich anhört«, stöhnte Owen und setzte sich auf die Schreibtischkante. »Pat, ich glaube, wir müssen die Behörde verständigen.«

Doch der Schuldirektor legte seine Brille ab und ließ sich gegen die Stuhllehne sinken. Dann trommelte er mit den Fingerspitzen auf seinen Schreibtisch und spitzte nachdenklich die Lippen »Nein«, sagte er bedächtig. »Ich bin sicher, dass wir das auch in den Griff bekommen, ohne die höheren Instanzen zu bemühen.« Er sah Dex an, und Dex merkte, dass der Direktor zum ersten Mal überhaupt nicht versuchte, ihn irgendwie zu betören. »Erzähl mir alles, Dex.« Jetzt versuchte er es doch, wenn auch nur ein kleines bisschen: »Hab keine Angst. Es ist nicht deine Schuld.«

Erneut berichtete Dex die ganze Geschichte. Er war mit einem Mal unendlich müde und erschöpft, wünschte sich nichts sehnlicher, als in sein Bett unter dem schrägen Fenster zu kriechen und in einen traumlosen Schlaf zu fallen. Als er seinen Bericht beendet hatte, griff Owen nach dem Telefonhörer auf dem Schreibtisch und reichte ihn an Patrick Wood weiter. »Pat, wir müssen«, drängte er noch einmal. »Damit kommen wir unmöglich alleine zurecht.«

Doch der Schuldirektor sah Owen mit zusammengekniffenen Augen an, nahm den Hörer in die eine Hand und streckte Owen die andere entgegen. »Die Karte bitte, Owen«, sagte er kühl. Owen stutzte kurz, dann gab er dem Direktor Caroline Fishers Visitenkarte, und dieser wählte die darauf angegebene Nummer.

Zu Dex' großer Verwunderung verlieh Mr Wood seiner Stimme einen sehr warmen und freundlichen Klang. »Hallo? Spreche ich mit Miss Fisher? Mein Name ist Patrick Wood, aus dem Tregarren College. Wenn ich richtig informiert bin, dann haben Sie heute einen unserer Schüler getroffen.« Er schwieg, während sie antwortete. »Ja, ja, genau, Dex Jones. Er hat mir erzählt, dass Sie gerne über uns berichten möchten. Ist das richtig?« Dex konnte Caroline

Fishers helle, professionelle Stimme am anderen Ende der Leitung hören.

»Nun, ich denke, am besten wäre es, wenn Sie persönlich hier vorbeikommen würden, Miss Fisher. Ja, ja, sehr richtig, genau das habe ich gesagt. Morgen, gegen 13.00 Uhr, würde mir passen. Also, warum sind Sie nicht einfach zum Mittagessen unser Gast?« Dex traute seinen Ohren nicht. Als Nächstes bot er ihr wahrscheinlich einen einwöchigen Aufenthalt an. »Ich würde Ihnen sehr gerne das ganze Gelände zeigen«, sagte Mr Wood. »Absolut. Keineswegs. Ich freue mich. Bis morgen. Auf Wiedersehen.«

Er legte mit einem sanften Klick auf und lächelte Dex und Owen an. »Seht ihr? Ganz einfach.«

»Aber was wollen Sie ihr denn sagen?«, platzte Dex heraus. »Wie wollen Sie sie davon abhalten, dass sie es überall herumerzählt?«

»Dex, ich habe im Lauf meiner Karriere schon mehr als einen Journalisten getroffen«, erwiderte Mr Wood. »Ich weiß, wie die ticken. Sie ist keineswegs eine solche Bedrohung, wie du glaubst. Wenn sie uns morgen wieder verlässt, dann wird sie eine Biene ohne Stachel sein. Sei unbesorgt.«

Doch als sie aufstanden, um sich zu verabschieden, stellte Dex fest, dass er noch nie im Leben besorgter gewesen war als jetzt in diesem Augenblick.

Kapitel 20

Dex schlief schlecht. Er träumte von der dunklen Gestalt. Jener dunklen Gestalt, die ganz zu Anfang, schon vor etlichen Wochen, bevor das alles überhaupt angefangen hatte, niedergeschlagen und verletzt in seinen Kopf eingedrungen war. Und wieder empfand er keine Angst. Vielmehr schien die Gestalt ihm etwas erklären zu wollen. Dieses Mal kam sie ein Stückchen näher als beim ersten Mal, so dass er sie in seinem Traum leise keuchen hörte.

Er fühlte, wie seine Matratze nachgab, als die Gestalt ihre zottigen, schwarzen Pfoten auf die Kante legte, und er spürte ihren warmen Atem auf seiner Wange. Sie hätte ihm jederzeit ihre scharfen Fangzähne ins Gesicht schlagen können, doch sie atmete nur sanft auf seine halbgeschlossenen Augen, dann war sie verschwunden.

Dex kam sich verlassen vor. In seinem Traum rief er die Gestalt, bat sie zurückzukommen … und dann befand er sich mit einem Mal wieder in dem heißen Schuppen, den Kopf durch die Lücke in der Rückwand gesteckt. Nur, dass er sich dieses Mal nicht in einen Fuchs verwandelt hatte und das Ganze *tatsächlich* ein Traum war. Er war noch nicht einmal im COLA-Club, und weder Owen noch Gideon oder Lisa oder Mia existierten überhaupt, genauso wenig wie die ganze Schule.

Gideon rüttelte ihn an der Schulter. »Dex! Dex! Wach auf!«

Mit einem Schlag war er hellwach und blickte sich um. Er versetzte Gideon sogar einen Schlag gegen die Schulter, weil er wissen wollte, ob er echt war. Und dann stieß er einen tiefen Seufzer aus und ließ sich zurück auf die Matratze sinken, so erleichtert war er.

»Du hast im Schlaf geschrien«, sagte Gideon und legte sich ebenfalls wieder hin. Es war zwar schon Morgen, aber immer noch früh. Barry hatte sich leise schnarchend unter seine Decke gekuschelt und gab ein gelegentliches Pfeifen von sich. »Du hast die ganze Zeit ›Nein! Nein! Nein!‹ gebrüllt. Ehrlich gesagt, es ist nicht besonders angenehm, so geweckt zu werden!«

»'Tschuldigung«, murmelte Dex.

»Hast du von *ihr* geträumt? Von dieser Reporterin?«

Dex schüttelte den Kopf. Aus irgendeinem Grund konnte er über seinen Traum nicht sprechen. Die schreckliche Hoffnungslosigkeit, die er im Schlaf empfunden hatte, hatte ihn immer noch im Griff – und jetzt, nach Gideons Worten, packte ihn die nächste Verzweiflung, aus der es kein Entrinnen gab. Heute wollte Caroline Fisher die Schule besuchen, und das konnte tatsächlich das Ende des COLA-Clubs bedeuten.

»Vielleicht kannst du ja mit ihr sprechen. Vielleicht kannst du sie aufhalten. Die Mädchen stehen auf dich, Dex. Mach ihr einfach ein paar Komplimente.«

Dex blitzte Gideon vernichtend an. »Die Mädchen stehen *überhaupt nicht* auf mich«, gab er zurück. »Na ja, zumindest nicht mehr als auf alle anderen. Und ich mache grundsätzlich keine Komplimente.«

»Lisa Hardman mag dich aber«, erwiderte Gideon mit neckischem Unterton. »Ich hab doch gesehen, wie sie dich anschaut.«

»Ja, schon, aber das ...« Dex hielt den Mund, bevor er noch ein Geheimnis ausplauderte, das er nicht ausplaudern durfte. »Das liegt daran, dass sie kurzsichtig ist und vor lauter Eitelkeit keine Brille tragen will«, improvisierte er.

Der Vormittag schleppte sich unerträglich langsam dahin. Es war Sonntag, darum fand kein Unterricht statt. Die religiösen Schüler konnten verschiedene Gottedienstangebote und Singkreise in der Ruhezone am hinteren Ende des Schulgebäudes wahrnehmen. Aber Dex war nicht religiös. Während er zusammen mit Gideon über den Sportplatz Richtung Meer schlenderte, machte sich die ernüchternde Erkenntnis in ihm breit, dass er während der vergangenen sieben Jahre eigentlich an gar nichts geglaubt, zu gar niemandem Vertrauen gehabt hatte. Das hatte sich erst geändert, als er Owen kennengelernt hatte und in den COLA-Club aufgenommen worden war.

Sie kletterten über den Zaun und steuerten auf direktem Weg die Felsen rund um den Lido an. Das Plätschern des ruhigen, eingesperrten Meerwassers, das sanft in seiner flachen Felsenmulde hin und her schwappte, dazu das Zwitschern der Vögel, die über ihren Köpfen durch die Luft sausten, das alles hatte eine sehr tröstliche Wirkung. Sie spazierten auf und ab, stocherten in kleinen Pfützen herum und schreckten Krabben auf. Dex warf einen Blick auf seine Armbanduhr. 11.53 Uhr. Noch eine gute Stunde, dann war sie hier. Er würde keinen Bissen hinunterbekommen. Ihm war richtig schlecht vor Angst.

Er brauchte jetzt dringend ein bisschen Aufmunterung. Vielleicht konnte Owen ja seine trübe Stimmung ein wenig heben? Dex ließ Gideon alleine und schlurfte mit gesenktem Kopf den Felsenpfad entlang, der zur Lehmhütte seines Lehrers führte. Als er vor der Tür stand und anklopfen wollte, erwachten seine Fuchssinne urplötzlich zum Leben, und er konnte sehr viel besser hören als zuvor. Im Inneren der Hütte unterhielt sich Owen gerade mit jemandem … mit Paulina Sartre, wie Dex an ihrem Akzent erkannte.

»… kann das unmöglich alleine tragen«, sagte Owen gerade. »Das macht mir große Sorge. Ich halte ihn für gefährlich. Warum will er die Behörde nicht verständigen?«

»Weil Tregarren ihm alles bedeutet«, erwiderte Pauline Sartre, und auch in ihrer Stimme lag eine gewisse Nervosität.

In der nun folgenden Stille stieß Owen vernehmlich den Atem aus. »Aber mir bedeutet es auch alles. Ich würde wirklich fast alles tun, um diese Schule zu beschützen.«

»Aber die Frage ist doch«, wandte Paulina Sartre langsam und mit Bedacht ein. »Vor *wem* müssen wir sie beschützen?«

Dex merkte, dass sie sich der Tür näherte … und er stand immer noch mit offenem Mund davor, die Faust wie erstarrt in der Luft. Einen Sekundenbruchteil später war er bereits ein paar Stufen hinabgesprungen. Als sie die Tür öffnete, hatte er sich schon wieder umgedreht, als sei er gerade erst angekommen.

Paulina Sartre begrüßte ihn lächelnd. »Guten Morgen, Dex«, sagte sie ohne die kleinste Spur der Besorgnis, die sie hinter Owens Tür gerade noch ausgestrahlt hatte. »Geht es dir gut?«

Dex blieb drei Stufen unterhalb stehen und sah sie abwägend an. Sie war schließlich eine Empathin, oder?

»Aha, ich sehe, das ist nicht der Fall.« Sie lächelte immer noch. »Damit war auch nicht zu rechnen. Versuch, dir keine allzu großen Sorgen zu machen. Ich bin mir sicher, dass Mr Wood alles regeln wird.« Sie ging ihm entgegen, und als sie neben ihm war, blieb sie kurz stehen und sagte leise: »Falls du dich heute noch mit jemandem besprechen möchtest, dann tu das mit Mr Hind … oder mit mir, Dex. Bitte nimm den Schuldirektor heute nicht mehr in Anspruch.«

Es waren nicht ihre Worte, die ihm einen Schauer über den Rücken rieseln ließen, während sie mit anmutigen Schritten die Treppe hinunterging. Es war der unzweideutige Geruch. Schlagartig wurde ihm klar, dass die pulsierende Angst, die er bei ihrer ersten Begegnung im Büro des Schuldirektors wahrgenommen hatte, ohne Zweifel von Paulina Sartre ausgegangen war. Hielt sie Patrick Wood etwa auch für gefährlich?

Er hörte Owens Haustür ins Schloss klappen und beschloss, ihn nicht anzusprechen. Nach allem, was er gerade gehört hatte, war Owen vermutlich nicht in der Stimmung, sich mit dem Jungen zu befassen, der sein geliebtes Tregarren College in solche Schwierigkeiten gebracht hatte. Erneut spürte er, wie Schuldgefühle und große Furcht von ihm Besitz ergriffen. Wahrscheinlich wäre es besser gewesen, wenn Owen ihn nie entdeckt hätte.

Das Mittagessen wurde dann noch viel schlimmer, als er es sich vorgestellt hatte. Er betrat zusammen mit Gideon den Speisesaal, nicht etwa, weil er auch nur einen Bissen hinunterbekommen hätte, sondern weil er die Gemeinschaft mit seinem besten Freund und seinen Mitschülern brauchte. Er nahm sich ein Brötchen und eine Schale Hühnersuppe und setzte sich mit Gideon zu Barry und Mia. Er blieb ziemlich wortkarg, während die anderen über die große Lagerfeuerparty und ihre Pläne für Weihnachten plauderten, darüber, ob sie nach Hause fahren würden oder nicht.

Dex hatte das Gefühl, als sei es seine Schuld, dass ihr angenehmes Zuckerwatteleben jederzeit in winzige Fetzen gerissen werden konnte. Sobald die ganze Welt von diesem Ort erfuhr, würden Ströme von Neugierigen hierherpilgern, und alle würden sie wissen wollen, was hier eigentlich vor sich ging. Sie würden mit ihren Ferngläsern und Kameras im Wald über der Klippe zelten, würden die enge Landstraße verstopfen, sich vor dem Eingang drängeln und um Nachricht von ihren verstorbenen Angehörigen betteln, würden sehen wollen, wie die Schüler mit Gedankenkraft Dinge durch die Luft schweben ließen, würden um Heilung bitten …

Bei diesem letzten Gedanken warf er Mia einen Blick zu. Sie sah nicht ganz so zerschlagen aus wie gestern Abend, aber er merkte, dass ihre Finger immer noch leicht zitterten und dass die dunklen Ringe unter ihren Augen immer noch nicht verschwunden waren. Was war bloß los mit ihr? Er beschloss, sie bei der erstbesten Gelegenheit danach zu fragen, ganz direkt.

Er brachte nicht einmal einen Löffel Suppe hinunter, sondern saß einfach nur da, rührte in seiner Schale herum und starrte auf die Tischplatte. Irgendwann stöhnte Gideon auf, stieß ein atemloses »Au weia!« hervor und stupste ihn an.

Dex hob den Blick und sah zu seinem grenzenlosen Entsetzen, dass Schuldirektor Wood den Saal betrat, begleitet von Caroline Fisher. Sie trug einen anderen, ebenfalls sehr schön geschnittenen Hosenanzug und sah sich gespannt und aufgeregt um. Ihre strahlenden großen Augen verschlangen den großen Saal voller Schüler, für dessen Anblick sie so lange und hart gearbeitet hatte. Der Schuldirektor umgarnte sie mit allen Mitteln, das sah Dex sofort. Er legte ihr die Hand sanft auf den Rücken, dann auf die Schulter, geleitete sie an der Essensausgabe vorbei und besorgte ihr ein Tablett. Er lächelte und suchte immer wieder den direkten Augenkontakt. Gelegentlich fuhr er sich auch mit einer entwaffnenden Geste durch seinen jungenhaften, braunen Haarschopf.

Dex empfand so etwas wie eine leise Hoffnung. Wenn Mr Wood sie so richtig um den Finger wickeln konnte, dann ließ sie sich womöglich überreden, still und leise nach Hause zu fahren und die Schule in Ruhe zu lassen. Jedenfalls war eindeutig zu sehen, dass ihr das Ganze eine Menge Spaß machte. Sie lachte und lächelte ihn an und fasste sich ständig an die Haare, als wäre sie so etwas wie sein Spiegelbild. Dex erstarrte, als die beiden sich mit ihren gefüllten Tabletts in der Hand umdrehten und der Schuldirektor quer durch den Saal zeigte. Sie zog eine ihrer hübschen Augenbrauen in die Höhe und nickte, wieder mit diesem selbstzufriedenen Lächeln, bevor sie sich gleichzeitig in Bewegung setzten. Direkt auf den Tisch zu, an dem Dex saß.

Er merkte, wie Gideon sich neben ihm verkrampfte, als die beiden sich auf zwei leere Stühle zwischen Dex und Mia setzten. »Guten Tag zusammen«, sagte Mr Wood mit freundlicher Stimme. »Ich möchte euch Miss Fisher vorstellen. Sie möchte gerne ein bisschen mehr über das Tregarren College und den COLA-Club erfahren.«

Caroline Fisher strahlte über das ganze Gesicht und sagte jedes Mal freundlich »Hallo!«, während der Schuldirektor sie alle einzeln mit Namen vorstellte.

»Und natürlich Dex!«, sagte der Schuldirektor, »aber den kennen Sie ja bereits.«

Sie lächelte und sah ihn durchdringend an. »Schön, dich wiederzusehen, Dex«, sagte sie. Und immerhin schaffte sie es, ihre Stimme nicht triumphierend klingen zu lassen.

Dex gab keine Antwort, sondern rührte nur stumm in seiner Suppe herum.

»Ich habe Miss Fisher erzählt, was wir hier eigentlich machen und weshalb es so wichtig ist, dass ihr vor den Augen der großen Öffentlichkeit geschützt werdet. Zumindest so lange, bis wir alle ein wenig älter und weiser geworden sind«, fuhr der Schuldirektor fort und zog einfach alle mit seinem Charme und seiner Ausstrahlung in seinen Bann. Alle bis auf Dex.

Er konnte die Illusion zwar spüren, aber wie immer schien sie ihn lediglich wie ein Bach zu umfließen, anstatt ihn mitzureißen. Die anderen jedoch hingen auch jetzt wieder gebannt an den Lippen des Schuldirektors, genau wie Caroline Fisher. Einmal streckte sie sogar die Hand aus und wischte eine verirrte Brotkrume von seinem Jackettaufschlag, woraufhin er sie strahlend anlächelte und mit dem Handrücken noch einmal über das Jackett fuhr, um eventuelle andere Krumen zu beseitigen. Es funktionierte wirklich, das musste Dex zugeben. Der Direktor hatte sie voll und ganz betört. Dex empfand, wenn auch unfreiwillig, eine gewisse Bewunderung für Patrick Wood. Der war sich ja von Anfang an sehr sicher gewesen, dass er mit der Situation fertigwerden würde. Vielleicht hätten Dex und Owen ihm tatsächlich mehr Vertrauen entgegenbringen müssen. Vielleicht.

Nach dem Mittagessen nahm der Schuldirektor Caroline mit und zeigte ihr die ganze Schule. Sie beobachteten aus der Ferne, wie er sie um den gesamten Innenhof führte, dann hinüber zu den Unterkünften, wo sie noch mehr verwirrten Schülern vorgestellt wurde, und schließlich hinunter zum Sportplatz und um die Spitze des Lidos herum. Die Sonne sorgte für einen relativ warmen Novembertag, und der Seewind wehte nur schwach. Caroline Fisher spazierte in ihren hochhackigen Lederstiefeln am Strand entlang und ließ sich von der sanften Brise die kurzen, blonden Haare zerzausen, während sie vom Zaubercharme des Schuldirektors in Bann geschlagen wurde, ohne auch nur das Geringste zu ahnen. Als sie zwei Stunden später die kleine Steintreppe zum Pförtnerturm emporstiegen, hatte sie sich bei Mr Wood eingehängt, fast so, als wären sie ein Liebespaar. Ob der Direktor sich damit zufriedengeben würde? Das sollte sich gleich zeigen.

Jetzt kam einer der Hellseher auf Gideon und Dex zugerannt. »Mr Wood braucht dich, Gideon«, keuchte er. Er gab Gideon einen Briefumschlag, und dieser riss ihn hastig auf und holte einen weißen Papierstreifen heraus. Er zeigte ihn Dex und las.

Die Nachricht war mit der länglichen, ordentlichen Schrift des Schuldirektors verfasst worden und lautete folgendermaßen: »Gideon, komm SOFORT zum Pförtnerturm und hol mit Hilfe deiner Kräfte ein kleines Diktiergerät aus Miss Fishers Handtasche. Es handelt sich um eine offene Korbtasche, daher dürfte es kein Problem sein. Dann versteckst du das Gerät, und zwar sehr sorgfältig. Beeil dich!« Der Zettel war mit seinen Initialen unterschrieben. Gideon ließ Dex noch einen Blick darauf werfen, dann rannten sie die Stufen zum Pförtnerturm hinauf.

Als sie die Hälfte der Strecke geschafft hatten, hörte er, wie jemand sehr eindringlich seinen Namen rief. Er drehte sich um, um den Störenfried, wer immer es sein mochte, abzuwimmeln. Er *musste* zusammen mit Gideon zum Turm gelangen. Er *musste* wissen, dass alles in Ordnung war. Der Schuldirektor und Caroline Fisher traten bereits durch das Turmtor.

»Dex! Ich muss mit dir reden! *Sofort!*« Das war Lisa. Sie kam mit hochrotem Kopf und völlig aufgelöst hinter ihm hergerannt.

»Tut mir leid, Lisa«, rief Dex nach unten. »Du musst mir deine Nachricht nachher geben. Ich kann jetzt wirklich nicht!«

»Dex, du musst aber!«, brüllte Lisa ihm hinterher und blieb ihm voller Panik auf den Fersen. »Du *musst*! Es geht um *dich*!«

Verärgert blieb Dex stehen, während Gideon weiterrannte. »Ich komm gleich nach, in ungefähr zehn Sekunden«, rief er ihm hinterher. Dann wandte er sich mit grimmigem Gesichtsausdruck an Lisa. »Hör zu, Lisa, ich freue mich ja, dass du dich um mich sorgst, aber ganz egal, was es ist, mach schnell. Ich muss hoch in den Turm.«

»Nein, Dex, *auf keinen Fall*«, erwiderte sie. Die Anspannung war ihr deutlich anzusehen, und sie packte ihn am Arm. »Ich kann spüren, wie du fällst«, sagte sie mit bebender Stimme. »Das schickt mir dieses verflixte Vieh, und zwar seit dem Lagerfeuer gestern Abend. Nicht gut, Dex, überhaupt nicht gut!«

Dex starrte sie verwirrt und aufgewühlt an. »Aber was spielt das schon für eine Rolle?«, erwiderte er dann mit kalter Stimme. »Du hast doch selbst gesagt, dass es sowieso egal ist, was du sagst oder tust. Wenn ich falle, dann falle ich eben. Vielleicht überlebe ich es ja.«

Sie sah ihn einen Augenblick lang stumm an, und Dex spürte, wie ihn ein weiterer Angstschauer packte. »Es hat etwas mit ihm zu tun.« Sie blickte nach oben zum Turm. »Und mit ihr. Ich merke, wie sich ein enger Ring um meine Brust legt, wenn ich sie vor mir sehe. Ich bekomme kaum noch Luft.«

Dex schüttelte ihre Hand mit einer sanften Bewegung ab und wandte sich zum Gehen. »Na ja, vielleicht hat sie ja Asthma«, sagte er leichthin. »Aber ich muss jetzt trotzdem los. Danke Lisa, wirklich. Ich weiß das sehr zu schätzen.« Mit diesen Worten rannte er die Treppe hinauf, hinter Gideon her.

Am Fuß des Schornsteinturmes, zu beiden Seiten des Tors, befanden sich zwei hohe, schmale Fenster mit breiten Fenstersimsen. Sie standen weit offen, und Dex konnte den Schuldirektor und Caroline Fisher deutlich hören. »Ach, Gideon«, sagte Patrick Wood gerade. »Willst du wieder mal Barber besuchen?« Gideon ließ ein zustimmendes Grunzen hören, eindeutig, weil ihm klargeworden war, dass er mitspielen sollte. Dex hörte, wie er auf den Hund zuging, und hörte auch Barbers erfreutes Schlabbern angesichts der Aufmerksamkeit, die ihm da so unerwartet geschenkt wurde. Sie waren fast direkt hinter dem Fenster, vor dem Dex gerade kauerte. Mr Pengalleon konnte er weder hören noch spüren.

Was sollte er jetzt machen? Sicher, er musste wissen, ob es Gideon gelungen war, das Diktiergerät aus Miss Fishers Tasche zu holen, aber das war nicht alles. Er wollte unbedingt sehen, was genau da vor sich ging. Wenn er doch nur ein wenig kleiner, ein wenig flinker gewesen wäre, dann hätte er auf das breite Fenstersims springen und durch das Fenster schauen können. Er stellte sich auf Zehenspitzen und bekam ein Stück von der Decke zu sehen. Aber als Barber plötzlich von der anderen Seite her die Vorderpfoten auf das Sims legte und den Fensterrahmen beschnüffelte, zuckte er vor Schreck zusammen. Der Hund sah ihn an und schnaufte aufgeregt. Dex konnte nur inständig hoffen, dass er nicht gleich anfing zu bellen. »Pschscht«, sagte er in Gedanken, und dann empfing er einen Gedanken von Barber. »Still. Fuchs.« Verdutzt erkannte Dex, dass der Hund *tatsächlich* mit ihm kommunizierte. Aber noch verdutzter war er – so verdutzt, dass er beinahe rückwärts umgekippt wäre –, als ihm klarwurde, dass er jetzt auf dem Fenstersims hockte und seinen Kopf um den Fensterrahmen herumschob, direkt auf Barbers feuchte Schnauze zu. Und dass er ein Fuchs war. Dex merkte, wie sich vor Schreck seine Nackenhaare sträubten. Zum allerersten Mal hatte er sich verwandelt, nur weil er es wollte. Dabei hatte er den Gedanken ja kaum gedacht.

Er riss sich zusammen. Der Schuldirektor stand beim Ausgang, gab den Code ein und hielt Caroline Fisher das

Tor auf. »Es ist selbstverständlich Ihre Entscheidung«, sagte er mit liebenswürdiger Stimme. Dabei blickte er ihr in die Augen und verströmte so viel Zaubercharme, dass sogar Gideon, der unter dem Fenster auf dem Boden kniete, ihn mit offenem Mund und verschleiertem Blick anstarrte. Aber wenigstens hatte er die Hand, mit der er das kleine, schwarze Diktiergerät festhielt, locker auf den Rücken gelegt. Caroline Fisher ahnte zum Glück nichts davon und schüttelte dem Schuldirektor gerade die Hand.

»Ich habe vieles gesehen, worüber ich erst einmal nachdenken muss«, sagte sie und wirkte so, als würde sie es wirklich ehrlich meinen. »Ich möchte das, was Sie hier haben, gewiss nicht zerstören, aber trotzdem muss ich mir genau überlegen, was ich tun soll.«

»Selbstverständlich«, erwiderte der Schuldirektor. Dex sprang über Gideons Kopf hinweg, landete lautlos auf dem Teppich vor der Feuerstelle und huschte unter den Stuhl neben der Tür. Gideon blinzelte und bückte sich, um ihn anzusehen. Jetzt stand sein Mund sogar noch weiter offen als zuvor. Dex schüttelte drängend den Kopf und dachte fieberhaft: »Bitte! Nicht reagieren! Sei leise!« Dann ließen sich Gideon und Barber gleichzeitig auf ihre Hacken sinken und blickten konzentriert zur Tür, vollkommen lautlos.

»Es ist ein wunderschöner Tag«, sagte der Schuldirektor. »Wo haben Sie geparkt?«

»Oh, ich habe meinen Wagen beim Hotel im Dorf stehen lassen«, sagte Caroline Fisher. »Ich bin zu Fuß hergekommen. Es ist ja nicht besonders weit, aber dafür sehr hübsch.«

»Nun, dann kann ich Ihnen nur empfehlen, durch den Wald zurückzugehen – der Weg ist noch hübscher«, sagte der Schuldirektor, und Dex nahm plötzlich noch einen wohlbekannten Duft wahr. Das letzte Mal hatte er diesen Duft in der Bark's End Junior School gerochen, als Clive mit seiner Papieruhr abgezwitschert war. Und Matthew und Toby waren der Ausgangspunkt gewesen. Damals hatte Dex genau gewusst, was dieser Geruch zu bedeuten hatte, und das wusste er jetzt auch. Eine schreckliche Kälte ergriff von ihm Besitz.

Das Tor schwang weit auf, und der Schuldirektor bot Caroline Fisher an, sie ein Stück zu begleiten und ihr den Weg durch den Sumpf zu zeigen, der zum anderen Ende des Dorfes führte. »Es ist ein trockener, sicherer Pfad«, sagte er. »Und an einem Tag wie heute wunderschön zu gehen.« Sie machten sich gemeinsam auf den Weg. Während der wenigen Sekunden, die die Tür brauchte, um schwer ins Schloss zu fallen, war Dex lautlos durch die Öffnung gehuscht und hatte sich in das Gebüsch am Rand der Einfahrt geschlagen, um die Verfolgung aufzunehmen.

Er hielt sich immer im Unterholz. Hier im Wald war es nicht weiter schwierig, die beiden im Auge zu behalten, während er lautlos weiterschlich. Bäume, umgestürzte Stämme und die niedrige Vegetation boten reichlich Deckung. Kleintiere suchten hastig das Weite, und eine Amsel erhob sich aus dem Dickicht und keckerte ihn wütend an, doch das waren alles normale Waldgeräusche. Der Schuldirektor und Caroline Fisher sahen sich nicht einmal um. In regelmäßigen Abständen schnappte Dex einen Hauch dieses speziellen Geruchs auf, der vom Direktor ausging. Was würde wohl gleich geschehen?

Auch wenn er Caroline Fisher nicht mochte und sie nie wiedersehen wollte, wollte er doch auf gar keinen Fall, dass ihr ein ernsthafter Schaden zugefügt wurde. Aber genau das hatte der Schuldirektor vor! Daran gab es für Dex nicht den geringsten Zweifel. Jede Faser seines sehnigen Körpers, jeder Impuls, der durch sein Gehirn zuckte, signalisierte ihm ein und dieselbe Botschaft – *Gewalt* –, und plötzlich hatte Dex das Gefühl, als sei er für sie *verantwortlich.* Etwas ganz Ähnliches empfand er auch gegenüber Alice. Auch wenn es nichts gab, was ihn mit seiner ziemlich nervigen kleinen Halbschwester verband, er würde trotzdem nicht tatenlos zusehen, wie ihr ein Leid zugefügt wurde. Genauso wenig wie bei Caroline Fisher. »Aber wenn sie den COLA-Club zerstört?«, beharrte eine unnachgiebige Stimme in seinem Kopf. »Wenn er sie gehen lässt, dann könnte das das Ende des Tregarren College bedeuten.«

Nein. Er war wirklich bereit, *fast* alles zu tun, um den COLA-Club zu retten, aber nicht das. Was immer es sein mochte, aber das nicht.

Soweit er erkennen konnte, hatte Mr Wood keine Waffen bei sich, aber hier lagen ja überall kräftige Stöcke und spitze Zweige herum. Caroline Fisher machte einen sportlichen, durchtrainierten Eindruck. Sie würde sich bestimmt wehren, wenn es zum Kampf kam. Vielleicht konnte Dex ihr ja irgendwie helfen, wenn er als Fuchs den Schuldirektor anfiel. Ohne große Zuversicht trottete er mit gesenkter Schnauze und gespitzten Ohren weiter, kam, wie er mit Hilfe seiner feinen Nase feststellte, am Revier des Fuchsrüden vorbei und gelangte schließlich zum Waldrand.

Als die Bäume allmählich zurückwichen und dem Sumpf Platz machten, verlangsamte Dex seine Schritte und kauerte sich unter das Farnkraut, das sich wie ein schützendes Dach über ihm wölbte. Durch ein paar kleine Lücken in den gewundenen Blättern sah er, wie der Schuldirektor stehen blieb und sich der Reporterin zuwandte. Dex machte sich zum Sprung bereit, lockerte noch einmal seine Läufe, spürte sein rasendes Herz. Die beiden unterhielten sich noch eine Weile, aber Dex bekam kaum etwas davon mit. Es machte alles einen ruhigen, friedlichen Eindruck. Er sah, wie der Schuldirektor ihr erneut den Arm um die Schulter legte und sie behutsam umdrehte. Dabei deutete er immer wieder mit eindeutigen Gesten quer über den Sumpf, so lange, bis Caroline Fisher nickte und ihn ansah. Dabei hatte sie denselben entrückten, leicht benommenen Blick aufgesetzt wie Gideon vorhin im Pförtnerturm. Sie gab ihm die Hand, und er drückte ihr ein väterliches Küsschen auf die Wange. Nachdem sie ihn noch einmal über die Schulter hinweg angestrahlt hatte, winkte sie zum Abschied und machte sich auf den Weg durch den Sumpf. Mehr passierte nicht.

Verwirrt, immer noch zum Sprung bereit und immer noch mit dem Duft der Gewalt in der Nase, starrte Dex zwischen den Farnkrautblättern hindurch. Selbst jetzt noch rechnete er jeden Moment damit, dass der Schuldirektor ihr gleich hinterherlief, aber nichts dergleichen geschah. Er drehte sich einfach um, richtete seine Krawatte und fing an, den Weg zurückzugehen, den er gekommen war. Er lächelte dabei, und Dex hörte ihn leise und zufrieden kichern. Aber die Reporterin war doch entkommen, völlig ungehindert. Wieder einmal versuchte Dex, seine Gedanken und Gefühle zu ordnen. War es denkbar, dass er sich in Patrick Wood täuschte? Hatte er sich wirklich so gewaltig verschätzt?

Er warf noch einen Blick über den Sumpf hinweg und sah, wie Caroline Fisher vergnügt den Weg entlangspazierte. Die Tasche baumelte fröhlich über ihrer Schulter – offensichtlich hat sie den Verlust ihres Diktiergeräts noch gar nicht bemerkt, dachte Dex –, während sie den Möwen nachsah, die sich über ihrem Kopf tummelten.

Vor seinem geistigen Auge spielte sich eine Szene ab, in der der Schuldirektor zu ihm sagte: »Dex … ich weiß, dass ich gelegentlich ein wenig unheimlich wirke, aber wirklich nur, weil mein Amt es erfordert. Ich tue das alles nur, um dich und deine Freunde zu beschützen. Und alles wird gut werden.«

Er wäre so froh gewesen, wenn er das hätte glauben können. Dex wünschte sich nichts sehnlicher, als sagen zu können: »Ja! Sie hatten ja so recht, Sir! Ich war dumm und werde Sie nie wieder in Frage stellen, Sir!«

Doch noch während der Schuldirektor zwischen den Bäumen verschwand, wusste Dex, dass er das niemals sagen können würde.

Kapitel 21

Dex wartete noch ein paar Minuten ab, bevor er unter dem Farnkraut hervorkroch und sich ebenfalls auf den Rückweg durch den Wald machte. Eine seltsame Unruhe hatte ihn ergriffen, so als hätte er etwas Wichtiges vergessen. Das nagende Gefühl ließ ihm keine Ruhe. Immer wieder hatte er die Szene vor Augen, wie der Schuldirektor Caroline Fisher zum Waldrand begleitet und sich von ihr verabschiedet hatte. Warum nur? Was störte ihn bloß daran? Er kam nicht darauf. Vielleicht musste er sich einfach nur schlafen legen und wieder zum Menschen werden? Vielleicht kam ihm dann die Erleuchtung?

Schnelle, trampelnde Schritte dröhnten über den Waldboden. Dex erstarrte, doch bevor er weglaufen konnte, sah er schon Gideon zwischen den Bäumen auf sich zukommen. Lisa war dicht hinter ihm, gefolgt von Mia. »Dex!«, keuchte Gideon, als er den Fuchs etwas unsicher auf der kleinen Lichtung stehen sah. »Dex, ist alles in Ordnung?«

Dex nickte, obwohl natürlich längst nicht alles in Ordnung war. Er kam sich vor, als würde er auf ein Puzzle starren, ohne irgendeinen Sinn darin zu erkennen, und dabei wäre es so wichtig gewesen, eben diesen Sinn zu erfassen.

»Lisa hat gesagt, dass du in Schwierigkeiten steckst«, sagte Gideon. Dex blickte das Mädchen verblüfft an.

Soweit er wusste, war es das erste Mal, dass sie nicht mit

ihm, sondern mit jemand anderem über ihre Vorahnungen gesprochen hatte. Sie musste wirklich *sehr* besorgt um ihn sein.

Lisa blickte sich nervös um, doch dann hielt sie inne und starrte Dex an. »Ist ja gut«, sagte sie. »Du brauchst nicht so ein Riesending daraus zu machen. Ich habe eben das Gefühl, dass ich dir was schuldig bin. Das ist alles. Ohne Gideon wären wir gar nicht hier. Er hat sich den Code für das Türschloss gemerkt.« Dex ließ sich auf seine Hinterläufe sinken und schenkte ihr, trotz seines unguten Gefühls, ein freches Fuchsgrinsen. »Lass das!«, herrschte sie ihn an, um sich gleich darauf suchend umzusehen.

»Wir haben Mr Wood alleine zurückkommen sehen. Was ist denn aus der Reporterin geworden?«, wollte Gideon wissen, während er in die Knie ging und Dex mit staunender Miene den roten Pelz zwischen den Ohren kraulte. Dex hielt es für höchst unwahrscheinlich, dass Gideon ihm, wenn er wieder Mensch war, jemals so den Kopf kraulen würde, aber er ließ es geschehen. Dann deutete er mit seiner Schnauze in die Richtung, aus der er soeben gekommen war, versuchte, den anderen zu sagen, dass Caroline Fisher sich auf den Weg durch den Sumpf gemacht hatte.

»Wohin? Zeig doch mal genauer, mit deiner Pfote oder so«, sagte Gideon.

In diesem Augenblick erkannte er die schreckliche Wahrheit, wurde von ihr überrollt wie von einem Lastwagen.

Plötzlich ergab das ganze Durcheinander einen Sinn. Er sah ganz deutlich vor sich, wie der Schuldirektor Caroline

Fisher zum Waldrand begleitete. Er sah, wie er ihr den Arm um die Schulter legte und sie umdrehte, in eine bestimmte Richtung über den Sumpf hinweg zeigte. Er hatte genau vor Augen, wie er die Hand ausstreckte, mit bestimmten, langsamen Bewegungen, während er die Reporterin mit der anderen Hand immer noch berührte, und dann sah er das pulsierende Beben der Luft, die die beiden umgab.

Dex sprang auf, als hätte jemand auf ihn geschossen. Gleichzeitig hielt Lisa den Atem an und fiel auf die Knie. Sie schlang die Arme um ihren Brustkorb und schnappte nach Luft. »Dex!«, stöhnte sie. »Dex! Du weißt, wo sie ist!« Er jagte zurück zum Sumpf. Lisa rief ihm hinterher: »Dex – beeil dich! Es ist schon fast zu spät!«

Dex sauste den Sumpfpfad entlang, so schnell, dass seine Pfoten kaum den Boden berührten. Er hielt die Schnauze hoch in den Wind, um zu erschnuppern, welchen Weg Caroline Fisher genommen hatte, aber tief im Inneren wusste er bereits, wo sie war. Irgendwo hinter sich spürte er, dass Lisa, Gideon und Mia ihm so schnell wie möglich folgten. Schon nach wenigen Sekunden hatte Dex die kleine Brücke über den tückischen, grünen Schleimfluss erreicht. Er blieb stehen, drehte sich um und blickte in Richtung Meer. Ihm war vollkommen klar, dass Caroline Fisher nicht einfach so gestolpert und von der Brücke gefallen war. Sie war ja gar nicht bis zu dieser Stelle gekommen. Schuldirektor Wood hatte ihr nämlich durchaus eine Brücke und einen Weg, der bis zu ihr führte, gezeigt. Allerdings gab es diese Brücke in Wirklichkeit gar nicht. So, wie

Spook es mit den Torpfosten gemacht hatte, so hatte Patrick Wood jetzt die Wahrnehmung der Reporterin verschoben. Er hatte ihr vorgegaukelt, dass die Brücke zwanzig Meter flussabwärts stand. Die arme, verzauberte Frau hatte hingesehen und genickt, und dann war sie an der Biegung, die zu der echten Brücke führte, einfach weiter geradeaus gegangen, auf die Phantombrücke zu.

Jetzt konnte Dex sie riechen. Sie verharrte immer noch an der Oberfläche, wenn auch nur knapp. Er ging wieder zurück bis zu der Biegung und ließ den Blick suchend über das unregelmäßige Sumpfgras und die düsteren Flecken dazwischen schweifen. Dort bewegte sich etwas ... etwas Helles. Ein paar blonde Haarsträhnen flatterten in der Brise. Dex holte tief Luft und sagte sich, dass er nur einen Bruchteil seines Menschengewichts wog. Und dann ... lief er über die Sumpffläche direkt auf sie zu. Viel weiter hinten hörte er Gideon und Mia rufen: »Dex! Nein! Das ist zu gefährlich!«, aber gleichzeitig spürte er, wie Lisa ihm in Gedanken einen Schubs verpasste. Sie fühlte genau dasselbe wie Caroline Fisher und konnte es nicht ertragen.

Bei der Reporterin angekommen sah er, dass sie zwar bei Bewusstsein war, aber vollkommen regungslos da lag. Nur fünf schlammverkrustete, bebende, leicht gekrümmte Finger sowie die dazugehörigen Knöchel ragten aus dem Sumpf hervor und dazu ihr zum Himmel gewandtes, mit braungrünem Schleim überzogenes Gesicht. Ihre Augen waren fest zusammengekniffen, und es sah so aus, als würde sie irgendwelche Worte vor sich hin murmeln. Dex ließ sich auf den Bauch sinken, um sein Gewicht so gleichmäßig wie möglich auf der dünnen Sumpfkruste zu verteilen, und kroch zu ihr. Sie schlug die Augen auf und sah ihn an.

»Dex«, flüsterte sie, ohne eine Spur von Überraschung erkennen zu lassen. »Bist du das?« Dex nickte und fragte sich gleichzeitig, wie, um alles in der Welt, er sie dort herausziehen sollte. »Es … es ist w-w-wirklich sch-sch-schade«, stieß sie zwischen klappernden Zähnen hervor und ließ dabei ein leises, trauriges Lächeln sehen, so dass der halbgetrocknete Schlamm auf ihrem Gesicht kleine Risse bekam. »Ich ha-hatte n-n-noch so viel v-v-vor.« Eine einzelne Träne bahnte sich einen blassen Kanal über ihre verkrustete Wange, und sie flüsterte: »Richtest du m-m-meiner Mum aus, d-d-dass es m-m-mir leid t-t-tut? Sag ihr, d-d-dass ich sie lieb ha-ha-hab.« Und dann ließ Caroline Fisher ihre Augen wieder zufallen, als wüsste sie, dass es jetzt so gut wie zu Ende war.

Dex starrte sie an, erschrocken und entsetzt. Er konnte doch nicht einfach zusehen, wie sie ertrank! Mittlerweile waren Gideon und Mia bei der Brücke angelangt und riefen nach ihm, wollten ihn zurückholen, sagten, dass sie Hilfe holen würden, aber ihm war klar, dass dafür nicht genügend Zeit war. Keine drei Minuten mehr, dann würde Caroline endgültig im Morast versinken. Dex sprang auf sie zu, steckte seine Schnauze tief in den sumpfigen Untergrund an ihrem Hinterkopf und versuchte, mit seinen Zähnen nach ihrem Jackenkragen zu schnappen. Beim dritten Versuch hatte er Erfolg, klemmte das durchnässte Gewebe fest zwischen die Kiefer und zog daran. Seine Hinterläufe standen glücklicherweise auf relativ festem Boden, und so fing er an, mit aller Kraft an ihr zu ziehen. Der Sumpf leistete Widerstand, gab ein seufzendes Schmatzen von sich, als wollte er seine Beute nur ungern loslassen, und Wut flammte in dem kleinen Fuchs auf, ein blinder, urzeitlicher Zorn, der sich als erstickter Laut durch seine fest zusammengebissenen Zähne einen Weg ins Freie bahnte.

»LISA! Sag Gideon, dass er mir helfen muss!«, dachte Dex. Gleichzeitig sah er, wie Lisa sich, um Atem ringend, an das Brückengeländer klammerte und dabei versuchte, Gideon etwas zuzurufen. Während er an Caroline Fisher zerrte und zog und sie dabei fast unwillig stöhnte, als würde er sie aus dem Schlaf reißen, erkannte Dex aus dem Augenwinkel, dass Gideon die Brücke verließ und sich ihnen näherte. Mit schnellen Schritten trat er von einem Sumpfgrasbüschel auf das nächste. Dann, auf halben Weg, ging er in die Knie und starrte Dex und Caroline hochkonzentriert an.

Einen Augenblick lang geschah gar nichts, und Dex stieß erneut einen gequälten Laut aus. Er merkte, wie seine Vorderpfoten unter dem Gewicht der halbtoten Reporterin in den schleimigen Untergrund zu sinken begannen. Hilf mir, Gideon, rief er in Gedanken, *hilf mir sofort!* Noch einmal riss er mit einem kräftigen Ruck an Carolines Kragen, zog mühsam seine Vorderpfoten aus dem Moor, schaffte es, sie ein paar Zentimeter nach oben zu ziehen, und dann … und *dann* … bewegte sie sich von selbst. Mit einem Mal erhoben sich ihre Schultern aus dem Sumpf, dann ihre Knie, feucht glänzend und voller Schlamm. Dex wich mit unsicheren Schritten zurück. Er hatte immer noch ihren Kragen zwischen den Zähnen, als der Rest ihres leblosen Körpers sich aus dem Morast löste. Gideon *tat es*! Dex zerrte und zerrte, kam den trockenen Sumpfgrasbüscheln immer näher und näher, gefolgt von einer halb schwebenden, halb rutschenden Caroline Fisher, bis Gideon neben ihnen auftauchte. Nichts konnte ihn in seiner Konzentration stören. Vorsichtig setzte er einen Fuß vor den anderen, bis sie schließlich bei der Brücke angelangt waren.

Schweratmend ließ Dex sich auf den Bauch plumpsen. Gideon ging neben ihm in die Knie. Schweißtropfen rannen ihm von der Stirn, und er wirkte irgendwie benommen. Lisa hielt sich immer noch den Brustkorb und lehnte stöhnend am Brückenpfeiler, während Mia den Schlamm rund um Carolines Mund wegwischte und ihr die Hände auf die Rippen legte. »Da?« Sie blickte Lisa durchdringend an, und diese nickte nur, grau und stumm.

Als er seine Freunde so sah, wurde Dex trotz aller Erschöpfung von einem heißen, übermächtigen Zorn ergriffen. Ein einziger Mann hatte all das verursacht. Ein Mann, der sich nichts dabei dachte, eine Gegnerin im Moor zu versenken, um kurz darauf nach Hause zu gehen, um sich eine schöne Tasse Tee zu gönnen. Er hatte von Anfang an recht gehabt, was Patrick Wood anging. Dex merkte gar nicht, dass er knurrte, bis sich drei erstaunte Gesichter ihm zuwandten. Schon im nächsten Augenblick jagte er über den schmalen Pfad davon, angetrieben von einem einzigen Gedanken: seine scharfen Fuchszähne in Patrick Woods Kehle zu schlagen.

Er flog zwischen den Bäumen hindurch, wich instinktiv Hindernissen aus, sprang über Gräben, Wurzeln und Baumstämme und fand sich bereits nach wenigen Sekunden – so kam es ihm zumindest vor – an der Klippenkante wieder. Ohne anzuhalten, schlängelte er sich geschmeidig den schmalen Pfad hinunter, den er kürzlich im Schein des Mondes entdeckt hatte, und lief dann zwischen den Unterkünften hindurch zum Schulgebäude. Er umkreiste es, bis er vor dem Fenster des Direktors angelangt war. Es stand offen. Dex sprang auf das Fenstersims und landete anschließend auf dem Bürofußboden. Seine Krallen klackten laut. Patrick Wood saß an seinem Schreibtisch, blätterte in einem Buch und trank tatsächlich eine Tasse Tee. Er hob überrascht den Blick, dann stahl sich so etwas wie Misstrauen auf seine schmalen, unregelmäßigen Gesichtszüge.

Er erhob sich und stellte die Teetasse ab. »Dex«, sagte er. »Was hast du getan?«

Dex merkte, dass er ein lautes Knurren von sich gab. Sein Pelz war verklebt und voller Moorschlamm. Man musste kein Genie sein, um zu ahnen, wo er gewesen war.

Patrick Wood verschränkte die Arme vor der Brust und neigte den Kopf zur Seite. »So, so, so«, sagte er mit einem bösartigen Grinsen. »Da hat wohl jemand Lebensretter gespielt, was?«

Dex machte sich zum Sprung bereit. Sein Knurren wurde immer lauter und wilder. Der Schuldirektor gab erneut diesen Gewaltgeruch ab, der Dex' Herz noch schneller schlagen, seinen Zorn noch größer werden ließ.

Patrick Wood zuckte lediglich mit den Schultern und machte das Fenster zu. Dann setzte er sich auf seine Schreibtischkante. »Es ist wirklich zu schade, Dex«, sagte er, als hätte Dex gerade eine schlampige Hausaufgabe abgegeben. »Unser einziger Gestaltwandler. Ich habe mich so darauf gefreut, deine Fähigkeiten kennenzulernen, zu erfahren, in wie viele unterschiedliche Arten du dich verwandeln kannst und wie wir dich am sinnvollsten einsetzen können.« Dex bewegte sich durch das Zimmer, verlagerte seine Position, war aber jederzeit bereit, sein Gegenüber anzuspringen. Schuldirektor Wood beugte sich nach hinten und zog, während er sprach, eine seiner Schreibtischschubladen auf. »Natürlich weiß ich jetzt, dass Gestaltwandler sich nur schwer beeinflussen lassen. Ich nehme an, das hat etwas mit euren tierischen Instinkten zu tun. Du bist auf keinen meiner kleinen Tricks hereingefallen, Dex, nicht wahr? Genauso wenig wie der erste.«

Der erste? Blitzartig zuckte ein Bild vor Dex' innerem Auge auf, so wie Owen es ihm geschildert hatte. Ein Bild von Patrick Wood, wie er neben einem toten Wolf kniete.

Der Schuldirektor holte etwas Glänzendes aus der Schublade und setzte sich dann wieder aufrecht auf die Schreibtischkante. Das glänzende Ding lag in seinem Schoß.

»Du musst begreifen, dass ich aus einem ganz bestimmten Grund Schuldirektor des Tregarren College geworden bin, nämlich weil ich weiß, wie man Menschen *kontrollieren* kann. Und COLAs brauchen Kontrolle. Nicht durch Drohungen oder Einschüchterung, sondern durch einfachen, aufrichtigen Charme. Nun ja, vielleicht nicht hundertprozentig aufrichtig. Du musst wissen, Dex, es gibt nichts, absolut *nichts*, was mächtiger ist als Loyalität. Es gibt kein einziges COLA, das nicht sofort einen Luftsprung machen würde, wenn ich es darum bäte. Außer dir, natürlich. Und deinem zähnefletschenden Vorgänger. Er konnte mich nicht ausstehen. Tiere scheinen mich allgemein nicht besonders zu mögen.«

Dex knurrte ununterbrochen weiter. Er ließ Patrick Wood keine Sekunde lang aus den Augen, trotz der Übelkeit, die ihn ergriffen hatte, weil er sich jetzt absolut sicher war, dass der Schuldirektor etwas mit dem Tod des ersten Gestaltwandlers zu tun hatte.

»Natürlich bist du sehr edelmütig, das gebe ich gerne zu«, fuhr Patrick Wood fort, das glänzende Ding immer noch zwischen seinen Handflächen verborgen. »Sehr anständig von dir, dass du die arme, kleine Caroline retten willst ... aber du hast doch nicht ernsthaft geglaubt, dass ich die Existenz dieser Schule aufs Spiel setzen würde, nur um die Karriere einer hübschen, kleinen Schmierenjournalistin zu befördern, oder?« Dex' Knurren wurde noch lauter. »Sei doch vernünftig, Junge! Sie hat mein gesamtes Leben bedroht ... genau wie deines! Du solltest mir dankbar sein, dass ich versucht habe, dich zu beschützen. Journalisten! Es gibt in diesem Land eine Vielzahl von Menschen, die am liebsten den gesamten Berufsstand im Moor versenken würden.«

In diesem Augenblick sprang Dex los. Er flog durch die Luft, zähnefletschend, blutrünstig, und spürte, wie der Schuldirektor unter dem Ansturm seiner Klauen und Krallen rückwärtstaumelte. Gleichzeitig durchströmte ihn eine düstere Freude, als er ihn um Hilfe rufen hörte und sein glatt rasiertes Gesicht zwischen seinen Fängen spürte.

Doch dieser Augenblick ging schnell vorbei. Mit einem kräftigen Stoß schleuderte Patrick Wood ihn zu Boden. Dann stieß er einen lauten Fluch aus und riss das Ding empor, das er bis jetzt in seinem Schoß verborgen hatte. »Du bist auch nicht anders als der andere!«, zischte er und zielte mit der Pistole auf Dex. »Er wollte sich einfach nicht fügen, genau wie du. Und das kann ich nicht zulassen.«

Dex blinzelte. Mit einer Pistole hatte er nun wirklich zuallerletzt gerechnet. Eine ganz gewöhnliche, richtige Pistole. Er erstarrte, nur seine Lunte wedelte aufgeregt und angsterfüllt hin und her.

»Was glaubst du eigentlich, was das hier ist, Dex?«, fuhr Patrick Wood ihn an. »Ein Ferienlager? Glaubst du wirklich, dass du hier auf einer schönen, großen Spaßveranstaltung gelandet bist? Dass die Leute, die dieses Land regieren, zulassen würden, dass ein herzensguter *Hund* alles durcheinanderbringt? O ja, ich bin in der Lage, neunundneunzig Prozent aller Menschen hier an der Schule nur mit Hilfe meiner seltsamen Begabung zu kontrollieren, aber wenn es notwendig wird, dann kann ich auch sehr direkt werden. Dazu bin ich hier. COLAs brauchen Kontrolle. Das hat dein wölfischer Freund auf die harte Tour erfahren müssen.«

Dex war wohl zusammengezuckt, jedenfalls nickte der Schuldirektor jetzt und zog, während er die Pistole unverändert auf Dex gerichtet hielt, einen ganzen Stapel Geisternachrichten unter einem Briefbeschwerer auf seinem Schreibtisch hervor.

»Oh, ja ... ich weiß, dass der Wolfsjunge versucht hat, mit dir Kontakt aufzunehmen.« Er grinste spöttisch. »Herzerweichend, wirklich, wie er dich vor mir warnen will. Ich habe ihn übrigens nicht selbst getötet, musst du wissen. Er ist von einem Lastwagen überfahren worden. Allerdings hat der Lastwagenfahrer eine grüne Ampel gesehen, obwohl sie doch auf rot stand. Seltsam, nicht wahr? Wie konnte so etwas bloß geschehen?« Grausamer Triumph flackerte bei der Erinnerung über das Gesicht des Schuldirektors.

»Tut mir leid, Dex«, fuhr er dann fort und war mit einem Mal wieder in der Gegenwart. »Ich würde dich wirklich gerne am Leben lassen, aber du wärst eine tickende Zeitbombe, genau wie der andere.« Er streckte den Arm und legte den Finger an den Abzug. Dex blickte sich voller Panik nach einer Fluchtmöglichkeit um.

Als er kurz davor war, sich mit einem schnellen Sprung unter den Schreibtisch zu retten, flog die Tür auf und Owen stand im Zimmer.

»Was ist denn hier los?«, wollte er wissen, doch Schuldirektor Wood behielt Dex sowohl mit seinem Blick als auch mit seiner Waffe unverändert im Visier. »Tür zu, Owen«, befahl er leise. Owen gehorchte, lehnte sich dann mit dem Rücken an die geschlossene Tür und sah erst Wood und dann den Fuchs an. Owen war hier. Er war in Sicherheit.

»Was ist denn los?«, wiederholte Owen. Er stand regungslos da und musterte misstrauisch die Pistole.

»Ich fürchte, unser kleiner Fuchs hier möchte den COLA-Club zu Fall bringen«, sagte der Schuldirektor. »Es ist zwar eine unschöne Aufgabe, aber ich fürchte, wir haben keine andere Wahl. Die Zukunft all unserer Schüler steht auf dem Spiel. Das dürfen wir keinesfalls riskieren, nur um einen geldgierigen Gestaltwandler und seine Freundin von der Presse zu verschonen. Caroline Fisher wollte ihm ein Vermögen für seine Geschichte bezahlen«, log er. »Er hat uns alle an der Nase herumgeführt, Owen. Die beiden haben alles genau geplant.«

Er trat an seinen Schreibtisch und holte eine zweite Pistole aus der Schublade. Die erste blieb auf Dex gerichtet. »Falls ich daneben schieße«, sagte er und reichte sie Owen. »Diese wilden Tiere bewegen sich blitzschnell, also passen Sie genau auf. Und denken Sie daran: Die Kugel muss direkt in den Schädel eindringen.«

Jetzt!, dachte Dex. Ziel auf *ihn* – *JETZT!*

Doch Owen zielte nicht auf Patrick Wood. Bedächtig, mit kalter, vollkommen unbeteiligter Miene, drehte Owen sich um und richtete die Pistole auf Dex.

Kapitel 22

Den größten Teil seines Lebens hatte Dex mit dem Gefühl gelebt, verraten zu werden. Er sprach nie darüber, aber es hatte sich tief in sein Inneres eingegraben, bitter und tiefbetrübt. Zuerst hatte er seine Mutter verloren, und dann hatte sein Vater einen Ersatz für sie gefunden, so schnell, dass es ihm manchmal fast so vorkam, als sei sie überhaupt nie da gewesen. Und sobald Robert Jones den Ersatz gefunden und dafür gesorgt hatte, dass zumindest die notwendigsten Grundbedürfnisse seines Sohnes befriedigt wurden, war auch er verschwunden und so lange weggeblieben, wie er nur konnte. Die kalte Gesellschaft der Nordsee war ihm lieber gewesen, als bei seinem Sohn zu bleiben. Er hatte es Dex überlassen, mit der ganzen Situation klarzukommen und seinen eigenen Weg zu suchen. Seiner Eltern beraubt, hatte er von nun an bei Gina gewohnt, die ihn nicht einmal berühren mochte. Dex war erst fünf Jahre alt, als er beschloss, nichts mehr von den Menschen zu erwarten, nicht einmal von denen, die behaupteten, dass sie ihn liebten.

Hätte man die gesamten Leiden und Enttäuschungen dieser folgenden sieben Jahre in eine große Kiste gepackt und sie Dex mitten ins Gesicht geworfen, der Schmerz wäre nicht annähernd so groß gewesen wie der, den er jetzt gerade empfand, hier im Büro des Schuldirektors. Owen hatte ihn verraten. *Owen.*

Die Pistole lag vollkommen ruhig in der Hand seines einstigen väterlichen Freundes, und jetzt sagte der leichthin und ohne die geringste Anspannung in der Stimme: »Wird man die Schüsse hören?« Dex fing vor Erschütterung an zu zittern. Er empfand keine Furcht, aber die grausame Wahrheit – dass er sich in Owen so schrecklich getäuscht hatte – machte ihn schwach und wehrlos. Er konnte sich noch gut an einen Satz erinnern, den Owen an dem Abend, als er ihn in den COLA-Club gebracht hatte, zu ihm gesagt hatte. »Ich nehme mir nicht bewusst vor, jemandem etwas Böses anzutun. Aber ich weiß, dass ich es *könnte*. Die Anlage steckt in mir, genau wie in dir auch.« Und dann musste er daran denken, was er vor gerade mal einer Stunde gesagt hatte: »Ich würde wirklich fast alles tun, um diese Schule zu beschützen.«

»Soweit ich weiß, hält sich im Moment niemand auf dieser Seite des Innenhofs auf«, sagte der Schuldirektor. »Und ein paar Schüsse sind in dieser Gegend ja nichts Besonderes. Zielen Sie auf seinen Kopf, Owen. Ich weiß, Sie haben den Jungen ziemlich gern, darum beeilen Sie sich – es ist wirklich das Beste. Wir haben nicht viel Zeit. Wir müssen nachsehen, ob diese Reporterin noch am Leben ist.«

Owen warf seinem Vorgesetzten einen schnellen Blick zu, als wüsste er gar nicht, was Caroline Fisher zugestoßen war.

In diesem Augenblick unternahm Dex noch einen allerletzten Versuch, vielleicht doch mit dem Leben davonzukommen. Er schnellte nach vorne, aber dieses Mal sprang er Owen an und schlug seine Zähne in dessen Oberkörper. Owen stieß ihn von sich, doch dabei war es vor allem sein Duft, der Dex irritierte. Owen roch *immer noch* wie ein Freund! Dex jaulte laut auf, aber viel mehr wegen seines inneren Schmerzes als wegen des unsanften Faustschlags. Und jetzt kam Owen schon wieder auf ihn zu, mit vollkommen versteinerter Miene. Er holte aus und versetzte Dex mit der Pistole einen harten Schlag auf die Schnauze. Dex rutschte über den polierten Holzfußboden und krachte mit voller Wucht gegen die Bücherregale. Blut tropfte auf seinen Pelz. Nein! Nein! Nein! Ich *kann* das nicht glauben!, schoss es ihm wieder und wieder durch den Kopf. Er verlor allmählich das Bewusstsein. Graue Schleier legten sich über seine Netzhaut.

»Verdammt nochmal, Hind! Sie sollen ihn doch nicht k. o. schlagen! Wir müssen ihm eine Kugel in den Kopf verpassen, und zwar jetzt! Er muss unbedingt als Fuchs sterben. Dann kriegen wir ihn viel leichter wieder los. Niemand wird sich um einen toten Fuchs am Straßenrand scheren.«

Doch Dex hatte bereits mit der Verwandlung begonnen. Noch während graue Wolken seinen Geist benebelten und das Blut von seinem Kinn auf den Boden tropfte, merkte er, dass er wieder zum Jungen geworden war. Zu einem Jungen, der, mit einer schlammigen Jeans bekleidet, zusammengerollt auf dem Fußboden lag und in wenigen Augenblicken von dem einen Erwachsenen, dem er vertraute, erschossen werden würde.

»Sie Idiot!«, schimpfte der Schuldirektor. »Jetzt ist er wieder da! Moment mal. Da fällt mir etwas ein!«

Benommen schlug Dex die Augen auf. Owen kniete neben ihm und sah ihn aufmerksam an. Die Pistole lag auf seinem Knie. Warum hatte er sie denn nicht in der Hand? Hinter Owen bemerkte er Patrick Wood, der sich abmühte, seinen Schreibtisch zu verrücken.

»Nun kommen Sie schon her und helfen Sie mir!«, schnaufte er. Owen streichelte Dex behutsam die Wange, erhob sich und wandte sich dem Direktor zu. Gemeinsam hievten sie den Schreibtisch von dem grünen Teppich herunter. Dann zog Patrick Wood den Teppich beiseite und klappte einen massiven Metallring aus dem Boden. »Helfen Sie mir!«, wiederholte er, und dann wuchteten er und Owen eine verborgene Falltür auf. Dex konnte nicht erkennen, wohin sie führte, aber er nahm einen moderigen, metallischen Geruch wahr, der in einem kalten Luftstrom von der Öffnung her über den Fußboden wallte.

Mühsam setzte Dex sich auf, und der Schuldirektor warf ihm einen triumphierenden Blick zu. »Einhundertfünfzig Klafter, Dex«, sagte er und zeigte auf das dunkle Viereck. »Der Minenschacht. Ich wusste, dass der noch irgendwann nützlich werden würde.« Dann setzte er sich in Bewegung, steckte die Pistole in seinen Hosenbund und kam auf Dex zu. »Nun kommen Sie schon, Owen«, sagte er. »So müssen wir nicht mal eine Patrone verschwenden. Helfen Sie mir, ihn da reinzuwerfen.«

Owen richtete sich auf und folgte dem Schuldirektor,

und die letzte kleine Hoffnung, die noch in Dex geschlummert hatte, zerfiel zu Staub. Hatte es überhaupt noch einen Sinn, sich zu wehren? Nichts war wirklich echt. Sollte der Schuldirektor ihn doch in die Tiefe werfen.

Doch so weit kam es nicht. Mit einer plötzlichen, geschmeidigen Armbewegung holte Owen aus und rammte Patrick Wood seine Faust an die Schläfe. Der Schuldirektor wurde zur Seite geschleudert, prallte gegen die Schreibtischkante und schrie laut auf vor Verblüffung und Zorn. Dann wollte er nach seiner Pistole greifen, doch Owen hielt seine eigene bereits in der Hand und zielte damit auf ihn. »Lassen Sie das, Patrick«, sagte er. »Keine Bewegung! Sie haben verloren! Das Spiel ist aus.«

Patrick Wood wurde aschfahl im Gesicht, nur unterhalb seiner funkelnden, schwarzen Augen waren zwei rote Stellen zu erkennen. »Denken Sie doch mal nach, Owen!«, zischte er. »Wenn das rauskommt …«

»Wenn *was* rauskommt, Patrick? Was haben Sie getan? Haben Sie diese junge Frau umgebracht?«

»Nein … nein, ich habe sie nicht umgebracht«, sprudelte es aus dem Schuldirektor hervor. »Ich habe sie lediglich durch den Sumpf geschickt.«

»Und über eine Brücke, die nicht da war«, stieß Dex hervor. Seine Kehle war wie zugeschnürt vor Furcht und Freude zugleich. Also war Owen *doch* nicht sein Feind. »Sie wäre beinahe ertrunken, aber wir haben sie rausgeholt. Trotzdem, gut möglich, dass sie es nicht überlebt.«

Mit ein paar schnellen Schritten stand Owen vor dem

Schuldirektor und verpasste ihm eine schallende Ohrfeige »Wir kennen uns jetzt seit fast zehn Jahren«, stieß er zwischen zusammengebissenen Zähnen hervor. »Ich habe immer gewusst, dass Sie manipulativ und skrupellos sind, aber niemals hätte ich für möglich gehalten, dass Sie zu so etwas in der Lage sind. Dass Sie allen Ernstes geglaubt haben, ich würde Ihnen auch noch dabei helfen ... da wird mir richtig schlecht.«

Für einen kurzen Moment schien es, als würden die Kräfte des Schuldirektors erlahmen, doch dann versetzte er Owen einen Stoß gegen die Brust, und schon im nächsten Augenblick wälzten die beiden sich als verschlungenes Knäuel über die Holzdielen. Owens Pistole rutschte unbeachtet über den Fußboden, während die beiden Männer miteinander rangen und dabei dem gähnenden Abgrund in der Mitte des Zimmers gefährlich nahe kamen. Immer noch drang ein bösartiger, kalter Geruch aus der Öffnung nach oben.

»Owen! Aufpassen!«, schrie Dex und stürzte los, um ihn festzuhalten. Kaum hatte er Owen gepackt, stieß Schuldirektor Wood einen tödlich entsetzten Schrei aus und rutschte über die Kante. Verzweifelt suchten seine Hände nach einem Halt. Owen drehte sich um und versuchte noch, trotz allem, was geschehen war, den Absturz seines Gegners zu verhindern. Doch als der Direktor ein allerletztes Mal die Hand nach oben reckte und zupackte, da bekam er nicht Owens Handgelenk zu fassen, sondern Dex' Fußknöchel.

Dex brachte keinen einzigen Laut hervor, während er

über den Rand gezogen wurde. Die Schreie, die er hörte, stammten von Owen Hind und Patrick Wood. Während die scharfe Kante der Schachtöffnung über seinen Brustkorb scharrte, versuchte Dex krampfhaft, sich irgendwo festzukrallen. Gleichzeitig warf Owen sich auf den Bauch und packte Dex an beiden Handgelenken. Es war höchste Zeit, denn schon eine Sekunde später wäre Dex mit Sicherheit ins Nichts gestürzt. Patrick Wood hing mit dem ganzen Gewicht an seinem Fuß und brüllte dabei aus voller Kehle. Dex hatte das Gefühl, als würde er in zwei Teile gerissen. In Todesangst starrte er hinab in die düstere Schwärze. Der Schuldirektor hatte beide Hände um sein Fußgelenk geschlungen und trat brüllend um sich. Mit jedem seiner verzweifelten Tritte riss er Dex ein kleines Stückchen weiter in den Schacht hinein.

Doch Owen hielt ihn verbissen fest. Die Schmerzen in Dex' Bein sowie in seiner Brust und seinen Armen waren beinahe unerträglich, und mit jedem einzelnen Ruck wurden sie noch schlimmer. Dex warf seinem Freund einen letzten Blick zu und spürte, wie er ihm endgültig entglitt. Auf Owens verzerrter Miene spiegelten sich Qual und Schmerz. Verzweifelt unternahm er noch einen hoffnungslosen Versuch, Dex wieder nach oben zu ziehen, sich dem umherbaumelnden, austretenden Gewicht des Schuldirektors zu widersetzen. Dex machte die Augen zu und erinnerte sich an Lisas Worte auf den Stufen des Klippenpfades: »Du wirst fallen!«, hatte sie zu ihm gesagt. Und bis jetzt hatte sie noch nie falsch gelegen.

Das war also das Ende. Aber wenigstens musste er nicht mit einem schrecklichen Verrat im Herzen sterben. Er schlug die Augen auf und keuchte: »Lass mich los, sonst stürzen wir alle ab.«

»*NEIN!*«, brüllte Owen, der vor Anstrengung schon dunkelrot angelaufen war. »Nein, du gibst *nicht* auf, Dex Jones!« Er hatte seine Füße um die Beine des schweren hölzernen Schreibtisches gehakt, doch selbst der kam jetzt allmählich ins Rutschen. Und unter ihnen baumelte der Schuldirektor und riss und zerrte so sehr an Dex' Bein, dass er ernsthaft befürchtete, es würde ihm gleich abgerissen. Dex merkte, wie sich alles um ihn zu drehen begann. Das war gut so. Es war bestimmt angenehmer, nicht bei vollem Bewusstsein in den Tod zu stürzen.

»DEX!«, brüllte Owen erneut. »Du musst dich verwandeln, und zwar *JETZT*! Tu es! Dann wirst du leichter!«

Seine Widerstandskraft war fast vollständig aufgebraucht, und durch die Schmerzen in seinem Bein und seiner Brust hatte er ein permanentes Rauschen in den Ohren. Trotzdem hörte er, wie Owen ihm ununterbrochen etwas zurief und einfach nicht loslassen wollte. Darum nahm er all seine verbliebenen Kräfte zusammen und bündelte sie in Fuchsgestalt, ein allerletztes Mal.

Ein grässlicher Schrei ertönte. Ein Schrei, den weder er noch Owen für den Rest ihres Lebens vergessen würden. Es war der letzte Schrei, den Schuldirektor Wood jemals von sich gab, und er brachte das ganze Entsetzen, die ganze Wut und die ganze Verzweiflung einer Seele zum Ausdruck, die ihre einzige Chance für alle Zeiten verpasst hatte. Minutenlang schien der Schrei durch den kalten, schwarzen Felsenschacht zu hallen, obwohl er eigentlich nur wenige Sekunden lang gedauert haben konnte, während Owen den mit Schlamm bedeckten, verletzten Fuchs aus der Öffnung zog. Dann sanken sie beide völlig entkräftet auf den Fußboden und starrten an die Decke.

Zunächst war nichts anderes zu hören als ihr abgehackter, fassungsloser Atem. Erst, als ihre Atemzüge sich langsam ein wenig beruhigten, merkte Dex, dass er wieder Menschengestalt angenommen hatte. Seine Hüfte, sein Knie und sein Fußgelenk taten höllisch weh, und an den Zähnen in seiner einen Mundhälfte – dort, wo Owens Schlag mit der Pistole ihn getroffen hatte – klebte Blut. Behutsam betastete er die Wunde. Auch sie tat weh.

Neben ihm versuchte Owen gerade mühsam, sich aufzusetzen. Er sieht auch ganz schön mitgenommen aus, dachte Dex. Sein Hemdkragen war zerrissen, und auf seiner Wange war eine üble, rote Schwellung zu sehen. Er sah Dex an und wischte sich die zerzausten Haare aus der Stirn. »Tut mir echt leid, dass ich dich geschlagen habe«, krächzte er. »Aber ich musste unbedingt dafür sorgen, dass du wieder zum Menschen wirst. Ich habe wirklich geglaubt, dass er es nicht übers Herz bringt, wenn du kein Fuchs mehr bist …«

Dex ließ ein schiefes Grinsen sehen, während sein Mund immer weiter zuschwoll. »Du hast mir gerade das Leben gerettet. Vielleicht kann ich dir ja verzeihen«, sagte er, und dann brachen sie beide in ein schallendes, unsicheres und leicht hysterisches Lachen aus, bis Dex merkte, dass sein Mund sich verkrampfte. Er faltete die Hände, damit sie aufhörten zu zittern. »Hast du eigentlich gewusst, dass er den anderen umgebracht hat? Den in Schottland. Den Wolf ... Er ... ich glaube, er hat den Lastwagenfahrer mit einer Illusion getäuscht.«

Owen starrte zum Fenster hinüber und verzog sein zerschundenes Gesicht zu einer schmerzerfüllten Grimasse. »Es tut mir furchtbar leid, Dex. Ich hätte es wissen müssen. Ich hätte es wissen müssen ...«

»Er hat gesagt, dass Tiere ihn nicht leiden können.«

Owen schüttelte den Kopf. Verschiedene Erinnerungen fügten sich zu Erkenntnissen, zu einem schlüssigen Bild zusammen. »Der Junge hat gesagt, dass Wood ein Betrüger ist. Dass er es riechen kann. Er war ein ziemlich ruppiger Bursche, ein Straßenkind, genau genommen. Ich habe ihn nicht ernst genommen, dachte, dass das nur an seiner Art liegt. Hätte ich doch nur ...« Er biss sich auf die Lippe und machte die Augen zu.

»Es war nicht deine Schuld«, sagte Dex.

Owen erhob sich, ging zur Falltür und klappte sie zu. In einer Wolke aus Staub und Dunkelheit fiel sie ins Schloss, und sie schauderten beide. »Na, komm«, sagte Owen dann. »Wir müssen dich dringend verarzten. Du siehst ja furchtbar aus.«

»Du hast auch schon mal besser ausgesehen«, erwiderte Dex, und noch während sie die Bürotür öffneten, fingen sie schon wieder an, wie zwei Idioten zu gackern. Das ist der Schock, dachte Dex, und genau so war es auch, aber sie konnten trotzdem nicht aufhören.

Als die Tür hinter ihnen ins Schloss fiel, blickte Dex Owen an. »Was sollen wir denn den anderen erzählen?«, wollte er wissen und unterdrückte das Kichern.

»Die Wahrheit«, erwiderte Owen. »Etwas anderes steht nicht zur Debatte. Heute Abend bekommen wir sowieso noch Besuch von der Schulbehörde. Ich habe heute Morgen selbst dort angerufen, weil Paulina Sartre und ich in Bezug auf Patrick Wood ein sehr, sehr ungutes Gefühl hatten.«

Dex nickte. Hoffentlich bekam Owen keine allzu großen Schwierigkeiten. Hoffentlich glaubten ihnen die Leute, was passiert war. Mit vorsichtigen, schmerzerfüllten Schritten gingen sie den Korridor entlang, Richtung Krankenstation. Da kam ihnen plötzlich, wie aus dem Nichts, ein Mädchen entgegen.

Ihr blondes Haar flatterte im Luftzug, während sie auf Owen zurannte und ihn so fest ins Gesicht schlug, dass er gegen die Wand prallte. Das Mädchen war Lisa.

Kapitel 23

Im ersten Moment fragte sich Dex, ob er träumte. Lisa hatte sich auf Owens Brust gehockt, holte aus und wollte erneut zuschlagen. Doch dann riss auch Owen seine Hand nach oben und fing ihren Schlag rechtzeitig ab. »Was, um alles in der Welt ...?«, keuchte er.

»Dex!«, rief Lisa ihm über die Schulter hinweg zu. »Du darfst ihm nicht trauen! Er steht nicht auf deiner Seite! Er will auf dich schießen und dich in ein Loch werfen. Er steckt mit Schuldirektor Wood unter einer Decke! Gestern Abend beim Lagerfeuer hat es angefangen, aber dass er auch mit drinsteckt, weiß ich erst seit heute.« Sie schnaubte vor Wut und schlug, so gut sie konnte, auf Owen ein, während dieser sich aufrappelte und sie nur unter größter Mühe einigermaßen von sich fernhalten konnte.

»Alles in Ordnung, Lisa, wirklich! Er hat nicht auf mich geschossen. Er hat mir das Leben gerettet!«, rief Dex ihr zu, während er gleichzeitig versuchte, sie von dem bedauernswerten Owen wegzuziehen. Lisa ließ ein klein wenig nach und blickte die beiden misstrauisch an. Erst jetzt schien sie zu bemerken, wie zerfleddert die beiden aussahen.

»Ganz ehrlich, Lisa, es ist alles in Ordnung«, sagte Dex noch einmal. »Aber was den Schuldirektor angeht, da hast du recht gehabt. Und mit dem Abstürzen auch ... nur, dass Owen mich wieder hochgezogen hat. Der Schuldirektor ist tot«, fügte er hinzu, und sie starrte ihn ein wenig benommen, aber nicht besonders überrascht an. Erst jetzt trat sie nicht mehr nach Owens Schienbeinen, und er ließ ihre Handgelenke los.

»Alle Wetter, junge Dame«, sagte er und rieb sich das Kinn. »Wer hat dir denn diesen rechten Haken beigebracht?«

Sie musterte ihn mit zusammengekniffenen Augen, bis sie überzeugt war, dass er Dex nicht *doch* gleich noch ermorden würde. Dann wies sie mit einer Kopfbewegung den Flur entlang. »Ihr müsst mitkommen, zur Krankenstation. Wir haben diese Reporterin mittlerweile dorthingebracht, aber sie ist immer noch bewusstlos. Und was noch schlimmer ist ...«

Noch bevor sie weitersprechen konnte, trampelten zahlreiche Füße durch den Flur. Verblüfft sah Dex, dass ihnen nicht nur Gideon entgegengestürmt kam, sondern auch Spook Williams, und zwar an erster Stelle. Er verlangsamte seine Schritte auch nicht im Geringsten, sondern rammte Dex, stieß ihn gegen die Wand und schlug ihm die flache Hand an das empfindliche Kinn. »Das nächste Mal lässt du *sie* gefälligst aus dem Spiel, du widerliche kleine Ratte!«, fauchte Spook ihn an. Dex starrte ihn ratlos an.

»Wieso kloppen sich eigentlich alle?«, fragte Gideon verwirrt. Offensichtlich hatte er auch Lisas Angriff auf Owen mitbekommen. »Soll ich vielleicht auch jemanden verkloppen? Sagt mir Bescheid. Jederzeit.« Er verschränkte die Arme vor der Brust und wartete ab.

»Es geht um Mia«, sagte Lisa zu Dex, ohne auf Spook zu achten, der sich mittlerweile mit gefletschten Zähnen vor Dex aufgebaut hatte und sich auch von Owen nicht beruhigen lassen wollte. »Das wollte ich euch gerade sagen. Sie ist zusammengebrochen.«

Owen fluchte laut und schloss für einen Moment die Augen. »Sie hat doch nicht etwa versucht, diese Reporterin zu heilen, oder?«, stöhnte er.

»Na, klar hat sie das«, erwiderte Lisa verdutzt. »Das ist schließlich ihre Gabe.«

»Verdammt nochmal, warum habe ich das nicht rechtzeitig verhindert?« Owen ärgerte sich maßlos über sich selbst, und die anderen sahen ihn verwirrt an. Sogar Spook löste seinen Griff, ließ Dex los und konzentrierte sich ganz auf Owen.

Dieser hastete jetzt den Korridor entlang, und sie liefen ihm hinterher. »Mia ist eine brillante Heilerin«, rief er ihnen zu. »Die beste, die wir haben. Aber sie ist noch viel zu jung und weiß noch nicht, wie sie mit all dem Schmerz umgehen soll. Eigentlich dachte ich, dass ich ihr das deutlich gemacht habe. Aber ich hätte mir noch mehr Mühe geben müssen.«

»Wie meinst du das?«, keuchte Dex, der, so gut er konnte, hinter den anderen herhinkte.

»Was glaubst du denn, was passiert, wenn Mia dir deine Schmerzen nimmt?«, rief Owen ihm ärgerlich zu. »Glaubst du etwa, die Schmerz-Müllabfuhr kommt jeden Freitag und sammelt sie ein? Nein! Die bewahrt sie alle in ihrem

Inneren auf. Sie hat noch nicht gelernt, sie loszulassen, und darum hat sie sich während des vergangenen Trimesters ganz langsam selbst zerstört. Ich hätte das verhindern müssen!«

Die Bestürzung brachte sie alle ein wenig aus dem Tritt. Vor allem Spook wirkte zutiefst erschüttert. Er musste gerade eindeutig daran denken, wie schlimm sein gebrochener Knöchel sich angefühlt hatte, bevor Mia sich darum gekümmert hatte. Dex erinnerte sich, wie sie anschließend hinkend durch Polgammon gegangen war, und wie müde und blass sie am Nachmittag im Wald ausgesehen hatte. Warum hatte er das nicht ernst genommen? Warum hatte er sie nicht aufgehalten?

In der Krankenstation ging es sehr hektisch zu. Hinter einer Trennwand kümmerten sich die beiden Schulkrankenschwestern gerade um Caroline Fisher, wuschen ihr den Sumpfschlamm vom Körper und redeten mit ihr, sanft und einfühlsam.

In einem Bett auf der anderen Seite des weißgetünchten Zimmers lag Mia. Sie war genauso bleich wie die Laken, und ihre wunderschönen, violetten Augen sahen riesig aus. Sie starrte an die Decke, und als ihre Freunde gemeinsam an ihr Bett traten, lächelte sie unbestimmt, sah sie aber nicht an.

»Mia.« Owen kniete sich neben das Bett und nahm ihre Hand. Sie war schlaff und kalt. Langsam drehte Mia den Kopf und sah ihn an. Spook stützte sich ungeduldig auf die andere Bettkante, doch allein diese kleine Bewegung führte dazu, dass sie zusammenzuckte und ihre zitternde Hand an ihren Brustkorb legte. Dex musste daran denken, wie Lisa sich die Rippen gehalten hatte, kurz bevor und nachdem sie Caroline Fisher aus dem Sumpf gezogen hatten.

»Wird sie wieder gesund?«, wollte Spook mit hoher, gepresster Stimme wissen.

»Er hat gesehen, wie wir die Reporterin reingetragen haben«, sagte Lisa leise zu Dex. »Ich habe gar nicht gemerkt, wie schlecht es Mia geht, aber dann ist sie auf der Klippentreppe zusammengebrochen. Spook hat sie buchstäblich im Fallen aufgefangen und hier reingetragen. Wir haben ihm erzählt, was passiert ist, und dann ist er losgerannt, um sich mit dir anzulegen. Als ob das alles *deine* Schuld wäre!«

»Sie wird wieder gesund«, versprach Owen.

In diesem Augenblick traf auch Mrs Sartre ein, zusammen mit drei von Mias Klassenkameradinnen. Aschfahl trat sie zu Owen. »Ich glaube, ich habe etwas Schreckliches gesehen«, sagte sie so laut, dass Dex es hören konnte. »Im Büro des Schuldirektors. Richtig?« Owen nickte, und sie holte einmal tief Luft. Dann hob sie entschlossen den Kopf und wandte sich an Mia. Sie scheuchte die anderen beiseite und holte die Heilerinnen an das Bett. »Nehmt nur ein *bisschen*«, sagte sie streng. »Ein bisschen für jede von euch bedeutet für sie eine große Entlastung. Ich sage euch, wann ihr aufhören sollt.«

Als die Heilerinnen sich an den Händen fassten und einen Kreis um Mia schlossen, spürte Dex, dass ihm jemand auf die Schulter tippte. Das war eine der Krankenschwestern.

»Du musst auch verarztet werden«, sagte sie und brachte ihn weg. »Was ist denn mit dir passiert?«

»Oh – tja … ich bin auch in den Sumpf gefallen«, sagte Dex nur. »Wie geht es Caroline?«

»Ach, so heißt sie also? Weißt du, ich bin mir sicher, dass sie wieder ganz gesund wird. Es sieht so aus, als hätte sie sich ein paar Rippen gebrochen, und außerdem eine Unterkühlung und einen Schock. Bist du mit ihr befreundet? Willst du sie vielleicht kurz sehen?«

Sie zog einen blassblauen Vorhang beiseite, und Dex sah Caroline Fisher still und friedlich im Bett liegen. Sie war gründlich gewaschen worden und lag jetzt da wie ein in Decken gehülltes Baby. Ihre feuchten Haare ringelten sich über das Kissen, und als er mit unsicheren Schritten näher hinkte, wandte sie ihm das Gesicht zu. Sie sah unglaublich jung aus, so dass sie ohne weiteres auch eine Schülerin hätte sein können.

»Dex Jones.« Sie schenkte ihm ein schwaches Lächeln. »Der Junge, der sich in einen Fuchs verwandeln kann … Ich habe es nicht *wirklich* geglaubt, weißt du?«

Dex lächelte sie reumütig an. »War ja nicht gerade der angenehmste Weg, es zu erfahren«, sagte er.

Jetzt kam Gideon leise neben ihn und legte das kleine, schwarze Diktiergerät auf den Nachttisch neben dem Bett. Owen hatte ihm zumindest in Ausschnitten berichtet, was er und Dex im Schulleiterbüro erlebt hatten, und er wirkte sehr erschüttert. »*Er* hat gesagt, dass ich das aus Ihrer Tasche holen soll«, murmelte er entschuldigend in Carolines Richtung.

»Du hättest dir keine Mühe geben müssen«, erwiderte sie. Ihr Atem ging flach, vermutlich, damit sie die Schmerzen in ihren gebrochenen Rippen einigermaßen ertragen kann, dachte Dex. »Die Tasche liegt auf dem Grund des Sumpfes. Ich brauch sie sowieso nicht mehr.« Sie blickte Dex an. »Ich kann nichts beweisen. Ich sehe hier absolut keine Geschichte. Nicht, solange du sie nicht freiwillig erzählen willst, Dex.«

Dex wurde von einer Woge der Erleichterung erfasst. Und dann, zu seinem großen Erstaunen, merkte er, wie sich ein dicker Kloß in seiner Kehle bildete und seine Schultern zu beben anfingen. Er ließ Caroline und Gideon allein und lehnte sich mit der Stirn gegen das kühle Fenster am hinteren Ende des Zimmers. In der Ferne sah er das Meer im sanften Rhythmus auf und ab wogen und spürte gleichzeitig, wie die Tränen über seine Wangen rannten, ihm Erleichterung verschafften – ein Gefühl, das er bisher nicht gekannt hatte.

* * *

»Post für dich, Dex!« Gideon betrat mit einem Briefumschlag und einer Postkarte in der Hand den Gemeinschaftsraum und setzte sich auf den Tisch, an dem Dex gerade ein Buch über keltische Mythologie las (das Kapitel über Gestaltwandler). Lisa saß mit finsterer Miene neben ihm und füllte eine Geisternachricht nach der anderen aus.

Dex hatte endlich auch ein paar rosafarbene Zettel bekommen, nämlich den kleinen Stapel, den Owen auf Patrick Woods Schreibtisch gefunden hatte. Sie waren alle von Jessica Moorland ausgefüllt worden. Damals, bei ihrer Begegnung auf dem Schulflur, war sie tatsächlich drauf und dran gewesen, Dex einen Zettel zu geben. Doch dann hatte Patrick Wood sie zu sich gerufen und sie so bezaubert, dass sie in Zukunft alle Nachrichten für Dex zuerst ihm übergeben hatte. Jessica hatte geglaubt, dass er sie anschließend an Dex weitergeleitet hatte, aber das hatte er natürlich nie getan.

Jede Nachricht lautete genau gleich:

AN: Dex Jones
VON: Jessica Moorland

Die oben genannte medial / hellseherisch / hellhörig begabte Person wurde von einem Geist namens: Weiß nicht genau. Wilf? Wolf? **kontaktiert. Die Botschaft lautet wie folgt:** Halte dich vom Holz fern.

DIESE BOTSCHAFT WURDE AUTORISIERT VON: Mr Eades.

Es war Patrick Wood garantiert nicht schwergefallen, die Botschaft zu entschlüsseln. *Wood* war schließlich das englische Wort für *Holz*. Welche Gefahr hätte wohl Jessica, Lisa und den anderen Medien gedroht, wenn der Schuldirektor überlebt hätte und Dex an seiner Stelle hundertfünfzig Klafter in die Tiefe gestürzt wäre?

Lisa rieb sich die Augen und streckte sich, dann knurrte sie gereizt: »Also gut, also *gut*! Stellt euch gefälligst ordentlich an, in Reih und Glied. Ich kümmere mich drum, sobald es geht!«

»Meine Güte«, sagte Gideon. »Wie viele hast du denn schon ausgefüllt?«

»Bis jetzt siebzehn«, knurrte Lisa und stützte das Kinn auf die Hand. »Ich habe einen Stau von fünf Monaten abzuarbeiten. Und jetzt – hau *ab*!« Wütend und mit zusammengekniffenen Augen starrte sie irgendein unsichtbares Wesen an. »Warte gefälligst, bis Owen mir beigebracht hat, wie ich dich aussperren kann! Und dann geduldest du dich so lange, bis ich dich drannehme!«

Dex und Gideon lachten, und Dex fuhr mit seinem Buch elegant durch die Luft. »Weg da!«, sagte er. »Meine Freundin braucht mal Pause.«

Dex überflog seine Postkarte. Viel stand ohnehin nicht darauf. »*Lieber Dex*«, hatte sein Vater geschrieben, »*es tut mir wirklich leid, dass ich dich in diesem Trimester nicht mehr besuchen kann. Aber an Weihnachten habe ich zwei Wochen frei. Ich freue mich schon drauf, wenn du mir erzählst, wie viel Spaß du an deiner neuen Schule hast.*« Dex verzog den Mund zu einem schiefen Lächeln. »*Bis bald, ganz bestimmt. In Liebe, Dein Dad.*«

Der Briefumschlag war klein, aber ziemlich dick. Dex riss ihn auf und entdeckte darin einen Brief, einen Zeitungsausschnitt und ein kleines, mit Klebeband umwickeltes Päckchen. Die Überschrift des Zeitungsartikels lautete: **GEHEIMNIS DER BESTIE VON BARK'S END GELÜFTET.** Und dann ging es folgendermaßen weiter: Im Oktober haben wir berichtet, dass zwei Schüler der Bark's End Junior School von einem wilden Tier angefallen worden sind. Nach Angaben der Polizei hat sich nun herausgestellt, dass es sich bei diesem Tier um einen Fuchs gehandelt haben muss, der jahrelang in Gefangenschaft gelebt hatte.

Der Fuchs, der mittlerweile eingeschläfert wurde, war seinem Besitzer durch eine versehentlich offen stehende Hintertür entlaufen und hatte sich in den Keller der Schule geflüchtet. Der Besitzer, der keine Lizenz zur Haltung von Wildtieren besitzt, hatte den Vorfall aus Angst vor den strafrechtlichen Konsequenzen mehrere Wochen lang verschwiegen.

»Erst, nachdem wir einen Anruf von einem Tierarzt erhalten haben, ist die ganze Sache ans Licht gekommen«, sagte Detective Inspector John Neale vom Polizeiposten Bark's End.

»Er hat uns berichtet, dass der Mann mit einem bereits älteren Fuchs in seine Praxis gekommen sei, um das Tier einschläfern zu lassen. Später dann hat er dem Tierarzt gestanden, dass der Fuchs mehrere Kinder angefallen hatte und dass er den Fuchs deshalb nicht mehr bei sich behalten oder freilassen wollte. Die Eltern der betroffenen Kinder sowie die Schule wollen auf weitere Maßnahmen verzichten, so dass wir die Akte geschlossen haben.«

Dex lächelte und schüttelte bewundernd den Kopf. Wie hatte sie das alles zustande bekommen? In ihrem Begleitbrief hatte Caroline geschrieben, dass sie *»gute Kontakte in die Tierarztpraxis«* hatte. Er konnte sich gut vorstellen, wie sie ihre ganze Raffinesse eingesetzt hatte, um zu bekommen, was sie wollte.

»Ich bin gar nicht dazu gekommen, mich bei dir dafür zu bedanken, dass du mir das Leben gerettet hast, Dex«, schrieb sie. *»Ich weiß, dass Mia und Gideon daran genau so beteiligt waren (bitte richte ihnen aus, wie dankbar ich ihnen bin), aber wenn du nicht über den Sumpf bis zu mir gelaufen wärst, ich glaube, dann hätte ich es niemals geschafft. Es tut mir nur leid, dass ich dich in solche Schwierigkeiten und solche Gefahr gebracht habe, aber vielleicht war es ja gut, dass ihr dadurch die Wahrheit über Patrick Wood herausgefunden habt, bevor etwas noch Schlimmeres geschehen ist.*

Ich hoffe, dass Mia sich mittlerweile erholt hat (meine Rippen haben mir noch tagelang schreckliche Schmerzen bereitet) und dass Owen nicht allzu viel Ärger mit den Behörden bekommen hat. Die Leute, mit denen ich nach meinem Besuch bei euch gesprochen habe (ich musste eine offizielle ›Nachbesprechung‹ über mich ergehen lassen!), schienen von ihm sehr angetan zu sein. Ich habe mich gewundert, dass er nicht zum neuen Schuldirektor ernannt worden ist, obwohl Mrs Sartre, nach allem, was ich gehört habe, auch eine sehr gute Wahl zu sein scheint. Grüße Owen bitte herzlich von mir. Er ist ein sehr guter Mann.

Zum Schluss will ich aber noch erwähnen, dass ich damals

in diesem Fish'n'Chips-Imbiss etwas zu dir gesagt habe, was ich nach wie vor für richtig halte. Ich glaube nicht, dass du den Leuten, die den COLA*-Club leiten, voll und ganz vertrauen kannst. Die Lehrkräfte sind vermutlich sehr aufrichtige Leute, aber trotzdem, Dex: Ich weiß genug darüber, wie die Dinge in diesem Land laufen, um dich zur Vorsicht zu mahnen. Nicht alle am Tregarren College wollen automatisch nur dein Bestes – wie du ja bereits herausgefunden hast.*

Ich verdanke dir mein Leben, darum halte ich mein Versprechen und werde dich und deine Freunde nicht verraten. Aber ihr solltet nicht glauben, dass die Presse und die Öffentlichkeit eure einzigen Gegner sind.

Ich hoffe sehr, dass ich unrecht behalte, aber falls nicht, habe ich dir noch etwas beigelegt. Präg dir die dazugehörigen Informationen gut ein und trage es immer bei dir. Ich hoffe, dass du es niemals brauchen wirst, aber falls doch, dann kannst du es jederzeit benutzen.

Ganz liebe Grüße, Caroline.«

Neugierig machte Dex das Päckchen auf. Es war ein kleiner Hausschlüssel an einer Halskette und dazu ein kleines Stück Pappkarton. Darauf standen die Worte »Der Eulenkasten« und dazu eine Adresse im Exmoor-Nationalpark. Dex zog verwundert die Augenbrauen zusammen. Eine Hütte? Ein Versteck, für den Fall, dass er irgendwann einmal eines brauchte? Das musste es sein. Er las die Karte mehrfach sorgfältig durch, um sich die Adresse gut einzuprägen, und warf sie anschließend in die flackernden Flammen des Kamins. Dann legte er sich die Kette um den Hals, und der Schlüssel rutschte kühl bis auf seine Brust hinab, wo ihn niemand sehen konnte.

»Na, was ist denn das? Schickt deine Freundin dir neuerdings schon Schmuck?«, neckte ihn Gideon.

Dex lächelte. »Ist so eine Art Talisman«, sagte er.

»Na los, nun kommt schon«, ließ sich jetzt eine Stimme von der Tür her vernehmen. Sie hoben die Köpfe und sahen Mia dort stehen. Sie hatte sich dick eingemummelt und trug eine Jeans, einen Pullover und einen dicken Fleece-Schal. So gut und gesund hatte sie seit Wochen nicht ausgesehen. Sie schnappten sich alle ihre Jacken und folgten ihr nach draußen, wo Lisa Owen ihren Stapel mit den rosafarbenen Zetteln in die Hand drückte. »Später gibt es noch mehr«, sagte sie. Ihre Stimme klang erschöpft, aber trotzdem musste sie sich sichtlich Mühe geben, ein kleines, zufriedenes Lächeln zu unterdrücken.

Owen bedankte sich freudestrahlend bei ihr. »Wir fangen gleich am Montagmorgen in deiner Entwicklungsstunde mit den ersten Blockierübungen an«, sagte er, während sie zum Pförtnerturm hinaufgingen. »Aber jetzt, alle mal aufgepasst: Heute lernen wir, wie wir ein sicheres und effektives Lagerfeuer machen. Seid ihr bereit?«

Während sie den verschlungenen Pfad in den Wald hinaufgingen, wurde Dex bewusst, dass Caroline nicht die Einzige war, die ihn auf die schwierigeren Seiten des Lebens vorbereiten wollte. »Ich möchte, dass ihr das bis zum Ende des Trimesters könnt, und zwar alle«, sagte Owen gerade, während er eine kreisförmige Stelle auf der Erde von Blättern befreite. »Man kann nie wissen, wann man Feuer gebrauchen kann. Ganz egal, über welche übersinnlichen Begabungen ihr verfügt, ihr seid trotzdem immer noch irdische Wesen und müsst wissen, wie ihr im Krisenfall überleben könnt.«

Dex musste an die misstrauischen Worte in Carolines Brief denken. Mit ein, zwei Krisen war im Lauf der kommenden Jahre durchaus zu rechnen. Dann fielen ihm der Einwegspiegel in Zimmer B12 und die Massen von Männern in schwarzen Anzügen ein, die innerhalb weniger Stunden nach Patrick Woods Tod am College eingetroffen waren und im Lauf der darauf folgenden Tage die ganze Schule einer ausführlichen Befragung unterzogen hatten. Und alle waren sie so unglaublich *zurückhaltend* mit ihm umgegangen. Den anderen Schülern gegenüber war von einem schrecklichen, unvorhersehbaren Unglücksfall die Rede gewesen, und obwohl sie allesamt sehr betroffen reagiert hatten, schien die Erschütterung bei niemandem längere Zeit anzuhalten. Allem Anschein nach hatte Patrick Woods Charme-Illusion keine dauerhafte Wirkung entfaltet.

Diejenigen, die die Wahrheit kannten, wurden behutsam darum gebeten, nichts zu sagen – und es wurde auch nichts gesagt. Der Leichnam des Schuldirektors war nicht geborgen worden, weil es keine gefahrlose Möglichkeit gab, in hundertfünfzig Klafter Tiefe hinabzusteigen. Darum hatte man sein Büro zum Lagerraum umfunktioniert, die Luke mit Nägeln fest verschlossen und einen Bücherstapel darauf platziert. Dex hatte genau gesehen, welcher staubbedeckte Buchumschlag direkt auf der Luke lag: Es war Jack Londons *Wolfsblut*. Der Wolfsjunge, der ihn in seinen Träumen zu warnen versucht hatte, war nicht wieder aufgetaucht, aber *das* hätte ihm bestimmt gefallen, hatte Dex gedacht, bevor er die Tür des neuen Lagerraums mit einem Schaudern hinter sich in Schloss gezogen hatte.

Im Wald oberhalb der Schule hing der Duft des Spätherbstes, und während sie Feuerholz sammelten, spürte er deutlich die belebende Wirkung, die von diesem Duft ausging.

Gideon hatte die Hände auf den Rücken gelegt und ließ kichernd Zweige über ihren Köpfen tanzen. Dabei rief er mit hoher, quiekender Stimme: »Na, kommt schon, Zweiglein, koooommt, koooommt, lasst euch verbrennen!« Lisa hüpfte ununterbrochen hoch in die Luft und holte sie mit gezielten Schlägen zu Boden. Mia war dabei, das Feuerholz aufzuschichten, und ermahnte die beiden in regelmäßigen Abständen, damit aufzuhören, aber auch sie grinste und kicherte in einer Tour. Und als Owen schließlich einschreiten und die Albernheiten beenden wollte, blieb auch er noch einmal kurz stehen und beobachtete das ausgelassene Treiben mit gütiger Miene.

Inmitten des Sturms aus herabgefallenen Blättern und Zweigen wechselten er und Dex einen Blick. Wir haben Glück, dachte Dex, wir halten es *hier* in den Händen ... und wusste instinktiv, dass Owen genau dasselbe dachte. Gut möglich, dass Caroline mit ihren Befürchtungen in

Bezug auf den COLA-Club recht hatte, aber das Leben hielt für alle, egal, wo auf dieser Welt sie sich befanden, Glück und Unglück im selben Maß bereit. War es nicht das, was er bis jetzt aus seinem Leben gelernt hatte?

Aber mit diesen Leuten, dachte Dex, stehen meine Chancen am besten. Ich *gehöre* hierher.

Er wedelte zuversichtlich mit der Lunte, sprang in die Luft und landete mit allen vier Pfoten inmitten der Blätter und Zweige und seiner lachenden Freunde.

Danach

Der Wolf lag am Fußende seines Bettes. Er konnte das wärmende Gewicht im Dämmerzustand – noch nicht ganz wach, aber auch nicht mehr im Schlaf – auf seinen Füßen spüren. Er atmete sanft und drehte seinen struppigen Kopf in diese und in jene Richtung. In den silbernen Scheiben seiner leuchtenden Augen spiegelte sich das Licht des Mondes hinter der Fensterscheibe.

»Ist jetzt alles in Ordnung?« fragte Dex ihn in Gedanken. Der Wolf nickte. »Kannst du mir etwas über die COLAs sagen und warum wir hier sind?«

Der Wolf blickte ihn eine ganze Zeitlang gleichmütig an. »Du bist noch nicht bereit, das zu erfahren«, lautete seine Antwort. »Aber du hast eine bestimmte Aufgabe. Ihr alle habt eine bestimmte Aufgabe.«

»Aber wann erfahren wir die?«

»Erst müsst ihr …«

»Erst müssen wir was?«

»Erst müsst ihr auf die Erde gehen.«

Danksagungen

Mein herzlicher Dank gilt Ben McNutt für seine Bemerkungen zum Thema »Herumstochern im Wald«, Chris Packham für seine Überlegungen zum Thema »Wie man sich als Fuchs fühlen könnte«, und Freddy und Pauline Sparkes für ihre Gedanken zum Thema: »Warum nicht du?«

Leseprobe aus Band 2

FOX RUNNER

Der Ruf des Falken

Das Mädchen in der grauen Kluft flüchtete durch den Wald, aber der Gestaltwandler war ihr dicht auf den Fersen. Sie rannte jetzt schon seit einer halben Stunde, vielleicht sogar noch länger. Auf ihrer Oberlippe hatten sich kleine Schweißperlen gebildet. Das Wesen kam näher, das spürte sie genau. Bis auf das leise Zwitschern der Vögel im Hintergrund konnte sie nur ihren eigenen Atem und das Geräusch ihrer teuren Laufschuhe auf dem Waldboden hören, aber sie wusste ohne den geringsten Zweifel, dass es im nächsten Moment zum Sprung ansetzen würde. Es würde springen, und sie wäre geschlagen. Sie stieß zum Zeichen ihrer Kapitulation einen lauten Schrei aus, sprang auf einen umgestürzten Baumstamm und drehte sich schwer atmend um, die Hände in die Hüften gestützt. Das Wesen stieß sich vom Boden ab.

Es landete fast lautlos neben ihr. Nicht einmal das Scharren seiner Krallen war zu hören. Es setzte sich auf die Hinterläufe, legte die Lunte um die Vorderpfoten und sah sie mit einem Grinsen an, das so gar nicht zu einem jungen Rotfuchs zu passen schien.

Lisa schnaubte verärgert. Sie ließ sich auf den Hosenboden plumpsen und pickte ein paar Blätterkrümel vom Spann ihrer Laufschuhe. »Du hast auch einen natürlichen Vorteil, Dex!«, maulte sie. Die Fuchsgestalt bebte und wand sich, und dann hatte Dex seine menschliche Gestalt zurück. Lisa zog eine beleidigte Schnute und verschränkte die Arme vor der Brust. Hoffentlich besserte sich ihre Stimmung bald wieder. Normalerweise war sie nach dem Laufen immer gut drauf, auch, wenn er sie geschlagen hatte … was ihm in Fuchsgestalt jedes Mal gelang. Aber als Mensch hätte er nicht den Hauch einer Chance gehabt.

»Was ist denn los?«, erkundigte er sich, obwohl er wusste, dass er vermutlich keine Antwort darauf bekommen würde.

»Nichts«, knurrte sie und stand auf.

»Noch mehr Botschaften?« Dex warf seiner Freundin einen vorsichtigen Blick zu. Mit ihren schicken Klamotten und den langen, blonden Haaren machte sie eigentlich den Eindruck, als würde sie sich höchstens über Eines Sorgen machen, nämlich darüber, wo sie ihr nächstes Outfit bekommen konnte. Doch leider hatte Lisa in den vergangenen zwölf Monaten mehr Grund zur Sorge gehabt als die meisten anderen Menschen in ihrem ganzen Leben.

»Nichts!«, wiederholte sie mit einem warnenden Unterton in der Stimme.

»Na, komm, lass uns zu den anderen zurücklaufen«, sagte Dex. Schneller als er gucken konnte, war Lisa davongelaufen.

Als Dex sie schließlich wieder eingeholt hatte, saß sie schon zusammen mit Gideon und Mia auf der Lichtung. Gideon lag dösend im sonnenbeschienenen Gras. Er hatte sich den sommersprossigen Arm schützend über die Augen gelegt, während ein Marienkäfer in seinen blonden Wuschelhaaren herumkrabbelte. Mia hatte sich aufrecht hingesetzt, die Arme um die Knie geschlungen und musterte Lisa aufmerksam. Nach ihrer Miene zu urteilen, hatte der zusätzliche Sprint Lisas Laune nicht entscheidend gebessert.

Mia trat zu ihr und legte ihr besänftigend eine Hand auf den Kopf. Schon eine Sekunde später war Lisas Miene weicher geworden, hatten die Stressfalten auf ihrer Stirn sich geglättet. Selbst aus zwei Metern Entfernung konnte Dex die sanfte, lindernde Wirkung von Mias Heilkräften spüren.

»Geht es ihr gut?«, stieß er schnaufend hervor und ließ sich neben den beiden Mädchen auf die Knie fallen.

»Alles bestens«, knurrte Lisa mürrisch. »Bloß dieses nebulöse, schwammige, unverständliche Gelalle ...» Sie verstummte, aber die anderen wussten genau, was sie meinte. Das, was Lisa an ihrer Gabe am allermeisten aufregte, war die Unklarheit, dieses Gefühl, dass gleich *irgendetwas* passieren würde, ohne wirklich zu wissen, was es war.

»Ist es jemand von uns?«, wollte Mia wissen.

»Ja ... nein ... ich weiß es nicht!«

»Hör jedenfalls auf, dich deswegen verrückt zu machen. Du weißt doch genau, dass das nichts nützt«, ließ Gideon sich unter seinem Arm hervor vernehmen. »Je mehr du dich aufregst, desto schwieriger kommst du dahinter, was sie von dir wollen!«

Lisa funkelte ihn wütend an, und Dex hatte das Gefühl, als würde Gideon gleich ziemlichen Ärger bekommen.

Gid schnappte sich einen Apfel aus dem Picknickkorb und warf ihn in Lisas Richtung. Sie fing ihn mit einem blitzartigen Reflex auf und schleuderte ihn umgehend zurück. Gideon wartete ab, bis er nur noch einen Zentimeter von seiner Nasenspitze entfernt war, und stoppte ihn dann ruckartig ab, nur mit einem Augenblinzeln.

Lisa erhob sich. »Los, gehen wir zurück. Dad wird sich schon wundern, wo wir abgeblieben sind, und ich schätze mal, dass Marguerite gerade ein wundervolles Abendessen zubereitet.«

Sie gingen den gewundenen Waldweg entlang zurück zum Anwesen. Es versetzte Dex einen Stich, wenn er daran dachte, wie viel Spaß die anderen mit ihren Vätern gehabt hatten. Alle seine Mitschüler aus dem COLA-Club hatten keine Mutter mehr, und das machte die Väter doppelt wertvoll. Aber Dex hatte seinen Vater seit dem letzten Sommer genau vier Tage lang zu Gesicht bekommen. Während des gesamten ersten Trimesters am Tregarren College hatte er auf den Besuch gewartet, den sein Vater ihm in Briefen und Postkarten angekündigt hatte, der aber nie kam.

Ein Stück vor ihnen war Lisa erneut stehen geblieben, und Mia sah sie besorgt an.

»Was ist denn los?«, wollte Gideon wissen, als sie bei den beiden Mädchen angelangt waren. Lisa rieb sich schon wieder die Schulter und machte einen ziemlich gestressten Eindruck.

»Heute wollen sie überhaupt keine Ruhe mehr geben!«, stieß sie zwischen zusammengebissenen Zähnen hervor. »Ich glaube, ich muss noch ein bisschen laufen.« Manchmal hatte Lisa das Gefühl, dass sie das unentwegte Gekeife der Geisterwelt nur loswurde, indem sie ihm davonlief. Aber jetzt wurde auch Dex von einem ziemlich unguten Gefühl befallen. Was immer da versuchte, Lisas Aufmerksamkeit zu bekommen, es machte sich jetzt auch bei ihm bemerkbar.

»Geht ihr mal wieder zum Haus«, sagte er zu Mia und Gideon. »Ich laufe noch ein Stück mit Lisa.«

Sie nickten verständnisvoll und machten sich auf den Weg zu den noch weit entfernten Toren der Hardman-Villa.

»Auf geht's«, sagte Dex und verwandelte sich. Er sauste los, weil er wusste, dass sie versuchen würde ihn einzuholen. Sein Plan ging auf. Lisa stieß einen empörten Schrei aus und machte sich an die Verfolgung. Nach wenigen Minuten wurde er langsamer und wartete, bis sie ihn eingeholt hatte. Dann trabten sie nebeneinander her.

Weißt du vielleicht, worum es geht?, fragte er sie in Gedanken, aber sie schüttelte nur den Kopf.

Ist zu undeutlich, sendete sie zurück. *Ich glaube ... au weia! Pass auf, Dex – HUNDE!*

Dex verfluchte sich innerlich, weil er seinen Fuchssinnen nicht mehr Aufmerksamkeit geschenkt hatte. Seit mindestens zwei Minuten hatte er »HUND« eindeutig auf seinem Radar gehabt. Er hatte nur geglaubt, dass sie noch ein ganzes Stück entfernt waren. Waren sie ja auch, aber als der Labrador und seine Besitzer eine kleine Anhöhe erreicht hatten, da konnten sie das zwölfjährige Mädchen, das neben einem Fuchs her joggte und sich dabei telepathisch mit ihm unterhielt, klar und deutlich erkennen. Jetzt war es natürlich zu spät, sich wieder in einen Menschen verwandeln. Also verschwand Dex einfach im

Unterholz, wie flüssiges, rotglühendes Metall, und Lisa rannte weiter den Hügel hinauf und tat so, als hätte sie noch nie im Leben einen Fuchs gesehen.

Bis später!, meldete sie sich noch ein letztes Mal per Gedankenübertragung. Dex entfernte sich immer weiter vom Hauptweg, so lange, bis er die Menschen und den Hund weder hören noch riechen konnte. Er verschnaufte unter den wachsigen, grünen Blättern eines Rhododendronbusches und überlegte. Sollte er sich in Dex, den Jungen, zurückverwandeln und ein Stück weiter oben wieder zu Lisa stoßen? Oder war es besser, einfach als Fuchs zurück zur Villa zu laufen? In Menschengestalt mit Lisa Schritt zu halten, würde sehr mühsam werden. Eigentlich war Dex ein ziemlich sportlicher Junge, aber im Vergleich zu seinem Fuchskörper kam ihm sein menschlicher immer furchtbar schwerfällig und unbeweglich vor. Beim Laufen hätte er sich am liebsten jedes Mal sofort in einen Fuchs verwandelt. Und manchmal fühlte er sich als Fuchs irgendwie natürlicher ... ein Gedanke, der ihm gelegentlich ein wenig Sorgen bereitete.

Während er noch darüber nachdachte, schlugen urplötzlich seine Fuchsinstinkte an. Er merkte, wie seine Nackenhaare sich sträubten und tödliches Entsetzen in seine Nase drang. Es war der Geruch eines anderen Fuchses, eines Fuchses in Todesangst, so kräftig, dass Dex buchstäblich mit allen Vieren in die Luft sprang und seine Ohren sich in den Zweigen über ihm verfingen. In diesem Augenblick sauste ein kupferfarbener Blitz direkt vor ihm durch den

Wald. Eine Füchsin, die eine schreckensstarre Botschaft direkt in seine Gehirnwindungen schickte. »FLIEH!« Dex zögerte keine Sekunde. Er jagte ihr hinterher und spürte im selben Moment, dass sie von wahrhaft grausamen Kreaturen verfolgt wurden.

Dex war schnell, aber die Füchsin war noch schneller. Er sah nur noch die weiße Spitze ihrer Lunte aufblitzen, dann war sie aus seinem Blickfeld verschwunden. Hinter sich nahm er ein brausendes Donnern war. Der ganze Boden bebte, als würde sich ein rasanter, tödlicher Eisenbahnzug auf Schienen nähern. Zuerst wusste er nicht, was das sein sollte. Der Hund vielleicht, obwohl ... das musste etwas anderes sein. Die meisten Hunde waren dümmliche, tapsige Geschöpfe, die niemals in der Lage gewesen wären, einen Fuchs zu übertölpeln und die oft einfach nur spielen wollten.

Die meisten Hunde, meldete sich da eine kalte Stimme in seinem Kopf zu Wort, während er sich einen Weg zwischen den Zweigen hindurch bahnte und dabei eine Spur aus abgerissenen Blättern hinterließ. *Aber was ist mit Jagdhunden?* Da konnte er sie auch schon riechen. Sie waren nur noch wenige hundert Meter entfernt. Hunde. Pferde. Menschen. Eine dreifache Gefahr. Und während sich jetzt das nackte, kalte Grauen um seine Kehle und seine Schultern legte, konnte er auch das heisere Gebell der Hunde hören. Hunde, die weder spielen noch Stöckchen holen und auch keine Naschereien wollten. Hunde, die Blut schmecken wollten. *Sein* Blut.